내 사랑 백석

내 사랑 백석

김자야 산문

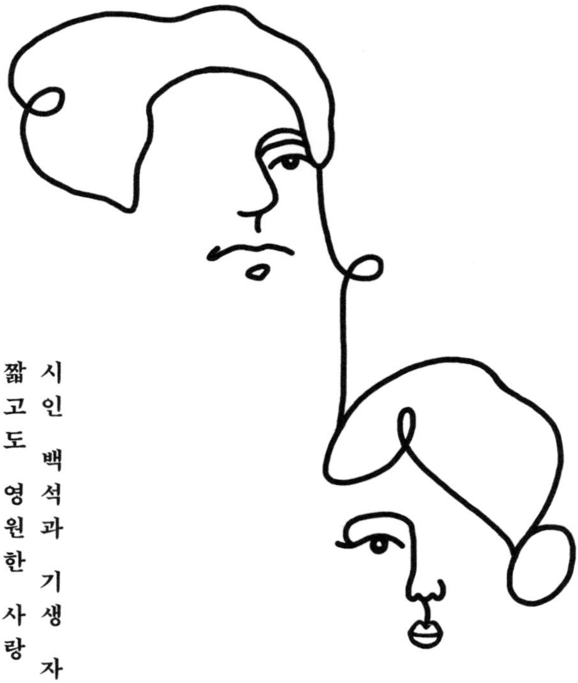

시인 백석과 기생 자야의
짧고도 영원한 사랑

문학동네

일러두기

이 책에 인용되는 백석의 시는 『정본 백석 시집』(고형진 엮음, 문학동네, 2007)의 표기를 따랐다. 단, 시에 달린 주석은 『내 사랑 백석』 초판에 덧붙인 내용을 대부분 살려 썼다.

추억을 위한 변명

인생은 늙어서는 추억으로 산다고 그 누가 말했던가?

실제로 겪어보니 이는 틀림없는 사실이었습니다. 유달리 평탄치도 못했던 인생, 나그네 길 역려逆旅를 어디로 어떻게 헤매이다가 아무런 얻은 것 하나 없이 빈손으로 돌아오니 백발만 성성! 내 인생 그 아까운 청춘은 마치 강가에서 새를 잡았다가 놓쳐버린 것만 같습니다. 그 아수하고 허전한 마음을 어디다 부쳐보리오.

노년의 시간이 정말 한가롭고 무료하고 심심해서, 그 옛날 정다웠던 시인 백석 선생의 시전집이나 뒤져보는 것이 그동안 저의 유일한 낙이었습니다. 그분의 시작품 가운데는 꽃답고 영롱한 두 청춘의 그림자가 고스란히 살아 있고, 청순한 순정과 격렬한 열정의 너그러운 미소가 변함없이 남아 있습니다. 저는 잠시 나이조차 잊고서 그 시절 청춘으로 되돌아갑니다. 정들었던 사람과 이마를 맞대고 곧장 사랑의 이야기에 꽃을 피우니 그 원통하고 가슴 아프던 이별조차도 잊었습니다. 당신이 계신 별의 나라, 이별을 모르는 나라에서 우리 두 사람은 불로주에 취한 듯 그 꿈을 깨지 말 것을 서로 기원했습니다.

건망증이 심한 저는 아름다운 추억을 행여 놓칠세라 주섬주섬 챙기어 되는대로 써놓고 보니 그런대로 소중한 기록이 될 듯한 생각도 아주 없지는 않았습니다. 그래서 남루한 원고뭉치를 두서없이 엮어서 시인 이동순 교수께 보내게 된 것입니다. 이교수는 이미 지난 1987년 가을에 『백석시전집』을 편찬하신 분입니다. 그분은 저의 글을 받아 읽고서 좀더 자세히, 그리고 생생하게 쓰면 매우 좋은 글이 될 듯하니 더 써보라고 용기를 주며 권유했습니다.

저는 이 권유를 받고 한편으론 몹시 기쁘고 즐거웠으나, 또 한편으론 걱정이 되지 않는 것도 아니었습니다. 하지만 분수를 모르는 호기심은 자꾸만 속에서 일어나 '그래, 한번 써보리라' 하는 마음이 내내 있었습니다. 이렇게 해서 틈틈이 쓴 글을 그때마다 이교수께 보내었더니, 그분은 나의 어법과 어휘가 모두 구식 문장임에도 불구하고 남루한 문장을 가다듬고 매만져 주셨습니다. 이 얼마나 감사한 일인지요. 이렇게 시작한 작업이

마무리되고, 드디어 한 권의 책으로까지 엮어지게 되었다 하니, 저는 이것이 꿈인지 생시인지 분간을 모르겠습니다. 그리고 이 감격을 주체할 길이 없습니다.

제가 이 글을 통해서 이미 오래전에 흘러가버린 우리들의 청춘시절을 다시 떠올려 차근차근 정리해보는 것은 비록 글쓰는 동안만이라도 당신과 함께 호흡을 나눌 수 있기 때문이요, 그 속에서나마 우리가 이별을 모르는 세상에서 함께 영원히 살아 있을 수 있다는 간절한 생각 때문입니다. 또 이 문필 작업이 그 뜨거웠던 당신의 순정에 대한 나의 작은 보답이 될 수도 있지 않을까 하는 어쭙잖은 마음도 전혀 없지는 않았습니다.

그런 심정으로 추억의 조각들을 하나하나 글로 풀어내다보니 지난날의 아기자기했던 추억들이 마치 옹달샘에 맑은 물이 고이듯 졸졸 고이고 봄풀이 돋아나듯 소록소록 돋아나서, 저는 어느 틈에 우리들 청춘의 생생한 필름을 혼자서 돌려보는 기막힌 환상에 빠지곤 했습니다. 한마디로 행복한 시간이었습니다.

비틀걸음으로 살아온 저의 일생에서 돌이켜보면 지금까지 꼭 세 번의 감격이 있었습니다. 첫번째의 감격은 제 나이 열네 살 적의 일입니다. 그해 봄, 저는 중학 시험을 보러 갈 때 쓰려고 거의 두 해 동안이나 저금통에다 푼돈을 모으고 있었습니다. 그 저금통이란 질뚝배기 벙어리 바깥에다 삼베를 한 겹 바르고, 그 위에 청색 크레용을 두껍게 칠해서 깨어지지 않도록 제가 직접 고안해서 만든 것입니다. 이 저금통에 모은 돈이 어느덧 2원가량이나 되었습니다. 마침 어머니께서 돈 2원이 필요한데 밤이라서 구할 길이 없다고 말씀하셨습니다. 저는 감추어둔 그 벙어리저금통을 꺼내와서 어머니 보시는 앞에서 주저없이 탁 깨뜨리고는 돈을 꺼내어 드렸습니다. 이때 어머니께서 몹시 기뻐하시던 모습을 보던 것이 첫번째의 감격입니다.

두번째의 감격은 제 나이 마흔이 넘어서 미국 유학을 가겠다고 새삼스럽게 영어 공부를 해서 유학 시험을 보게 되었을 때의 일입니다. 나중에 시험 결과가 발표되었는데 아슬아슬하게도 합격이 되었다는 소식은 저를 말할 수 없는 감격으로 빠뜨렸습니다. 저는 제 삶이 마치 밧줄에 매달려서 무슨 숨막히는 곡예를 하고 있는 것 같다는 생각이 들었습니다. 그래서 자신도 모르게 눈물을 흘리고 말았지요. (하지만 그 유학은 결국 못 가고 말았습니다.)

그리고 세번째의 감격은 바로 지금 저의 나이 팔순에 이르러 참으로 과분하게도 저의 책을 출판하게 되었다는 사실입니다. 초가삼간을 지어도 일생일대 큰 사업이라 했거늘, 제가 이번에 책을 내게 된 것은 저의 생애에서 실로 대하천간大廈千間을 이룩한 것이나 진배없을 것입니다.

이 책을 읽는 여러분들은 이 글을 분수를 모르는 한 철부지 늙은이가 가슴속에 수십 년을 고이 묻어온 이야기로 여기고 너그렇게 읽어주십시오. 보잘것없는 저의 글을 예쁜 책으로 만들어준 문학동네에 진심으로 감사를 드립니다.

1995년 6월

김자야

차례

1부 / 운명

18세 때의 김진향

내 나이 열여섯에

무료하고 울적할 때면 허전한 심사를 달래지 못하였다. 그래서 나는 지난날 즐겨 읽었던 당신의 시집 『사슴』이라도 다시 읽어보고 싶은 생각이 간절했다. 그러나 그 시집은 오랜 세월의 풍파 속에서 어디로 사라져버렸는지 도무지 찾을 길이 없었다. 나는 생각다못해 국립도서관을 찾아가서 대출 신청을 해놓고 기다렸다. 이때의 기분이란 마치 감옥에 계신 분을 만나려고 면회 신청이라도 해놓은 것 같았다. 내 가슴은 자못 설레었다.

드디어 당신의 시집이 창구로 그 모습을 나타내는 순간, 나는 당신이 성큼성큼 걸어나오시는 듯한 착각에 잠겼다. 하얀 한지로 된 본문에다 단정하게 노끈을 맨 자루매기 제본으로 해묵은 고서를 방불하게 하는 당신의 아담한 시집 『사슴』! 그 은은한 정취와 맵시가 퍽이나 돋보였다. 화사하고도 고풍에 젖은 장정이 풍겨내는 멋스러움! 한 글자 한 글자마다 글쓴이의 정성이 도타웁게 느껴지는 정교한 문장……

나는 실로 사십여 년 만에 다시금 친숙한 당신의 문장을 대하고 새로운 감개에 젖었다. 뜨거운 포옹을 하듯 당신의 시집을 꼭 끌어안고 감격의 눈물을 뚝뚝 흘리면서, 나는 한 권의 시집을 그 자리에 선 채로 단숨에 다 읽었다.

당신의 고결하던 성품, 깔끔한 것만 좋아하시던 결벽증, 동양적인 단아함과 고풍한 멋이 그윽하게 흘러넘치는 것이 그대로 당신의 모습이었다.

세월은 어느덧 강물처럼 덧없이 흘러가버리고 당신은 지금 어느 어둡고 쓸쓸한 노년의 길모퉁이에서 지나간 시절을 반추하고 계신 것일까?

아마 당신께서도 나와 마찬가지로 가슴속에 묻어둔 이야기는 그야말로 바다처럼 깊고, 크고 많았으리라. 수천수만의 밤을 새우고 또 새운다 한들 당신을 향한 내 가슴속에 켜켜이 쌓인 온갖 사연은 잠시도 그칠 줄 모르고 다함없이 풀려나오리라.

바다처럼 출렁이고 파도처럼 넘실거리는 내 가슴속의 이 사연을 나는 이제 하나둘, 당신을 생각하면서 풀어내지 않으면 안 된다.

패가敗家

1918년 일제는 다른 분야는 탄압을 강화해가면서도 조선광업령만은 느슨하게 개정했다.

그 내용은 조선의 모든 광산에서 채굴되는 금, 은, 연철, 중석, 사금 등의 광업세를 면제해준다는 것이었다. 이와 비슷한 시기에 평안북도 일대의 광산에서 큰 금광맥이 발견되어 조선 전역에 일대 센세이션을 일으킨 적이 있었다.

나라를 잃고서부터 삶에 생기를 잃어버리고 좌절과 허탈감에 몸부림치던 장년 신사들. 이들마저도 모두 금줄기(광맥)를 찾아 일확천금하는 일에 두 팔을 걷어붙이며 나서고 있었다.

그 소란 속에서 광산으로 당대 제일의 갑부가 된 최창학 같은 대재벌이 나타나기도 했다. 금점金店을 해서 성공한 대갑부들과 이에 덩달아 날뛰는 졸부들까지 뒤섞여 세상은 때아닌 광산 바람으로 기우뚱거렸다. 금값은 나날이 폭등하고 조선 천지는 온통 말 그대로 황금광黃金狂 시대로 변해버렸다.

일제가 강점하고 있던 시기에 조선 사람은 감히 큰 사업에 손을 댈 엄두도 내지 못했다. 단지 유일하게 몰두할 수 있는 길이라곤 오직 광산사업이었다. 일제는 이상하게도 이 길만은 자유로이 열어두고서 조선 사람의 자본과 정열을 좀먹어들어가고 있었다. 이 길은 일제가 자신들의 전쟁비용 조달을 위해서 적극적으로 권장하고 있던 것이었다. 이처럼 간교한 일제의 산금産金 장려 정책을 눈치채지도 못하고 조선 사람 중의 일부는 오직 탐욕에만 눈이 멀어서 총독부의 통치를 두둔하는 사람까지 있었다.

워낙 많은 사람들이 관심을 갖고 전 재산을 다 바쳐가면서 나서게 되자, 일제는 이 황금광 시대를 더욱 부추기려는 속셈으로 다시 한번 광업령을 개정했다. 이젠 광산업자들에게 광구세鑛區稅까지도 면제해준다는 것이었다. 만약 금광의 큰 맥을 발견하기라도 할 것 같으면 노다지를 찾았다고 온통 난리가 난 듯 떠들썩하였다.

그도 그럴 만한 것이 한 번 노다지를 잡게 되면 그동안 들어간 비용은 물론이거니와, 막대한 이익이 줄곧 거기서 쏟아져나와 거의 돈벼락을 맞은 듯 일약 대부호가 될 수 있기 때문이었다. 그래서 당시 세상에서는 무슨 일에서 큰 돌파구라도 생긴 것을 모두들 '노다지를 캤다!'라고 하는 말로 대신했었고, 또 이 말이 몹시 유행했었다. 심지어 이 말은 소설가 김유정의 작품 제목으로까지 들어가기도 했다. 그는 「금 따는 콩밭」이란 작품으로 우울한 황금광 세태를 풍자하기도 했다.

이런 풍조를 타고서 너도나도 금을 캐보겠다는 큰 꿈에 부풀었다. 무작정 집을 나와서 험한 산줄기를 타고 골짜기로 골짜기로 망치 하나 들고 헤매다니는 것이 마치 유행병처럼 번져가던 시절이었다. 그러다가 산골짜기에 쓰러져 죽은 사람까지 있었다.

그러나 산이란 산마다 모두 금이 나는 것은 아니요 또 옥이 나는 것도 아니겠으니, 그 바람에 패가망신하는 사람들이 비일비재했다. 그래서 한때는 망했다 하면 광산이었으므로 그때 금광하던 사람들에게 미칠 광狂 자를 붙이어 이른바 '광산가狂山家'라는 풍자적인 말이 유행하기도 했다.

그 당시 대재벌 금광업자들의 산금활동을 비롯하여 무수한 광산가들의 전 재산 투기로 말미암아 조선총독부의 재정은 날이 갈수록 두둑이 배가 불러졌다. 그들은 가만히 앉아서 엄청난 이익을 슬그머니 보고 있는 꼴이었다.

1939년이던가. 〈매일신보〉에는 이런 사회풍조를 고스란히 반영하고 있는 『금의 정열』이라는 장편소설이, 또 그보다 앞서는 「정거장 근처」라는 소설이 〈여성〉지에 연재되기도 했다. 이 작품에서는 덕쇠라는 주인공이 금광 바람에 아내를 잃고 패가망신한 끝에 금점판에서 노다지 금덩이를 통째로 꿀꺽 삼켜버리게 되었다. 이렇게 되자 사람들이 덕쇠를 잡아놓고 하루 온종일을 덕쇠가 누는 똥만 기다리는 장면이 있었던 것으로 기억한다. 당시의 인기작가였던 전북 옥구 출신의 소설가 채만식이 집필을 맡았었다.

그 미칠 광 자 광산가의 바람은 결국 우리집에까지도 불어닥쳤다. 그 무렵 우리집은 함께 과부의 신세가 된 시모녀인 할머니와 어머니 두 분만이 어린아이들 다섯 남매를 데리고 호수같이 잔잔하며 조용한 가정을 꾸려가고 있었다.

어느 날 할머니의 친척 된다는 한 사람이 찾아왔다.

몹시 초췌한 얼굴의 그는 그야말로 광산병이 단단히 들어서 우리집을 찾아와 집문서를 잠시만 빌려달라고 애원하였다. 할머니가 이를 거절하셨음은 물론이다. 그 사람은 자신의 부탁이 거절당하자 할머니 몰래 인감도장과 집문서를 교묘히 위조해서 은행에다 우리집 전 재산을 감쪽같이 저당하고 돈을 뽑아갔다.

하지만 이런 식으로 계속되는 그의 금광사업이 성공할 리 없었다. 마침내 그는 도저히 복구할 수 없을 정도로 사업에 실패하고 알거지가 되어버렸다. 덩달아 우리 가족은 영문도 모른 채 집달리로부터 무자비하게도 재산을 차압당하고 말았다. 일시에 우리집은 빈털터리가 되었다.

원래 우리 식구가 살던 집은 관철동에서도 제법 큰 집이었다. 사랑채도 있고 앞뒤뜰이 꽤 넓어서 뒤뜰에 고목이 된 살구나무 한 그루가 우뚝하니 솟아 있었다. 배나무, 사과나무도 몇 그루, 게다가 앵두나무까지 있어서 우리는 제철에 과일을 따로 사먹지 않아도 될 만큼 충분하였다.

사랑채에는 오빠가 학교에 다녀와서 한문공부에 몰두하던 방이 있었다. 한문을 가르쳐주시던 훈장선생님이 어찌나 무서웠던지, 한문을 외우고 쓰라고 하는 숙제를 많이 내주셨다. 만약 오빠가 그 숙제를 채 하지 못하면 목침 위에 바짓가랑이를 걷어올리고 댑싸리 회초리가 부러지도록 정한 숫자의 매를 종아리에 맞는다. 때로는 피가 맺히고 터지기도 했지만, 그래도 어른들은 한마디 말씀도 못 하시고 다만 침묵만 지키실 뿐이었다. 삼대독자인 손자가 매맞는 것을 지켜보시다가 할머니께서는 그것이 애처로워서 참다 참다 마침내 눈물을 주르르 흘리셨다.

또 책을 한 권 떼고 나면 꼭 '책거리'라는 것을 했었다. 흰무리 시루떡, 백설기 등 맛있는 음식을 해서 가까운 이웃과 나누어 먹으면 잔치 기분에 젖기도 했다.

때로는 서양 부인 선교사와 한국 부인 선교사가 왔다. 그들은 그 넓고 아늑한 사랑채를 빌려서 종종 동네 부인네들을 모아놓고 유성기留聲機를 틀어주었다. 그 자리를 통해 그들은 자녀들을 학교에 보내라는 권고를 하는 것이었다.

동네의 부인들은 유성기를 보면서 모두들 신기해하고 고개를 갸우뚱거렸다.

"도대체 저런 기계에서 어찌 사람의 소리가 나우?"

하고 물어보면 그 부인 선교사들은,

"그러기에 자녀들을 학교에 보내야지요! 개명한 천지, 좋은 세상에서 학교를 다녀야지 신문화를 배우고, 또 그렇게 해야지 저런 기계도 거뜬히 만들 수 있지 않겠어요?"

라고 말했다.

나는 그 유성기라는 물건이 몹시도 신기했다. 내 어린 생각에는 유성기의 나팔통에 그려져 있는 개가 꼭 노래를 하는 것만 같이 느껴졌다. 그들은 기차도 비행기도 화륜선도 우리가 교육을 받아야만 비로소 만들어낼 수 있다고 교육의 힘을 특별히 강조했다.

부인 선교사들은,

“부지런히 자녀들을 학교에 보내야지요. 만약에 그렇게 하지 못한다면 우리가 어떻게 앞으로 문명국이 되어서 자주독립을 할 수 있겠어요?”

하고 차근차근 일러준다.

어떻게 보면 그 선교사들은 기독교를 전도하는 우국적 사상을 가진 숨은 민족운동가들이었다고도 볼 수 있다. 당장이라도 자녀들을 학교에 보내는 것이 부모된 사람의 의무라고 그들은 거듭 힘주어 말했다.

그렇게 그 부인 선교사들이 열심히 설득하고 노력한 보람이 있었던지 우리 동네에서도 자녀를 학교에 보내는 집안이 차츰 늘어나게 되었다. 특히 딸자식까지도 학교에 보내는 부모가 늘어나게 된 것은 참으로 다행한 일이었다.

우리집은 일찍이 어머니께서 개화사상을 가지신 분이라 자녀들을 차례로 중학교까지 다 보내주셨다. 이런 우리집은 동네에서 소문난 개화 가정으로 그 평판이 자자했다.

그런데 그런 우리들의 천국이었던 그 보금자리를 광산가의 금광 바람에 삽시에 빼앗기고 쫓겨나게 된 것이다.

그로 말미암아 우리 어린 형제들은 학교도 중단하고 그야말로 속수무책으로 어른들 눈치만 봤다. 주변 사람들은 찾아와서 고소를 하라고 권유하였다. 하지만 어머니와 할머니께서는 고개를 흔들었다. 친척끼리 고소를 하고 재판을 하는 광경은 흉한 모습이라며, 그런 것은 잡상배들이나 하는 짓이라고 주변의 권유를 일축해버렸다.

급기야 우리 집안은 그대로 불탄 집처럼 폭삭 망해버리고 말았다.

그때 어머니께서는 서른두 살이셨다. 남편을 여의고 과수의 몸으로 슬하의 네 딸과 삼대독자인 아들을 데리고 힘겨운 살림을 이끌어가야만 했다. 다행히도 어머니의 뛰어난 바느질 솜씨는 인근에 평이 자자하였으므로 그 덕분에 어려운 가계를 꾸려가는 데 많은 보탬이 되었다.

이때 우리집을 가끔씩 다녀가시던 먼 촌 이모가 한 분 있었다. 이모의 이름은 정수경鄭秀璟, 일본 동경의 학습원까지 유학을 다녀온 인텔리 여성이었다. 충남 강경 출신의 부잣집 아들과 결혼하여 만주의 안동으로 옮겨가서 사업을 했었는데, 꽤 넉넉한 생활을 하고 있었다. 이모는 볼일로 서울에 오게 되면 꼭 우리집에서 여러 날씩 묵어 갔다. 이모부 내외는 그때까지 자식을 얻지 못해서 답답해하였다. 그 이모가 나를 보고 공연히 탐을 내면서 어머니께 말하기를, 나를 데려다가 공부도 시키고 양육까지 자기가 도맡아 책임지겠다고 자꾸만 졸라대었다. 어머니께서는 물론 고개를 내저으셨지만, 나는 도리어 이모를 따라가겠다고 졸랐다.

당시 내 어린 마음은 내가 이모댁으로 가게 되면 어머니께서 집안 다스려가시는 일에 얼마나 힘을 더시게 될까 하고 생각했던 것이다. 이런 나의 뜻을 눈치챈 이모는 줄곧 어머니께 채근했다. 이렇게 해서 마침내 어머니는 이모의 요구를 수락할 수밖에 없었다.

나는 이모를 따라 만주의 안동으로 가게 되었다. 안동에 가서 곧바로 안동고녀에 입학해서 학업을 계속하게 되었는데, 그곳은 일본인들만이 다니는 여학교였다.

내가 안동으로 옮겨가서 살게 된 지 얼마 후 이모는 그토록 소원이던 자식을, 그것도 아들을 낳았다. 이모가 출산하게 되자, 나는 그날부터 산모와 아기 뒷바라지를 도맡아 하게 되었고, 힘겨운 '아이 보개'는 자연히 내 차지가 되어버렸다. 그러니 학교생활이 제대로 될 리 없었다. 나는 너무 고단해서 늘 지각하거나 수업중에도 졸기 일쑤였고, 도무지 학업을 제대로 할 수가 없었다. 결국 나는 힘에 벅찬 '아이 보개'를 더이상 감당하지 못하고 이모댁을 떠나서 되돌아오게 되었다.

이처럼 딱한 형편 속에서 지내던 어느 날이었다. 나는 길에서 둘째언니의 소학교 동창 되는 언니를 우연히 만나게 되었다. 그 언니는 나중에 여창 가곡의 명인이 된 김수정金水晶이었다. 나는 그녀가 집이 가난해서 일찍부터 기생의 길로 나갔다는 사실을 언니에게 들어서 잘 알고 있었다. 나는 수정 언니에게 우리 집안 사정을 털어놓았다. 동기童妓로 들어간 이후 수정 언니는 더욱 정진하여 본연의 당당한 기생으로 성장해서 가무의 일인자가 되었다. 수정 언니가 기생이 되고부터 언니의 집안은 차츰 형편도 넉넉해지고 부모님도 편안하게 잘 모시고 있는 모습이었다. 나는 그러한 언니가 내심 몹시 부러웠다.

수정 언니는 우리 식구와도 각별히 친했으므로, 자주 우리집에 놀러와서 식사도 함께 하곤 했었다.

맨 처음 수정 언니의 생활형편은 몹시 곤란한 듯이 보였다. 그러나 수정 언니가 기생이 되고부터는 다옥동茶屋洞의 어느 커다란 집에다가 화려한 세간살이를 즐비하게 차려놓고 심부름하는 아이까지 두어서 연로한 부모님을 극진히 모시었다. 나는 수정 언니의 지극한 효심이 너무도 갸륵하고 또 신기하게 느껴졌다. 마치 『심청전』의 주인공을 눈앞에 직접 보는 듯한 착각에 빠져서 감탄도 하고, 또 언니를 우러러도 보았다. 이루 말할 수 없이 참담해진 우리 집안일을 생각할 때, 내 마음속으로는 수정 언니가 말할 수 없이 부럽기만 하였다. 나도 수정 언니처럼 되고 싶었다. 집안 사정을 털어놓으며 헤어날 길을 상의하는 나에게 수정 언니는 이렇게 말했다.

"염려하지 마! 너만한 자질이면 충분해. 아무쪼록 내가 시키는 대로만 하면 평소 너의 소망인 공부도 계속할 수 있고 집도 바로 세울 수 있을 거야. 그런 것쯤이야 별문제가 아니란다. 하지만 네가 어떻게 그토록 완고한 너의 집을 벗어나올 수가 있담?"

수정 언니의 말은 실인즉 맞는 말이었다. 우리 집안 사정을 속속들이 잘 알고 있는 수정 언니의 이야기에 내 가슴은 철렁해지고 섬찟해졌다. 그러나 기왕지사 한번 내친 발걸음이니 수정 언니의 권유를 따를 수밖에 다른 도리가 없다고 나는 속으로 결심했다.

이런 내 마음을 알아채기라도 한 듯, 수정 언니는 자기가 시키는 대로만 하면 공부도 할 수 있고 기울어진 집안의 가세도 다시 일으킬 수 있는 방법이 있다고 자꾸만 권했다.

나는 어머니께 상의도 드리지 않고, 무턱대고 수정 언니를 따라갔다.

동기로

수정 언니는 다옥동의 어느 커다란 집으로 나를 데리고 갔다. 나중에 알게 되었지만 그곳은 조선권번朝鮮券番으로, 그곳에는 설립자인 금하琴下 하규일(1867~1937) 선생님이 계신 곳이었다. 나는 드디어 금하 선생님께 큰절을 올리게 되었다. 그때 내 나이 열여섯 살이었다.

금하 선생님께서는 구한말 왕조 정부에서 국악사로 계시다가 전라도 진안군수, 한성소윤, 한성재판소의 판사 벼슬까지 오르시었다. 그러다가 나라가 망하자 벼슬에서 물러나 정악전습소의 학감으로 취임하셨다.

일찍이 서당에서 한문을 배우시고, 스무 살을 전후해서 당대 최고의 가객 박효관, 최수보 선생들께 직접 사사해서 드디어 가곡에 일가를 이루셨다고 한다. 본시 어려서부터 음률을 즐기기에 몰두하시던 풍류객이요 대단한 선가善歌이기도 하셔서, 퇴직 후에는 사라져가는 한국 전통음악에서 가장 기본이라 할 수 있는 고전 궁중 아악과 가무에 돈독한 뜻을 두셨다.

그래서 당시 진학 못 하는 불우한 십오륙 세 소년 인재를 모아 고전 아악과 가무 일체를 전수시키는 정악전습소를 열었고, 또 아악부에 학감으로 취임하시어 우리나라 가곡의 정통을 길이 후대에 전하셨다. 그런 활동과 겸해서 조선권번을 세우시고 학교 못 가는 불우한 소녀들을 모아 가무를 전력으로 가르쳐서 오늘의 고전 궁중 아악과 가무의 튼튼한 뿌리를 깊이 심어주신 것이다.

그때 눈부신 백발을 성성히 나부끼시던 금하 선생님께서는 화사한 유색의 한복을 입고 계셨다. 워낙 인자하고 점잖으신 기품이었던지라, 나는 마치 병풍에 그려진 신선도에서 잠깐 빠져나온 신선을 직접 뵈옵기라도 하는 듯한 착각에 빠졌다. 나는 금하 선생님의 모습과 그 주변이 너무도 엄숙하고 두렵기까지 해서 속으로 놀란 가슴을 진정하며 숨을 죽이고 조바심마저 느끼고 있었다.

수정 언니는 내가 권번에 들어가는 모든 절차와 뒷일을 도맡아서 감당해주었다. 양부모를 정하고, 시집가는 새악시같이 그 댁으로 들어가는 날까지 받아놓고서야 나는 수정 언니와 함께 집으로 돌아왔다.

십 년 정배定配도 정해진 날짜는 쉬이 돌아오는 법. 마침내 그 날은 오고야 말았으니, 설레는 마음은 마치 심청이가 인당수에 속절없이 끌려가듯 영문도 모르는 채 묵묵히 따라가서 한 마리의 호접인 양 사뿐 큰절로 양부모님께 인사를 드렸다.

"먼저 이 옷으로 갈아입도록 해라!"

양어머니께서는 어느 틈에 미리 장만해두셨던 새 옷 한 벌을 내놓으시며 인자한 음성으로 이렇게 말씀하셨다.

펴보니 남색 긴 스란치마, 내 치마 기장보다 두 치나 더 길어서 걷어올리고 허리띠를 매어 입어야 하는 주리대치마, 노랑 삼회장저고리에 흰 버선이었다.

그것을 보는 순간 내 가슴은 섬찟해졌다.

이제야말로 드디어 기생 복색으로 갈아입게 되고야 말았구나. 전혀 상상도 할 수 없었던 이질적 사회에 발이 묶인 듯 무서운 생각도 들고, 가슴이 쿵쿵 마구 방망이질을 친다. 그러나 이 모든 복색을 갖추어 입고 오이씨 같은 버선발을 몽그리니, 평소 이런 것을 신어보지 않던 나의 발이 하도 조여와서 눈물까지 날 지경으로 아프고 모든 것이 싫기만 했다.

복색을 갈아입는다는 것은 아마도 그때 세월에 세상에서 용서받지 못한 죄를 지은 전중이(예전에는 죄수를 이렇게 불렀다) 말고는 달리 할 사람이 없었다. 죄를 지은 사람이 감옥에 들어가서 붉은 벽돌색 전중이 복색을 갈아입고 용수를 썼으니, 기생 복색도 전중이처럼 다시 못 올 곳으로 들어가서 얼굴에 햇볕을 가리는 모습과 같은 의미였는지도 모른다.

한번 그 전중이 복색을 입고 나면 일생 민적에 붉은 줄이 그어지고, 평생 전과자로서 격리된 삶을 살아가게 되는 것이 아니던가. 기생 또한 삶의 그늘이 지워지지 않는 인생이라고 스스로 우울한 기분에 치우치고 만다.

전혀 다른 복색으로 갈아입은 나의 변장을 보면서, 그런 생각에 잠기다보면 나는 꼭 꿈을 꾸는 것만 같이 몽롱해졌다.

이때 어른들은 옆에서,

"기생은 발 맵시가 고와야지."

라고 말하며, 그냥 참고 길을 들이라고 하신다.

아픈 발을 까치발로 해서 간신히 기우뚱거리며 일어서니 주위의 어른들은 일제히 나를 본다.

기생의 한복 차림은 어깨가 집어다놓은 듯 좁아야 하고, 가는 허리가 버들가지같이 낭창낭창하고 개미허리처럼 잘록해야 한다고 했다.

"저 맵시 좀 봐! 꼭 돋아오르는 보름달 같애! 동동 뜨는 몸매가 정말 일품이지?"

라고들 하며, 집안 어른들은 남의 속도 모르고 칭찬하는 소리만 해댄다. 나는 그만 뾰로통해졌다.

'흥! 남은 발이 아파 죽겠는데, 나를 보고 오히려 즐기고들 있다니!'

나는 그 자리에서 구렁이가 허물을 벗어버리듯이 모든 기생 복색을 훌러덩 벗고 도망이라도 치고 싶었다. 내 가슴은 꼭 잡혀온 토끼처럼 팔딱팔딱 뛰었다. 나는 이것이 차라리 꿈이었으면 했다. 아무쪼록 어서 깨어나기만을 비는 심정이었다.

이런 마음 저런 마음까지 합쳐져서 어느덧 내 두 눈에선 서러움을 이기지 못하고 금방이라도 뚝뚝 눈물이 쏟아질 듯 눈자위가 화끈거려온다. 그러나 나는 그 뜨거운 눈물을 주변 사람들 앞에서 결코 보이지 않으려고 꾀를 내었다.

나는 목이 메어질 듯 쓰리고 아파와서 재빨리 부엌으로 들어

갔다. 바가지를 들고 큰 독에 길어다놓은 물을 뜨느라 몸을 구부려 엎드리니 어머니의 얼굴이 물독의 물 위에 비치는 것이 아닌가. 그제사 굵은 눈물방울이 뚜욱뚝 바가지 속에 마구 떨어졌다. 그때까지 참고 참았던, 가슴속에 쌓이고 쌓인 서러움의 눈물이 갑자기 우박이 떨어지는 듯한 큰 소리로 뚝뚝 바가지에 떨어져 고였다. 그 바가지가 마치 내 설움을 받아내는 눈물바가지인 양, 나는 마음놓고 나의 뜨거운 눈물이 흘러내리는 대로 바가지에 담았다.

한참 동안을 그렇게 울고 나니, 목이 탔다. 바가지에 눈물이 담긴 채로 물을 떠서 벌컥벌컥 단숨에 마셨다. 물에 눈물을 탔거나 눈물에 물을 탔거나를 가릴 필요는 없었다. 그 물은 다디단 감로수였다.

한 번 끄고 나서 돌아서면 또다시 가슴속에 활활 타오르는 뜨거운 불길! 그후로도 나는 가슴속에서 시시때때로 타오르는 속불을 끄느라 자주 부엌을 드나들었다. 집안 어른들은 나의 이러한 행동이 못마땅했지만, 그래도 모든 것이 생소하고 아직도 마음을 안정시키지 못한 가엾은 소녀의 정황으로 여기시고 너그러이 눈감아주셨다.

고달픈 삼사월 하루해도 덧없이 기울어져 해 저문 마당에 땅거미가 짙어오는 저녁, 나는 넓은 마당 한가운데에 나가서 하늘을 바라보았다. 독부毒婦의 눈썹같이 얄미운 초생달이 반공

중에 삐딱하니 걸려서 차가운 실눈을 뜨고 나를 째려본다. 온몸에 한기가 들고, 등이 오싹해졌다.

그때 양어머니께서 부르시는 소리가 들렸다.

"저 아랫방이 네 방이다. 고단할 터이니 이제 그만 네 방에 들어가서 자도록 해라."

나는 내 옷보따리를 들고 어두컴컴한 아랫방 방문을 열었다. 높은 문지방을 채 넘기도 전에 벌써 눈물이 앞을 가렸다. 두 볼을 타고 흘러내리는 서러움의 눈물을 닦을 생각도 아니하고, 나는 문지방을 넘자마자 그대로 방바닥에 엎어져 하염없이 울고 또 울었다. 그야말로 방축이 무너진 듯 온몸은 눈물에 젖었다.

밤이 깊어가도록 내 어깨는 계속 들먹이고 있었다. 마음대로 울 수 있다는 사실만으로도 나는 속이 편했다.

갑자기 어머니께서 애를 태우며 나를 찾으시는 모습이 떠올랐다. 또 어머니의 뒤로 내 친동기간 여러 자매 형제들이 목이 메어 손짓하는 듯 나를 부르고 있었다.

진정할 수 없는 내 서러움의 눈물은 길고 긴 강물처럼 흐르고 또 흘렀다.

그 시절에는 처녀가 가출하는 일은 좀체 있을 수가 없었고, 혹시 있었다 하더라도 그 소문이 나게 되면 아무도 그 집과 혼인을 하려 들지 않았다. 그러니 그 집의 처녀는 시집도 못 가고,

또 가문까지 망신을 톡톡히 감당할 수밖에 없었다. 시절이 그러하니 딸자식이 기생이 된 우리 집안 분위기는 마치 찬물을 끼얹은 듯 한동안 침묵만이 자욱했다.

어머니를 비롯한 집안 어른들께서는 나 때문에 얼마나 속으로 애를 태우시고, 그저 이 못난 딸자식이 조용히 남이 눈치채지 못하도록 돌아오기만 기다리셨을까?

그 시절의 실정이 이러했으므로 나는 기생 복색을 하고 시내 나들이를 하는 것이 너무도 싫었다. 기생 복색에는 반드시 삼회장이 들어가게 되는 법이다. 삼회장이란 남빛 끝동, 자주 고름, 자주 깃을 갖춘 것을 일컫는 말이다. 나는 외출을 위해서 학생들이 주로 입던 검정 치마와 삼회장이 안 된 저고리를 준비했다. 그러고는 운동화를 깨끗이 빨아서 흰 분칠을 했다. 이렇게 차려입고 나가는 것은 사실상 금지된 것이었으나 학감선생님께서는 너그럽게 보아주실 뿐 아니라, 나의 이런 복장을 은근히 높이 평가해주시는 듯했다.

그 시절, 한번은 이런 일도 있었다.

어느 날 시내 나들이를 나갔다가 친구의 집에서 우연히 한 동경 유학생 청년을 만나게 되었다. 그는 나를 보자마자 첫눈에 반했던 것 같았다. 나도 그가 착한 청년이라는 느낌을 가졌다. 그는 경기도 평택의 한 부잣집 아들이었다. 우리 둘은 서로 좋아하게 되었고 가끔씩 만나서 밀어를 속삭였다. 비가 억수같이 오는 밤, 골목 쪽에서 그가 들창을 똑똑 두드리는 소리가 들렸다. 그는 골목에서 내리는 비를 온몸에 그대로 흠뻑 맞으며 서 있었다. 내가 밖으로 나가자, 그는 대뜸 내 손목을 잡고 한강으로 놀러가자고 말했다. 우리는 그날 폭우 속에서 결국 한강으로 가지 못하고 다옥동에서 전차를 탔다. 친구의 집에서 둘이 마주앉아 그냥 우두커니 서로 바라보기만 했다. 그는 나의 처지를 측은하게 생각했다. 그래서 나를 기적妓籍에서 뽑아내어 나와 혼인하려는 생각까지 가졌다고 했다. 하지만 기생의 신분으로는 양갓집 총각과는 절대로 결혼을 못하는 법이었다. 이것이 이 순진한 소녀의 첫사랑이자 애벌씻김이었다.

그런 가운데 나는 평소 나를 귀여워해주신 금하 선생님의 지시에 따라 어린 후배 대여섯 명을 지도하며, 마음 한구석으로는 비관적인 생각에 젖어 살아가고 있었다. 하지만 다른 사람들은 모두들 나를 부러워하였다. 특히 옷 입은 자태가 두드러진다든가, 절하는 맵시가 일품이라든가 하는 이야기들을 하면서 나를 부러워했다. 그러나 나는 이러한 말들이 조금도 즐겁지 않았고, 오직 내 가슴속에는 어떻게 하면 공부를 더 할 수 있을까라는 일념뿐이었다.

마누라! 마누라!

유학

1933년 산해관에서 일본군과 중국군이 충돌하는 사건이 벌어졌다. 서서히 전쟁의 먹구름이 감돌기 시작하면서 일제는 식민지 조선에 대한 억압정책을 차츰 강화해가기 시작했다.

조선농지령을 공포하여 전쟁물자의 수탈을 위한 기반을 마련하고 전국 각처의 민족운동가를 체포했다.

심지어 경북 경산의 어느 공립 보통학교에서는 전국에서 가장 처음으로 조선말의 사용을 금지시켰고, 경기도 도청에서는 학생들에 의한 문맹퇴치운동까지도 금지시켰으니, 사회의 분위기는 날이 갈수록 삼엄해가기만 했다.

사회의 모든 형편이 이러했으니 다른 학정은 두말할 것도 없었다. 일제는 특히 조선의 민족문화에 대한 완전한 말살을 비밀리에 계획하고 이를 서서히 실현해가고 있었다. 창씨개명이나 조선어의 사용 금지 따위가 바로 그 대표적인 경우였다.

'조선말 사용 금지라니……'

우리말 사용 금지 소식을 듣자 나는 피가 거꾸로 솟는 것 같은 분노를 느끼며 곧장 먹을 갈아서 신문지에 우리 국문을 '가갸거겨'부터 또박또박 쓰기 시작했다. 그것은 안동고녀 재학 시절, 역사 담당이셨던 오자와大澤라는 이름의 일본인 선생님께 들었던 파란波蘭(폴란드) 민족사에 관한 이야기에 자극받은 탓이기도 했다.

파란이 러시아에 수백 년 식민지의 학정으로 고통받고 있을 때에 러시아는 파란 국민에게 파란어와 문학을 없애는 잔학한 정책을 실시했다.

이때 파란 국민들은 모국어로 아이들을 몰래 가르치다가 무시로 순찰하는 비밀경찰요원에게 들키는 일이 많았다. 만약에 발각되면 잡혀가서 죽을 고생을 하게 되니 궁즉통窮卽通이라, 이런 판국에 애국적 교사들과 시국을 우려하는 지식인 부모들은 속수무책중에도 궁리에 궁리를 거듭하여 기발한 방법을 마련했다.

학생들의 책상 서랍에다 고운 모래를 가득 담은 판을 넣고서 연필을 거꾸로 잡고 모래판 위에다 글씨를 써서 아이들로 하여

금 그들의 민족 언어를 배우게 한 것이다.

모래가 흘러 바닥으로 떨어져서 그것을 일일이 쓸어담기가 귀찮기도 했지만, 연필을 거꾸로 세워 잡고 글씨를 쓰면 공책과 연필이 그만큼 절약이 되는 장점도 있었다. 만약 발각되었을 경우 그 서랍만 삽시에 밀어넣으면 모래 위에 쓰여진 글씨의 흔적이 저절로 없어져서 감쪽같이 자취를 남기지 않았다.

오자와 선생님께서는 파란 사람들이 이런 방법과 또 민족적 끈기로써 무사히 그들의 민족 언어인 파란어를 지켜내었다고 하셨다. 그러면서 파란 국민들이야말로 세계에서 국민성이 가장 강한 나라 중의 하나라고도 말씀하셨다.

그 선생님은 일본인 교사였음에도 불구하고 위험을 무릅쓰고 이런 이야기를 여러 학생들에게 대담하게 들려준 훌륭한 분이었다. 오자와 선생님의 그런 모습을 보면 그분은 틀림없이 식민지 피지배 민족의 심정적 서러움과 아픔을 따뜻하게 쓰다듬어주고자 하는 남다른 사상을 가졌던 것 같다.

안동고녀는 비록 일본인 여학교이긴 했지만, 그래도 같은 반에 조선인 학생들이 하나둘씩은 끼어 있었다. 하지만 민족차별이 그렇게 혹독하고 심하다는 생각이 들진 않았다.

러시아가 파란인들에게 파란의 언어를 못 쓰게 하였듯이 일본이라는 외세에 의하여 우리 민족의 언어가 영구히 폐지될지도 모른다는 사실을 오자와 선생님의 설명으로 듣는 순간 내

신경은 날카로울 대로 날카로워졌었다.

나는 글씨를 쓴 자리가 마르면 또 거기에다 덧쓰기를 무수히 반복했다. 그런 다음 신문지가 먹에 흠뻑 젖은 후에야 화선지에 한자 한자 청서淸書를 해서, 우리나라의 품격 높은 시조까지 외워가게 되었다.

나의 이런 학습행동이 자연 여러 사람들에게 소문이 나자 특히 조선어연구회(이 연구회는 겉으로 '주식회사 조선흥업사'라는 간판을 내걸고 활동을 하다가 1931년 1월에 '조선어학회'로 개칭하였다)의 학자 선생님들이 일부러 찾아와서 내가 글씨 쓰는 모습을 관심 있게 지켜보기도 하였다.

그분들 중에 해관海關 신윤국 선생님이 계셨다. 일찍부터 남달리 민족문화의 계승과 창달에 돈독한 뜻을 가진 해관 선생님은 조선어학회의 실질적인 후원자로 모든 힘든 운영을 도맡아 꾸려가시던 분이셨다. 해관 선생님은 글씨 연습에 몰두하는 나를 각별히 귀엽게 여기시고 극구 칭찬해주셨다. 어려운 환경 속에 있으면서도 향학열을 잃지 않고 있는 나를 퍽 가상히 여기셨다. 그리고 일본 유학을 제의하셨다. 나는 그야말로 지옥에서 부처님을 만난 격이었다. 평소 그리도 소원이었던 공부를 하기 위해, 드디어 낯선 일본땅으로 건너가게 된 것이었다. 해관 선생님의 적극적인 후원이 있었음은 물론이다.

일본행 배를 타기 위해 서울을 떠난 지 여덟 시간 반 만에 부산에 도착했다. 그런데 역 주변은 한바탕 싸움이 벌어지고 있는지 매우 시끌벅적했다. 부산의 이 첫 풍경은 나를 무척 당황스럽게 했다. 그러나 알고 보니 그것은 싸움이 아니라 역 주변의 노동자들이 자기들끼리 주고받는 보통의 대화였다. 경상도 억양 특유의 크고 거친 소리는 그들의 일상이었지만 그것이 서울내기인 나에게는 마치 싸움을 하는 것처럼 들렸던 것이다.

그중에도 놀라운 사실은 일본말을 자유자재로 구사하는 사람이 많다는 것이었다. 부산에서는 일본이 위치로도 가깝고, 또 일본인들이 실제로 많이 거주하고 있었기 때문에 그들과의 거래가 다른 지역보다 더욱 잦았을 것이다. 상가의 거래에서도 그들은 늘상 일본어만 사용하게 되었으니까, 자연히 일본어에 능숙할 수밖에 없었을 것이다.

관부關釜 연락선이 드디어 출발신호로 뱃고동소리를 길게 울렸다. 그것이 나의 귀에는 왜 그리도 구슬프게 들렸을까? 어머니와 영원히 작별이라도 하는 듯한 느낌이 들었다. 몹시 섧고도 서러웠다. 어머니께서는 내가 학업을 끝까지 마치도록 도와주지 못한 것을 줄곧 애석해하셨고, 또 신분까지도 기생으로 바뀐 운명을 몹시 원통해하고 한을 품으셨는데…… 어느새 나의 눈에는 물기가 어렸다.

나는 설움에 잠긴 채 멍하니 바닷물이 출렁거리는 선창만 보고 있었다. 그렇게 한참을 가는데 갑자기 풍랑을 만났는지 배가 심하게 흔들렸다. 아래층 승객들이 모두 뒤죽박죽 쏠리고 몰리며 위로 올라왔다. 정신을 차릴 수도 없었고 또 속이 워낙 울렁거려서 식사 때가 되어도 전혀 음식 생각이 나지 않았다. 참으로 배멀미는 고통스러운 것이었다. 그렇게 비몽사몽으로 얼마를 갔을까.

드디어 일본 시모노세키가 가까워지는 모양이었다. 그러나 선착을 알리는 뱃고동소리는 부산을 떠나올 때와 달리 마냥 지루하기만 했다. 곧바로 육지에 뛰어내리기만이라도 한다면 조금이라도 살 수 있을 것 같았다. 숨쉬는 것조차도 괴로웠다.

시모노세키에서 기차를 타고 기차 속에서 하룻밤을 잤다. 그리하여 출발에서부터 모두 사흘 만에 나는 꿈에서도 그리던 일본 동경에 당도할 수가 있었다. 역이 워낙 넓고 커서 나는 한동안 갈피를 잡지 못하고 촌뜨기처럼 당황했다. 시내로 들어가는 길도 어찌나 먼 느낌이었는지 '과연 동경은 넓고도 큰 도시구나' 하고 속으로 감탄했다.

일본 사람들이 쓰는 말 중에 '동경을 에도江戶라고 해도 역시 넓다'라는 말이 있었다. 일본의 역사에서 바쿠후幕府 시절에 생겨난 말이라고 한다. 주로 에도를 중심으로 칭했던 말인데, 에도 사람들은 '에도에 삼대 이상 살지 않고서는 결코 에도 사람이라고 부를 수 없다'고 할 만큼 자신들을 뽐내며 과시했다. 나는 에도 사람들의 그 말이 실감났다.

너무도 광활하고 번화한 고전풍의 문화도시에 나는 완전히 주눅이 들어버렸다. 나는 먼저 안내하는 사람을 따라가서 하숙을 정했다. 그곳은 시바소노芝圧芝園라는 곳에 있는 한 육조 다다미방이었는데, 하숙비는 25원가량이었다.

3, 4월 관동평야의 사나운 바람이 거세게 불어와서 살을 에는 듯 날씨는 매일 혹독하게도 추웠다. 게다가 비까지 자주 와서 공기가 누습했다. 다다미(짚을 엮어서 짠 일본식 매트리스)에 습기가 차서 눅눅하고 퀴퀴한 내음이 물씬 풍겼다. 나는 고국의 따뜻한 온돌방 생각이 몹시 간절했다.

이튿날 나는 우선 가까운 곳에 있는 문화학원文化學院을 찾아가서 3학년 편입을 신청했다. 그곳은 야간 여학교로 개설 운영되고 있었다. 그때 내가 20세였으니 비교적 나이가 많은 편이었다. 오랫동안 학업을 중단한 상태에 있었기 때문에 부족한 과목인 영어와 수학은 간다神田에 있는 연수학원研修學院을 다녔다. 오전에는 학과의 과목을 배우고 오후에는 집으로 들어와 복습과 예습에 몰두한 뒤, 다시 곧바로 야간학교로 수업을 들으러 갔다. 그렇게 부산을 떠느라 나는 향수에 젖거나 슬퍼하고 쓸쓸해할 틈이 없었다.

그때 일본은 전쟁중이었다. 일지사변日支事變(중일전쟁)이 확대되어 거리에는 학도병으로 징병 가는 학생들의 송별의 무리가 이어졌다. 그 가운데 인상적이었던 것은 '센닌바리千人針'라고 하는 것이었다. 그것은 천 명의 사람이 바늘 한 땀씩 떠서 만든 헝겊조각이었다. 이것을 몸에 지니고 전쟁터에 가면 횡액을 면한다고 하여 길거리에는 '센닌바리'에 참가하는 부녀자들의 행렬이 길게 하염없이 늘어서 있었다. 무심코 길을 가다가도 이 행렬을 만나게 되면 아무리 바쁜 걸음이라도 반드시 한 땀씩 뜨고서야 비로소 풀려날 수 있었다.

하숙집 주인은 자동차를 운전하는 젊은 기사였다. 평상시에는 사람이 좋았으나, 일단 술을 먹게 되면 몹시 포악한 성격으로 돌변했다. 그는 자기 부인의 머리채를 잡고, 마구 발로 차고 때리며 온통 소란을 피웠다.

한번은 내가 그 부인을 보고,

"왜 무서운 매를 빨리 피하지 않으세요?"

하고 물었더니, 그 일본 부인 말이,

"일본 사내들은 기氣가 단短해서, 우선 여자의 고개가 돌아가도록 한 대 때려놓고 시작하지요. 도무지 피할 틈이 없어요. 홧김에 마구 욕까지 퍼붓지요."

라고 했다. 참혹한 일이었다.

당시 일본에서 열이면 일곱 가정의 부인은 두들겨맞고 산다고 했다. 언젠가 어느 일본 잡지에서 본 기사가 생각이 났다. 고등 문관 구두 시험을 보는 자리에서 시험관이 수험생에게 '일본인의 결점이 무엇이라고 생각하느냐'라고 물었는데 한 학생이 거침없이 '일본인은 술을 너무 좋아하고, 취하면 싸움을 즐기는 것이 탈'이라고 대답했다. 그 자리의 모든 시험관들은 바로 자신의 심장이라도 찔린 양 움찔했다고 한다.

가정에서부터 싸움을 즐기는 백성 꼴이 좋을 리 없다. 독일의 정치가 비스마르크의 아들은 전쟁을 해서 이기는 명장을 기르지 말고, 전쟁을 피하는 명외교관을 배출하라고 말했다고 한다.

일본인들은 꾀가 많고 기가 짧아서 그들의 가장 특징이라 할 만한 것은 이른바 선참후계先斬後啓, 오직 징벌에 대한 깨우침뿐이다. 집안에서부터 이렇게 싸움을 즐기니 그들은 좀처럼 휘어지는 여유가 없다. '태강太强이면 절切'이라는 말까지 있지 아니한가?

이런 일본인의 심성에 비해 볼 때 우리는 강약이 서로 같지 않아서 그들과 맞서지 못했던 것인가. 어이없이 패망해버린 우리나라의 앞날을 생각하면 태산이 앞을 가린 듯 내 가슴속은 답답하기만 했다.

그러던 어느 날, 갑자기 서울에서 최순주 선생님이 찾아와서 잠시 만나자는 전갈이 왔다. 최선생님은 당시 연희전문 교수로 재직하면서 조선어학회의 일에도 관여하고 있었다. (그는 해방 후 재무부장관과 국회부의장 등을 지냈다.) 그는 마침 동경 청년

회관에 볼일로 왔었는데, 떠나올 때 해관 선생님의 편지를 지니고 온 것이었다. 최선생님은 내가 다니는 학교도 방문하고, 교무주임을 만나서 나의 학업 현황을 두루 확인하고 점검한 눈치였다. 학교의 교무주임 선생님은 내가 참으로 열심히 공부를 하고 우수하며 또 믿음직한 학생이라고 극구 칭찬을 해주었다. 나는 속으로 몹시 기뻤다. 그런데 최선생님은 뜻밖에도 놀라운 소식 한 가지를 전해주었다.

"사실은 신선생님과 우리 몇 사람이 당신을 하와이로 유학을 보내어서 장차 조선의 여성 일꾼을 만들고자 의논중이오. 보아하니 당신은 이곳에서도 자기 일을 훌륭히 해나가는구려. 과연 틀림없는 사람이라는 것을 알았소."

이렇게 말하고 최선생님은 다음날로 서울로 돌아갔다. 내 가슴은 마냥 두근거리기만 했다. 나 같은 보잘것없는 소녀를 일본 유학을 보내주시고, 또 하와이까지도 유학을 계속시키려는 해관 선생님과 조선흥업사의 그 깊은 속뜻을 조금이나마 이해할 수 있을 듯하였다.

그런데 이 무렵 서울에서 오래도록 소식이 돈절하고 있었다. 이게 도대체 어찌된 일인가 하고 그 까닭을 알아보니, 놀랍게도 신선생님을 포함해서 조선어학회 회원 중의 몇 분이 구속되어 함경남도 홍원의 형무소로 수감이 되었다고 한다. 대체 이런 일이 어떻게 일어날 수 있는가.

아닌 밤중에 청천벽력 같은 놀라움과 감당할 수 없는 충격이 엄습했다. 설사 부처님이 갇히셨다 해도 이보다 더 분하고 서러운 마음은 들지 않았을 것이다. 저 바다가 아니라면 당장 뛰어가서라도 바로 그분을 만나 뵙고 싶은 마음 간절하기만 했다.

나는 그 무렵 졸업을 앞두고 있었다. 졸업 후에는 계속해서 여자 의전이나 나라奈良 고등사범 등에 진학할 목표를 세우고 입시 준비에 몰두하던 중이었다. 그러나 나는 서둘러 귀국했다.

비록 우리 땅이면서도 한 번 가기가 어려울 뿐 아니라, 워낙 멀고 험해서 일반에게도 잘 알려지지 않은 함경도의 낯선 홍원 땅. 제반 교통과 통신 시설이 좋지 않은 오지였다. 그곳의 삼엄한 감옥에 당도하여 나는 먼저 면회 신청부터 했다. 그러나 일본인 옥리는 한마디로 싸늘하게 거절을 해버렸다. 나는 너무도 낙담하고 분통을 못 이기어 마치 미아가 된 듯한 심정이었다. 감옥소 앞의 길바닥에 철퍽 주저앉아 나는 엉엉 울어버리고 말았다. 부처님을 잃은 중생의 심정이 과연 이런 것이던가. 한없이 서럽고 쓸쓸한 마음뿐이었다. 동경으로 돌아가서 공부를 계속할 열망이 일시에 수포로 돌아갔다.

나는 그만 땅이 꺼지고 하늘이 무너지는 것만 같았다. 학업을 더 계속할 의욕도 생기지 않았고, 마냥 자포자기의 심정이 되어버렸다. 나는 조선어학회의 민족지사들이 갇혀 있는 함경도

땅을 아무런 뚜렷한 대책이 없이 떠나지도 못하고 함흥으로 가서 엉거주춤, 그냥 감옥 주변에 그대로 머물러 있을 수밖에 없었다. 그해가 1936년 가을이었다.

나는 어떻게 해서라도 나의 은인이신 옥중의 해관 선생님을 면회해야 할 것만 같았다. 그래서 내가 그렇게도 싫어했던 기생의 복색을 다시 입고 함흥권번으로 들어갔다. 왜냐하면 내가 기생이 되어야 커다란 연회 같은 것에 참석할 수가 있었고, 또 그러한 기회에 함흥 법조계의 유력한 인사를 만나서 신선생님의 특별 면회를 부탁할 수 있을 것 같았기 때문이었다. 그러나 그 뒤에 곧 알게 된 사실이지만 민족주의자나 사상범의 경우는 일절 면회가 불가능하다는 것이었다.

만남

그릇과 여자는 내놓으면 깨어지기 마련이라 하더니, 이 무렵 실로 우연한 기회에 나는 함흥 영생고보의 한 영어교사를 만나게 되었다. 그날은 내가 함흥권번에 소속이 되어 함흥에서 가장 큰 요릿집인 함흥관으로 나갔던 바로 첫날이었다. 영생고보의 어느 교사가 이임하는 송별회의 자리인 것 같았다. 그 자리에서 나는 당신과의 운명적인 만남을 가지게 되었던 것이다. 나는 내 삶의 은인이신 해관 선생님을 만나기 위해 타관 객지에 잠시 와서 머물고 있는 처지였고, 당신 역시 서울에서 그 바람 센 함흥땅으로 부임해와 있는 멋쟁이 시인 총각이었다. 어쩌다 우리 두 사람은 첫눈에 서로 그렇게도 어이없이 사로잡히고 말았는지.

단 한 번 부딪친 한순간의 섬광이 바로 두 사람의 영원한 사랑의 시작이었다. 아무리 세월이 흘러가도 매듭이 없는 슬픈 사랑의 실타래는 이미 그때부터 풀려가고 있었다.

당신은 첫 대면인 나에게 대뜸 자기 옆으로 와서 앉으라고 하였다. 그러곤 당신이 마신 술잔을 꼭 나에게만 건네는 것이었다. 속으로 나는 잔뜩 겁에 질려 있었지만, 이런 내색을 전혀 겉으로 드러내지 않았기 때문에 내 행동거지에는 조금의 흐트러짐도 없었다.

말없이 연거푸 기울어지는 술잔에 용기를 얻은 당신은 술상 아래쪽에서 더덤썩 나의 손목을 잡았다. 꽉 잡힌 내 손목에는 이미 불꽃 튀는 사랑의 메시지가 뜨거운 전류처럼 화끈거리며 전달이 되었다.

"오늘부터 당신은 나의 영원한 마누라야. 죽기 전엔 우리 사이에 이별은 없어요."

전혀 예상치도 못한 당신의 말이 나의 귀를 놀라게 하고, 또 의심케 했다. 그 말을 듣는 순간 나의 의식은 거의 가물가물해지면서 바닥 모를 늪 속으로 깊이 빠져들어가는 듯했다. 술기운이 더해감에 따라 당신은 나의 손을 다시 움켜쥐었다.

"마누라! 마누라!"

진작부터 자주 불러와서 익숙해진 듯한 말투로 당신은 무슨 애원이라도 하듯 자꾸만 보챘다.

무던히도 성급한 당신의 그런 모습이 나에겐 오히려 사랑스러웠고, 또 부자연스럽기도 했다. 부드럽고도 다정스러운 말소리는 이윽고 나의 뇌리를 찔러서, 허전한 소녀의 텅 빈 가슴에 화살처럼 마구 내리꽂혔다.

설혹 농담이나 취담이라 하더라도 나에게는 정녕 깊이 사무치는 당신의 호의였다. 나는 실로 엉뚱한 허영심마저 솟구치어 제 분수를 잃을 것 같았다. 이 넘치는 영광, 그리고 당혹스러움!

밤이 늦어져서 헤어질 때까지 당신은 나를 행여나 놓칠세라 염려스러워했다. 당신은 서슴지 않고 이렇게 말했다.

"오늘부터 마누라 뜻대로 내 몸을 맡아주어야 해요."

다시금 새롭게 밀려오는 감당할 수 없는 파격적인 충격과 애원! 당신은 취기에 젖어 느슨히 풀린 육중한 몸을 나에게로 서서히 기대어 신는 것이었다. 실낱같은 내 가냘픈 몸은 갑자기 태산이라도 기대어 선 듯 믿음직하고, 또 마음이 든든해져왔다.

일이 이렇게 되니, 이 몸도 진작 그대에게 맡겨진 몸 되어 누가 누구의 몸일는지. 누가 누구의 몸이었거나를 가릴 사이 없이, 우리는 어느 사이에 한 둥지에 갇힌 무법도無法徒, 한 쌍의 어여쁜 원앙이었다.

그때 당신은 약관 26세로 일본 동경의 아오야마靑山학원 영문학과를 졸업한 준재였고, 이미 『사슴』이라는 시집을 발간한 신진 시인이었다.

평안북도 정주에서 출생하여 1930년 〈조선일보〉 현상문예에 약관 19세의 나이로 단편소설 「그 모母와 아들」이 당선되어 문단에 나온 당신은 소설보다도 고향의 정경과 토속적인 풍물을 노래한 시에 많은 관심을 기울였다. 1935년 8월 〈조선일보〉에 「정주성定州城」이라는 시를 발표한 뒤로부터 시인으로서의 길을 걸어가게 되었다. 1934년 이후 〈조선일보〉 기자로 일했었고, 또 역시 〈조선일보〉에서 발행하던 잡지 〈여성〉에서 편집을 맡아 일한 경력이 있었다. 그후에 3년 동안 일해온 신문사 일을 그만두고 1936년 4월, 서울을 떠나와 함흥의 영생고보에서 교편을 잡게 된 것이다.

미혼의 총각으로서 영어교사였던 당신은 때때로 그 학교의 축구부 지도교사를 전담할 만큼 스포츠에도 남다른 소양을 갖고 있었다.

당신은 이국적인 곱슬머리에 미목이 수려하며 용모 단정히 갖추어진 모던한 청년신사였다. 〈조선일보〉 시절 〈여성〉지에서 함께 일을 보았던 서양화가 정현웅은 〈문장〉지에 친구인 당신의 프로필을 그리면서 삽화의 말을 이처럼 정겹게 썼다.

미스터 백석은 바루 내 오른쪽 옆에서 심각한 표정으로 사진을 오리기도 하고 와리쓰게도 하고 있다. 그래서 나는 밤낮 미스터 백석의 심각한 프로필만 보게 된다. 미스터 백석의 프로필은 동상과 같이 아름답다. 미스터 백석은 서반아西班牙 사람도 같고 필리핀 사람도 같다. 미스터 백석에게 서반아 투우사의 옷을 입히면 꼭 어울릴 것이라고 생각했다.

그렇게 청춘남녀의 정열에 한번 댕기어진 불길은 걷잡을 수 없이 활활 타오르기만 했다. 그 당시, 해관 선생님의 은혜에 보답하지 못하게 된 것이 말할 수 없는 고통과 번민으로 가슴을 후볐지만, 운명이란 어차피 사람의 힘으로는 어쩌지 못하는 것이 아닌가.

자야子夜(백석 시인이 지어준 아호)는 그때 방기芳紀 22세의 어여쁜 기생이었다.

기생 진향

어려움 속에서 모든 것이 애처롭고 가슴에 한도 많았던 열여섯 꽃봉오리 소녀 시절. 나는 일약 진향眞香이라는 예명을 얻어 조선권번의 일원으로 입적되었다. 진향은 금하 선생님께서 '진수무향眞水無香'이란 글귀에서 한 글자씩 따서 지으신 것이다.

그 말에는 매우 높고도 깊은 뜻이 담겨 있었다. 물 가운데서도 참으로 깨끗하고 맑은 물은 일절 잡스러운 내음을 풍기지 않는 법이라는 뜻이다.

그 시절 그때 물독에 엎드려 뚝뚝뚝 떨어지는 눈물을 바가지로 받던 독 속의 눈물소리가 아직도 내 귓전에 생생하다. 그후 나는 성장하기까지 어떤 고난과 슬픔을 맞닥뜨렸을 때 그 바가지 속의 눈물소리를 생각하고 나의 어려운 일들을 꿋꿋이 이겨

나갔다. 소년小年 고생이란 금과 같이 소중한 것이 아니던가. 나는 금을 산 듯 소년 고생을 소중히 간직하고 어지러운 세파의 풍랑을 헤쳐나왔다. 그때의 고생을 내 생애의 항로에 노로 삼고 닻으로 삼았으니 지금까지 큰 과오 없이 무난히 살아온 것 같다.

어찌 그 시절이 없이 나의 오늘이 있었으리오.

기생 약전略傳

기생이란 말은 가무를 갖추고, 예의범절 행실 조행이 단정하여, 사교계에서 이른바 '해어화解語花', 즉 말귀를 잘 알아듣는 꽃이라고까지 할 정도로 재능이 뛰어날 뿐만 아니라 대화도 능숙하고 예능까지 갖추었다 하여 세상에서 그렇게 칭했던 것이다.

기생이란 본래 중인의 가정에서 태어난 처녀가 궁중에 들어가 임금님 내외분의 약을 달여 바치고 간호사처럼 시중을 드는 약방기생藥方妓生에서 유래된 말이다. 궁중에서 바느질도 하고, 또 궁중가무를 익히다가 나라님의 진연進宴잔치 등 큰 경축행사가 있을 때면 그때마다 출연하여 가무를 했다.

이런 활동이 기생의 주된 소임이자 직분이었다.

어떤 면에서 기생은 한국의 전통 궁중가무의 개척자요, 또 여성의 아름다움에서도 극치의 세계를 이룩한 선구자들이었다. 당시 세간에서 여자가 예쁘게 화장을 하고 몸단장을 뛰어나게 꾸미어 눈에 띄도록 곱게 차리고 나서면 흔히 "저 사람은 꼭 기생 같애"라고들 하였다.

당시의 기생들은 치맛말기를 오른쪽으로 돌려입었고, 여염집 양반 부인은 왼쪽으로 치마를 돌려입었다. 오른쪽으로 돌려입은 치마는 대개 기생이거나 하층 계급으로 비천한 일을 보는 신분임을 표시하고, 왼쪽으로 돌려입은 치마는 귀한 신분임을 표시했다. 그래서 치마 여미는 것으로도 신분의 구별을 했던 것이다.

하지만 기생이 양반 후예로 행세깨나 하는 후원자를 만나 치가治家라도 들게 되면 바로 그날로부터 치마허리를 왼쪽으로 매고 '아무개씨댁 별방別房 마나님' 또는 '안 어사 마마님(안방의 어사와 같은 귀한 부인)'이라는 호칭을 받게 되었다.

그런데 나라가 외세에 의해 패망하면서 기생 사회에도 갑작스럽게 많은 변화가 생겼다. 고종황제의 생신 때 진연잔치를 해마다 계속해왔었는데 일제는 이것조차 금지했다. 왜냐하면 고종황제가 궁중음악에 가무를 갖추어 정식으로 펼치는 기생 진연을 보다가 혹시 지나간 일을 회상하거나 망국의 서러움을 느끼게 되지 않을까 하는 염려를 했던 것이다. 그래서 남도 광대를 불러다가 간단하게 진연을 마치게 되었다고 한다.

그 과정에서 관기官妓가 폐지되고 일본식 권번이 도입되어 분위기가 점차 비속하게 변질되어버렸다. 그것이 바로 일제가 우리나라의 주권을 강탈해가던 무렵이었다.

이때 이미 금하 선생님은 남다른 포부를 가지시고, 그 사회의 부조리한 점을 극복하고자 마침내 서울 다동茶洞에다 조합을 새로 개설하셨으니, 그것이 바로 저 유명한 '다동조합'의 시작이다. 포주에게 매이지 않은 자유의 몸인 기생 '다동조합'은 종래의 부조리와 모순을 크게 쇄신한 이른바 '무부기조합無夫妓組合'의 시작이었다.

그후 금하 선생님은 희망하는 소녀들을 따로 모아서 가무를 가르치기 시작하였다. 그러나 서울 출신은 별반 드물었고, 멀리 평양에서 소문을 들은 기생들이 속속 상경하여 '다동조합'은 날로 호평이 높아가고 성황을 이루게 되었다. 이로부터 그 악명 높던 '유부기조합'은 서서히 기울어지고 나중에는 그 제도 자체마저 아주 없어지고 말았다.

이처럼 기생은 조선 역사상 음악, 가곡, 가무뿐만 아니라 여성계의 미풍과 양속을 새롭게 가꾸어간 개척자였으며, 사교계에서도 당당한 위치를 차지했었다. 그러나 치욕의 경술국치 이후 조선 사회의 역사를 뒤엎어버리려는 일제의 흉포한 식민지 학정은 기생 사회의 미풍양속조차 깡그리 압살해버렸다. 아울러 각 방면의 온갖 압박, 또 거기에 잇따른 경제적 착취로 말미암아 조선은 하루가 다르게 기울어져 마침내 헤어나지 못할 수렁 속으로 빠져들고 말았다.

정황이 이렇게 되니 그 험한 세월의 틈바구니에서 기생도 예외 없이 유린과 낭패를 겪으며 더러는 나태한 생활, 더러는 타락의 길로 흐르는 경우도 있었다. 이 때문에 기생은 미천한 직업으로 낙명落名되기도 했다.

하지만 지난날 이름 높던 의기義妓로는 임진왜란 때 민족을 위기로부터 구하기 위하여 외적과 맞선 평양 출신의 계월향, 진주의 의기 논개의 거룩함은 더욱 말할 나위가 없었다.

기생들 가운데는 가난한 선비와 양반의 가정으로 들어가서 어떠한 어려움 속에서도 한결같이 순수한 항심恒心의 경계를 벗어나지 않는 사람이 많았다. 다만 한 지아비를 일편단심, 높은 부덕으로 받들어 기울어가는 가세를 일으킴으로써 문중에서 '사대부댁 부인'으로 높이 모심을 받고, 또 어떤 이는 '정경부인'의 칭호를 받은 경우까지 있었다.

이러한 그들이 제국주의의 침탈과 더불어 역사의 희생양 중에 하나가 되고 만 것은 못내 아쉽고도 한 맺힌 비극이라 아니할 수 없다. 당대에는 재상과 마주하고 담배를 피우니 그 칭호도 '기생 재상'이라 일컬어져서 그 위풍은 자못 당당하기조차 했다. 그러나 지금은 권번도 없어지고, 기생이란 이름조차도 아주 잊혀져가고 있으니 이는 시대의 변천에 따른 순리적인 결과이리라.

나는 권번을 그저 조선의 전통 궁중가무를 연수하는 예능전습소로만 알고 열심히 전수를 받았다. 그래서 3년 만에 우수한 성적으로 전체 과정을 모두 마치고 수료식에서 아창亞唱을 정악으로 부르게 되는 영예를 얻었다.

여창 가곡에는 첫 곡을 혼자 부를 때 수창首唱이라 하고, 두번째 곡을 혼자 부르는 것을 아창이라고 한다. 춤에도 소질을 인정받아서 무산향舞山香, 검무劍舞 등의 정재呈才는 물론, 특히 고전무용 '춘앵전春鶯囀'에서 기본으로 추는 춤을 내가 독무로 추기까지 했던 것이다. '춘앵전'이란 원래 궁중의 마당에 화문석을 깔고, 한 사람의 무기舞妓가 〈유초신지곡柳初新之曲〉에 맞추어 돗자리 밖으로 나가지 않고 추는 매우 아름다운 전통춤을 말한다.

'춘앵전'은 한국 고전무용의 한 기본이요, 거기다가 몹시 어렵기도 해서 같은 해에 수료한 동기생 중에 인정받는 사람이 없을 때는 바로 먼젓번 수료생이 대신 그 춤을 추어줄 정도로 '춘앵전'을 출 수 있는 사람은 썩 드물었다. 오죽하면 그 당시에 금하 선생님께서 '명창이 열 명이나 배출되어도 명무 한 사람 만나기가 어렵다'고까지 자주 말씀하셨을까. 다른 춤도 그러하지만 '춘앵전'은 특히 그 자태 용모가 8할 이상을 차지하고 그중에서도 제일 첫 조건이 자태라 하였으니, 이 춤을 추기 위해 천품으로 타고나지 않고서야 조작이 불가능하다는 말인 듯 여겨진다.

그런 춤을 내가 추었던 것이다.

다동의 금하 선생님

금하 선생님께서는 참으로 암울하고 어두웠던 시절 기생 사회의 면모를 새롭게 혁신시킨 개혁가이셨다. 그 당시 사회의 불우한 환경에 처한 여성을 봉건적인 질곡과 속박에서 해방시키려는 돈독한 뜻을 가지셨다. 또한 그때부터 이미 정악 가무의 본음 본색이 빛바래져가는 모습을 늘 마음 아프게 여겨서, 올바른 정통 예술의 체계를 수립하는 일에 몸소 헌신하여 70여 성상星霜까지 후진들에게 가무를 전습시켜주셨다. 그 덕택으로 오늘날 우리나라 정악 가곡의 명맥이 지금까지 끊어지지 않고 이어져올 수 있었으니 그 큰 은혜를 무엇으로 갚을 길이 있겠는가.

선생님께서는 현재의 서울 수송동 숙명여고 앞에도 '수요회'라는 정악전습소를 내고 한 주일에 한 번씩 반드시 수요일에만 모임을 가지셨다. 그 주된 구성원은 대개가 여유 있는 양반 출신의 율객律客들이었다. 이 '수요회'에는 배반杯盤 치른 기생이 두 사람씩 교대로 참석해서 율객들의 거문고, 양금, 단소, 장고 등의 조촐한 반주에 맞추어 가곡을 불렀다. 금하 선생님의 가곡은 단아하되 여유작작하며 장중한 우조와 애조 띤 계면조의

창이 정확하고 섬세하였다. 그뿐 아니라 또한 정아하고 점잖아서 듣는 사람이 이루 표현할 길 없는 애틋한 정감에 사로잡히는 것 같았다. 이러한 선생님의 노래는 장중과 애조를 아우르는 중에도 너무나 경건한 느낌이 들어서 흡사 현실을 초탈한 인간이 선경에 들어가서 부르는 그야말로 탈속의 음악인 듯하였다. 분명 한국의 정악은 인간의 기본품성을 수양시키는 도道의 음악이 아닌가 한다.

그때 세월에 정상적인 학교교육이나 가정교육을 거치지 않은 채 권번에서 가곡과 무용을 제대로 배운 여성을 '채 맞은 기생'이라 했다. 과연 그녀들은 그 언어 행실과 몸가짐이 두드러지고 요조해서 당시 사회의 대표적 미인의 상징으로 여겨졌다. 그래서 일반 여염집에서도 여자가 평소보다 어여쁘게 차리고 길에 나서면 '채 맞은 기생' 같다고 하는 말까지 있을 정도였다.

금하 선생님의 슬하에서 3~5년간 가곡 수련을 마치면 여자의 모든 행신 범절이 저절로 돈독해지고 교양이 몸에 담뿍 배었다. 이런 단계에 들어야 비로소 '채 맞았다'라는 말을 들을 수 있었다. 가곡을 제대로 수업한 사람은 몸태가 도저해서 그 사람을 '채 맞은 사람'이라 했다. 그러므로 이 말은 권번에서 금하 선생님께 정악 가무의 전 과정을 수년간 돈독히 배우고 제대로 수료한 사람에게만 쓰는 말이다.

그리고 금하 선생님은 노래를 강講을 받으실 때 늘 곤장을 앞에 놓고 우리를 엄히 다스리셨다. 그 순간의 우리 모습은 꼭 금하 선생님 앞에 잡혀온 한 마리 토끼 같았다. 팔딱팔딱 가슴으로 숨을 몰아쉬며 다소곳 쥐죽은듯이 앉아 있었다. 그 곤장이란 그러나 형리가 죄수를 다스릴 때 쓰는 그 무서운 형구形具가 아니라 길이가 약 한 자 정도, 지름이 약 손가락 두 마디 정도의 박달나무를 깎아서 만든 작은 도구이다. 우리는 이것을 곤장이라 불렀다.

선생님께서는 제자들이 학습을 게을리하거나 말씀을 제대로 따르지 아니할 때 이 곤장으로 우리들의 허벅지를 가볍게 쳐서 제자들의 느슨해진 정신을 일깨워주셨다. 이것은 금하 선생님만이 쓰시던 유일한 교육도구였다.

우리는 가무의 잘못된 점을 고쳐주시던 선생님의 꾸중을 들어가며 곤장 몇 대 맞고는 눈물을 찔끔찔끔 짜기도 했다. 그러나 그 눈물은 결코 곤장의 아픔을 못 참아서가 아니었다. 남들이 보는 앞에서 처녀가 넓적다리를 드러내고 곤장을 맞는 것이 얼마나 수치스러운 일이었던가. 그 시절에는 여자가 남들 보는 데서 허벅지 속살을 드러내는 것이 죽음보다 더 싫은 극도의 수치였던 것이다.

또 한 가지, 선생님께서 길게 기르신 새끼손톱으로 마치 생선의 배를 따는 듯한 시늉을 하시면서 우리 팔뚝에 날카로운 금을 주욱 그으셨다. 이런 벌을 받을 때 우리들의 겨드랑이 안쪽,

보얗고 보드라운 피부는 너무도 따끔해서 저절로 눈물이 솟았다. 이것을 우리들은 '생선 뱉따기 벌'이라 했었다. 선생님께서는 어린 기생들이 아프다고 비명을 지르며 엄살하는 모습을 귀여운 재롱으로 즐기시는 것만 같았다.

이미 육십 년도 더 된, 금하 선생님의 따끔한 가르침 하나.

가곡을 배울 때였다. 노래의 가사 중에서 평롱平弄 계면조에 '북두칠성 일곱 분께 비나이다'라는 뜻의 대목이 있었는데, 그 노래의 첫 장을 배우다 갑자기 뜨거운 눈물이 나도 모르게 주르르 흘러내렸다. '나도 진작에 칠성님께 빌기라도 했었더라면 이런 신세는 아니 되었을 것을' 하는 서러운 한탄과 원망을 도저히 억누르지 못하고 나도 모르게 저절로 눈물을 주르르 흘리고 말았다. 노래를 마치니 금하 선생님께서는 나의 이런 모습을 속으로 가엾게 여기시면서도, 도리어 엄하게 꾸중을 내리시는 것이었다.

"세상은 네 뜻대로 되는 것이 아니니라. 그 이상과 현실의 갈등에서 세상을 비관하고 낙오자가 되지 않도록 해라. 네가 지금 하는 일에 충실해야 한다. 그저 모든 것을 잊어버렸거니 하고, 기왕 몸담은 곳에서 출심하여 뜻을 바로잡고 굳게 세우면 마침내 성공을 하는 법인 게야!"
하시면서 인정 깊고도 준엄한 충고의 말씀을 들려주셨다.

이 말씀은 지금까지도 내가 평생 잊을 수 없는 좌우명으로 여기고 있다.

금하 선생님은 또 이어서 말씀하셨다.

"평양에 백선행이란 청춘 과수가 있단다. 그가 큰돈을 벌어서 평양에 공회당도 세우고 육영사업도 하고 게다가 민족운동가들에게 후원도 많이 해서 드디어 유명한 여류 사회사업가가 되었느니라."

선생님께서는 평양의 백선행이 거부가 된 내력을 들려주셨다.

"백선행이는 일찍이 청상과부가 되어 바느질품을 얻고 남의 집 일이나 돌보아주고 살았어.

이렇게 험한 일, 궂은일을 해서 한푼 두푼 모은 돈이 적잖이 모였을 때, 한 거간꾼이 와서 좋은 땅이 있으니 사라고 권했지. 아무것도 모르고 시속에도 밝지 못한 순진한 백선행이는 영문도 모르는 채 거간꾼이 시키는 대로 그 땅을 샀어. 그러나 막상 사고 보니 아무짝에도 쓸모없는 땅이었어. 나중에사 거간에게 속아서 사게 된 것을 알았지.

하지만 그로부터 몇 해가 지난 후 어떤 사람이 와서 비싼 값을 줄 테니 그 땅을 도로 팔라고 자꾸만 채근해왔어. 백선행이는 그동안 골치만 썩여오던 그 땅을 그들은 왜 사려던 것일까, 한편으론 의아하게 생각하면서도 마침내 땅을 팔아버렸지. 생각지도 않았던 막대한 자본이 쏟아져들어와서 백선행은 일약 대부호가 되었어.

나중에 사정을 들어보니 자기가 팔아넘긴 땅은 바로 매장량이 엄청난 양회(시멘트)가 묻힌 산이었다는 게야. 복불복이라는 말은 실로 이를 두고 한 말이지.

이걸 보면 남의 복을 함부로 빼앗을 도리는 이 세상에 없는 것 같애. 너도 뜻을 바로 세우고 성공해서 큰 사회사업을 하도록 해라. 그러면 장차 이 나라를 위한 훌륭한 사회봉사자가 될 수 있단다. 아무쪼록 마음 단단히 굳히고 장래를 멀리 바라다보아라."

이처럼 나는 열여섯에 다동의 금하 선생님 슬하의 넷째 양녀로 들어가 3년간 선생님의 각별한 가르치심을 받으며 살았다. 돌이켜보면 금하 선생님의 자상한 가르침은 사제간의 정에서 그치지 않고 친어버이처럼 다정다감한 것이었다. 말로는 다 할 수 없는 그 시절의 서러웠던 사연들이 때때로 금하 선생님의 모습과 함께 떠오르면 나는 지금도 그렁그렁 차오르는 눈물과 함께 마냥 숙연해지곤 한다. 아, 금하 선생님!

문학 기생

그 당시 나의 어머니께서는 결핵을 오래 앓으시다가 급기야 후두결핵으로 번져서 그야말로 명재경각命在頃刻이었다. 식사도 제대로 못하실뿐더러 음성도 아주 가라앉아 말씀조차 작은 소리로 가쁜 숨을 헐떡이며 하셨다. 나날이 피골이 상접해가는 병든 몸으로 쓸쓸히 누워서 찾으시는 것이라곤 오직 냉수뿐이었다.

나 또한 험한 일 궂은일을 마다하지 않고, 병석에서 쓸쓸히 혼자 앓아누우신 어머니를 위해 과일이랑 인삼 등 평소 어머니가 즐기시던 것을 거의 매일이다시피 사다드렸다.

내가 늦은 밤에 집에 돌아가 어머니께 과일봉지를 안겨드리면, 어머니께서는 너무도 반가워하시며 생기를 얻으신다. 이렇게 좋아하시니 비가 오나 눈이 오나 한청빌딩 과일가게는 내가 빠짐없이 다니는 단골이 되었다.

그 시절 한청빌딩 과일가게는 밤새도록 문을 열고 있어서 밤늦게 과일 사기에는 안성맞춤이었다.

한번은 어머니께서 당신의 상의를 헤치시며 피골이 상접한 앞가슴을 내보이신다. 나는 어머니의 그런 모습을 보고 깜짝 놀랐다. 앞가슴은 마치 얇은 종이로 도배를 한 것 같았다.

가슴뼈가 모두 앙상하게 비치는 것이 아닌가.

삽시에 내 눈에서는 눈물이 앞을 가리고 말았다. 나는 어머니의 뼈만 남은 손을 더듬더듬 만지며 섧게도 섧게도 한없이 울었다.

어머니께서도 당부 섞인 당신의 하소연을 눈물로 말씀하신다.

"나의 병은, 날로 깊어가는데, 너는 어린것이, 무슨 죄가 그리도 많아서, 아니 내가 더 죄가 많아서, 너를 오랫동안 병원약 신세에, 밤을 낮 삼아 다녀서, 이 어미를 보살피게 한단 말이냐? 너의 그, 갸륵한 정성도 마음도 저버리고, 나는 이제, 이 세상을 곧 하직할 것만 같구나. 부디, 나 떠난 후에, 비록 구루마꾼이라도 좋으니, 마음 착한 홀아비를 만나, 가정을 이루도록 해라, 너를 이 꼴로 만들어놓고, 내가 어찌 저세상에 가서, 네 아버지 영혼을 뵙는단 말이냐?"

"……"

"아무리 우리집이, 어렵게 되었기로서니. 그래도 네가, 기생이, 무슨 말이냐. 하느님도, 무심하시지.

너의 아버지를 원망하는 것은 아니지만 네 아버지께서는 가까운 친구들 홍참봉, 김주사, 윤부령 댁에 돈을 빌려주셨던가봐. 그런데 돌아가실 때 하시는 말씀이 '나 죽은 후에 그 친구들이 돈을 직접 갖고 오기 전에는 절대로 그 집에 빚 받으러 사람을 보내지 말라'는 당부를 하시었단다. 옛날에는 친구끼리 크든 작든 돈을 융통해갈 때믄 증표도 한 장 없이 빌려주었고, 또 신용으로 가져오고 받는 것이 반가班家의 행세하는 법이었지."

어머니의 말씀은 다시 계속되었다.

"그런 세월에 어느 영이라 감히 거역했으리. 엄중하신 유언대로 그저 누가 돈을 가져오지는 않나 하고 이제나저제나 기다리고 바랐지만 아무도 가져오는 이는 없었어. 나는 이 와중에 어린 너희들을 데리고 살아갈 일이 하도 막막하여 잠이 오지 않았단다. 그런데 알고 보니 그분들도 다 패가했다 하니, 도리어 측은하고 딱한 생각에 마음이 아팠댔어. 그리고 내가 너에게 특별한 당부가 하나 있는데 앞으로 어떤 자리에서라도 너의 아버지의 함자와 본은 절대로 말하지 말아라!"
라고 말씀하셨다.
"본관과 집안 어른의 함자만 알면 보학譜學을 따질 때 집안 내력이 모두 드러난단다."
어머니께서는 돌아가시는 그 순간까지 내가 기생으로 발을 들여놓게 된 것을 가문의 수치라고 생각하고 계셨다. 그리고 또 나의 신세에 대해 한없이 한탄하시고 못내 서러워하셨다.
어머니께서는 틈만 나면 하시는 말씀이,
"달구지꾼이라도 좋으니 홀아비와 짝을 모아 단란한 가정을 이루고 살도록 해라."
주로 이런 권유요 당부였다.
기생은 총각과는 신분이나 지위의 높고 낮음을 막론하고 결혼을 하지 못하는 법! 기생은 무조건 총각 결혼을 못하는 법이었으니 어머니께서는 그 때문에 '구루마꾼 홀아비' 말씀을 조심스럽게 꺼내셨던 것이다.
임종하시기 직전 이런 당부를 남기시고 그토록 불쌍히 여기시던 이 딸을 뒤로 놓아두신 채 무정타 야속타 그만 영영 눈감

아버리시었다. 드디어 우리 모녀 이승의 인연은 다해버리고 이젠 완연히 다른 세상으로 아주 영별永別하고 말았다. 내 가슴은 천 갈래 만 갈래로 찢어지는 듯하였다.

나도 곧 어머니를 따라서 구천 그 너머 어디라도 가고 싶었다. 새삼 어머니가 그리워서, 정말 못 견디게 그리워서 무작정 떠난다고 떠난 것이 당도하고 본즉 금강산 옥천암玉泉庵이었다. 나는 금강산에서 한 달 내내 돌아가신 어머니 넋을 위로하며 지내다가 돌아왔다.

운명의 종은 과연 누구를 위해 울렸던가?

내 가슴속의 설움은 천붕지통天崩之痛에 온 세상이 새삼 까마득하고 깜깜해지는 듯하였다.

그 무렵, 그러니까 몸져누우신 어머니를 위해 매일 과일을 사드리던 무렵 나는 시인으로서 잡지 〈삼천리〉를 운영하고 있던 파인巴人 김동환씨로부터 한 제의를 받았다.

그는 평소 기생 신분으로 문학에 남다른 관심을 갖고 있던 나를 진작 호감을 갖고 눈여겨보았던 듯하다.

파인은 자기가 발간하고 있던 잡지에 나의 수필을 발표시키고 싶다는 것이었다. 나는 사양에 사양을 거듭하다가 결국 황망중에 받은 그 제의를 수락하고야 말았다. 그랬더니 파인은 매일같이 나를 찾아와서 우두커니 앉았다가 한참 만에 가곤 했다.

그 말수 드물고 과묵한 분이,

"어째 원고가 좀 쓰여지오?"

하고는 마치 바로 원고를 가져가기라도 할 듯 묵언으로 슬그머니 보채고 앉아서 나를 물끄러미 바라보다가 가곤 하였다.

파인은 그후로도 이 일을 빌미로 아마 수차례는 더 찾아왔을 것이다. 나는 파인이 와서 원고 이야기를 하면 마음에 무슨 빚진 사람의 심정이 되어서 그저 안절부절못했다.

파인은 참으로 끈기 있는 사람이었다. 나는 그의 집요함과 끈기에 속으로 몹시 놀라고 있었다. 파인은 언제라도 좋으니 원고가 되는 대로 곧 보내달라고 말을 했다.

이렇게 해서 나는 한 편의 수필을 쓰게 되었다. 글의 제목은 '눈 오는 밤'이었다. 그 외에도 몇 편을 더 쓴 것 같으나, 뚜렷한 기억이 없다.

그해 겨울, 나는 명월관을 다니고 있었다.

며칠 전부터 내리고 쌓인 눈이 길바닥에 그득하였다.

그 눈을 사람들이 밟고 다닌 자리는 반들반들 윤이 나서 무척 미끄러운 얼음판을 만들었다. 한켠에 수북한 눈은 솜이불처럼 두툼하게 쌓여서 결코 녹지 않을 것처럼 보였다.

이런 어느 늦은 밤이었다.

나는 평소와 다름없이 어머니께 드릴 과일을 사러 한청빌딩

앞에서 차를 내려 조심조심 발걸음을 재겨 디디며 과일가게 앞으로 다가가고 있었다.

어떤 중년 남자 하나가 비틀비틀 몸을 제대로 가누지도 못하며 미끄러운 빙판길을 간신히 걸어오는 모습을 보았다.

그의 모습은 흡사 어름사니 광대가 밧줄을 타듯 몸을 휘청거리는 모양이 너무도 아슬아슬해 보였다.

그 남자는 자기 딴에도 조심을 하고 오다가 내 옆을 스치듯 기우뚱거리며 지나가더니 기어코 그 눈길에 미끄러졌다.

그 남자는 쾅당 소리가 들릴 만큼 세게 쓰러지며 외마디 비명을 지르더니, 마치 무슨 총 맞은 짐승처럼 풀썩 미끄러지고 말았다. 그 남자는 길게 누워서 아예 일어나지도 못했다.

나는 너무도 뜻밖에 당한 광경이라 어안이 벙벙해져서 멍하게 서 있을 뿐이었다.

그런데 쓰러진 그의 오버코트 호주머니에서는 난데없는 노오란 귤이 또르르 길바닥으로 굴러나오는 것이 아닌가.

하이얀 눈 위에 쏟아진 샛노란 귤!

그것은 그대로 한 폭의 아름다운 그림이었다.

아! 나는 그를 단순히 주정뱅이로만 생각했다가 한순간에 어떤 충격 같은 것을 느꼈다.

저 남자는 저처럼 취한 중에서도 자기 가정을 생각해서 사랑하는 가족들에게 갖다주려고 귤 봉지를 호주머니 속에다 갈무려두었던 것이다.

가장으로서의 책임감과 따뜻한 사랑이 깃들어 있는 온정. 그것을 보는 순간 나는 그 남자가 필시 한 사람의 선량한 가장일 것이라는 사실을 확인했다.

나는 그날 밤, 과일을 사서 집에 돌아가다 쓰러진 취한의 모습에서 참으로 많은 것을 느꼈다.

대체로 이러한 소감을 글줄로 엮어서, 〈삼천리〉로 보냈다. 이 글이 발표되자 글을 읽어본 당시 문단의 여러 인사들로부터 무수한 칭찬을 들었다.

색다른 신분의 한 여인이 글을 써서 발표했다고 모두들 괄목상대하며 감탄을 표시했다.

"여보! 나는 귤 같은 것은 매일 밤 상자로 사서 들어다줄 용의가 있어요. 어째 생각 좀 달리 해보시지 않으려오?"

하면서 짙은 농을 걸어오는 사람도 있었다.

이렇게 해서 나는 이른바 '문학 기생'으로 세인들의 주목을 받는 특이한 존재가 되었다.

2부

당신의 '자야'

영생고보 교사 시절의 백석

당신만 아는 이름 '자야'

1936년 늦가을, 우리 둘은 각자 서로 멀지 않은 곳에 하숙을 정했다. 나는 함흥의 해가 뜨고 지는 반룡산 기슭 끝 한자락의 조용한 마을, 당신은 중리中里라는 곳에 있는 어느 학부형집에 하숙하고 있었다. 영생고보는 반룡산 아래쪽에 있어서 당신이 출근해 다니기에는 아주 가깝고 좋은 위치였다.

내가 들어 살던 하숙집 주인은 30대 초반의 여성이었다. 그녀는 아이를 못 낳는다고 시집에서 쫓겨난 '소박데기'였는데, 혼자 하숙을 치며 살아가고 있었다.

가옥은 전형적인 함경도식 구조로 부엌과 안방이 하나로 사용되고 있었고, 가마솥이 부엌의 한켠에 덩그렇게 놓여 있었다. 부뚜막 주변은 하도 닦아서 반질반질하게 윤이 났고, 밥 지을 때도 방에는 연기 하나 나지 않는 것이 신기했다. 주인아낙은 조밥과 해물을 넣어서 만든 함경도식 식해를 자주 만들어서 주었는데, 처음에는 맛이 이상했으나 차츰 그 맛에 익숙해졌다. 마당에서 지붕 꼭대기를 보면 집 뒤란에 참나무장작을 높다랗게 쌓은 것이 보였다. 워낙 추운 곳이어서 겨울 땔감을 산더미처럼 장만해놓지 않으면 안 되었다. 하숙비는 30원가량, 당시 쌀 한 가마에 12, 13원 할 때였으니, 상당히 비싼 편이었다. 그러나 나는 늘 제때에 어김없이 하숙비를 지불했다. 이 때문에 하숙집 주인아주머니는 나를 매우 좋아했다. 히카리 자동차의 쿠폰을 사서 타고 다니는 사람이 별로 많지 않던 시절에, 나는 저축을 해서 쓸 정도로 생활에는 비교적 아쉬움이 없었다.

하숙집 대문을 나서서 오른편으로 돌아가면 장독을 파는 옹기전이 있었고, 조금만 더 가면 목간통(목욕탕), 사진관이 있었다. 당신은 언젠가 이 사진관 앞을 지나오면서 사진관 진열장 속에 걸린 여자의 사진을 일부러 외면하고 갔다. 내가 그 이유를 물었더니,

"나는 당신 말고 다른 여자는 아예 눈도 주기 싫어!"

라고 해서, 우리는 함께 웃은 적이 있었다.

당신은 학교의 일과가 끝나기가 무섭게 도망치듯 나의 하숙으로 바람같이 달려왔다. 우리는 새삼 그립고 반가운 마음에

두 손을 담쑥 잡았다. 꽁꽁 언 손을 품속에 데워서 녹이려 할 양이면 난폭한 정열의 힘찬 포옹, 당신은 좀처럼 풀어줄 줄을 몰라했다.

밤마다 마주해도 그립고, 밤마다 속삭여도 새롭고 재미로운 신화 같은 사랑 이야기. 앞날의 부푼 꿈에 설레어 몰두해서 쌓았다가 허물었다가 다시 쌓아올리는 사상누각. 사상누각도 성의만 있었더라면 무너지지 않았을 것을. 그렸다가 지우고 지웠다가 다시 그려보는 잔잔한 시냇가 실버들 아래 일엽편주 조각배 무어 타고 아늑한 자유의 낙원을 향해 우리는 노를 저었다. 우리의 작은 천국으로, 이 세상 끝까지 흘러 흘러…… 우리의 나릴 곳 없으면 또다시 배 무어 타고 차라리 그 배의 사공이 되리니.

그런 가운데 한 폭의 그림, 썼다가 지웠다가 다시 써보는 주관이 뚜렷한 당신의 사상, 당신의 철학, 당신의 사랑과 이상, 그리고 열띤 강론. 이 모두는, 머언 훗날에 생각해보면 한낱 어린이의 소꿉장난이요, 재미로운 한 폭의 만화, 단지 하나의 웃음거리 우화에 지나지 않았을망정 두 사람에게는 다시 한번 돌이킬 수 없는 정열의 환상이었다. 영원히 지워질 수 없는 소중한 추억이요, 청순한 순정에 묻힌 한 점의 티도 없이 짙푸른 청춘이었다.

뿐만 아니라 얄궂은 억측에 묶인 매듭으로 어처구니없이 무너져버린 분하고도 원통한 눈물 치우치는 두 사람의 순정, 열렬하고도 슬픈 생애에 짧고도 영원한 사랑 이야기.

어느 틈에 한밤이 지나 따뜻하던 방구들도 차츰 식어서 싸늘하다. 밤은 깊어 이른 새벽 사오경 일점一點이면 돌아가야 하는 당신.

나는 당신의 섭섭한 모습을 바래다 드리려 대문 밖을 나섰다. 함흥의 그 유명한 매운 바람은 얄개빰을 에는 듯 쏘는 듯 사정없이 불어닥쳤다.

나는 잡힌 손 놓기 싫고, 당신은 내 잡은 손 더더욱 놓기를 아쉬워할새, 어느 사이에 오버코트 자락 속으로 사뿐 숨어들어갔다. 당신은 이런 나를 너무도 대견스러워하고 사랑스럽게 여겨서, 나의 작은 체구를 한줌에 달랑 움켜 옆구리에 끼고 도망치듯 달려갔다.

당신은 뚜벅뚜벅 황소걸음, 나는 조작조작 종종걸음. 한 발 삐딱 미끄러지면 두 사람은 손을 마주잡은 채 한 묶음으로 나동그라졌다.

하도 어이가 없어서, 우리는 서로 마주 바라보며 정신을 차리고,

"어디 다친 곳은 없었소?"

라고 물으며 서로의 옷을 털어주었다.

이 모습이 도리어 재미롭기만 했다. 어린아이들같이 서로 놀리고 박수를 치며 깔깔 웃던 그 천진난만했던 당신의 동안童顔!

넘어진 참에 한숨 푹 쉬고 툭툭 털며 일어서면, 바로 건너 마을이 임 계시는 마을이었다.

눈이 소복소복 쌓인 북극의 어느 지붕 밑, 처마 밑엔가에는 불 꺼진 쓸쓸한 하숙방이 주인을 기다리고 있었다. 말없이 돌아서는 그대 발길, 힘 빠진 내 발길. 나는 살며시 속으로 심통이 나서 그대로 폭삭 주저앉아 당신께 얌체 없이 업고 가자고 노랑떼를 쓰고 싶은 생각이 들었다.

어느 사이에 샛별이 돋고, 파아란 밤하늘에는 해맑은 새벽달이 나지막이 떠올라서 자비로이 웃으며 길을 밝혀주었다. 집으로 돌아가는 길에 우리 둘은 그 달을 머리에 이거니 앞세우거니 뒤세우거니 하며 즐겁게 노닐 적에, 그 무렵 까마득 높은 곳에는 이름 모를 큰 별 하나가 깜빡 숨었다 빵긋 윙크하며 나타난다. 그 짙푸르고 영롱한 별빛이 하도 유정해서 그 별 속에 우리는 백년가약의 다짐을 깊이 물고왔건만, 아! 나는 왜 못 가나 당신 곁으로. 또한 당신은 왜 자야에게로 오시지 못하는가! 임 계신 별의 나라! 왕자의 나라!

하루는 호기심에 함흥 시내 번화가로 나들이 갔다가 일본인이 경영하는 히라다백화점을 들어가보았다.

서울 못지않은 큰 규모에 물건도 비교적 풍부했다. 거기에는 특히 많은 책이 진열되어 있는 커다란 책방이 있었다.

이곳이 비록 궁벽한 북관北關의 한 지방도시에 불과한 곳이지마는 문화도시의 풍모를 갖추었구나 하는 생각을 속으로 하면서 두루 돌아보았다.

이 서점에서 내가 평소에 애독하던 신간잡지 〈문예춘추〉와 〈여원〉 두 권을 사가지고 돌아서는데, 문득 『자야오가子夜吳歌』라는 당시선집唐詩選集의 표지가 눈에 들어왔다. 나는 그 타이틀이 너무도 아름답고 또 낭만적인 느낌이 들어서 대뜸 사가지고 와서 당신께 보였다.

당신은 이를 반가이 받아들고 한참 동안 말없이 책장만 뒤적뒤적하였다. 그러더니 갑자기 의미심장한 미소를 머금고 눈빛을 반짝이며 나를 물끄러미 보더니 이렇게 말했다.

"나, 당신에게 아호雅號를 하나 지어줄 거야. 이제부터 '자야子夜'라고 합시다!"

나는 처음부터 책에서 본 그 '자야'라는 어음語音이 왠지 이색적이고 느낌도 아름답다는 생각이 들긴 했었다. 그러나 완전히 한문으로 된 시집을 내가 전혀 읽어낼 수 없으니까, 훌륭한 해설자인 당신만 믿고 사온 것이다. 그랬는데 당신은 곧장 나에게 그 책의 타이틀에서 금쪽같은 두 글자를 골라 나에게 베풀어주는 것이 아닌가.

이렇게 해서 나는 뜻밖에 당신으로부터 멋스러운 아호를 하나 얻게 되었다. 이것은 참으로 두 사람 마음이 너무 일치했기 때문이 아니었을까.

나에겐 당신이 지어준 '자야'라는 이름이 그 무엇보다도 진귀하고 소중한 선물이 아닐 수 없었다.

그날부터 '자야'는 이 세상에서 우리 둘만이 알고, 오직 우리 둘만이 서로 통하는 나의 애칭이 되었다. 그 이름을 불러줄 수 있는 분은 이 세상에서 오직 당신뿐이었다.

그 옛날 중국 동진東晉 시절에 자야라는 한 여인이 있었다. 그녀는 변경으로 수자리(국경을 지키는 일) 살러 간 낭군을 늘 못 잊어하였다. 당시 중국에는 늘 국경을 넘어 공격해오는 북방 민족의 침입이 끊이질 않았다고 한다. 이에 따라 현종은 변경의 정벌을 쉬지 않았고, 여기에 끌려간 민중의 시달림으로 원성이 높았다. 동진의 여인 자야도 남편을 전쟁터로 빼앗아간 혼란스러운 세상이 너무도 원망스러웠다.

장안도 한밤에 달은 밝은데
집집이 들리는 다듬이 소리 처량도 하구나
가을바람은 불어서 그치지를 않으니
이 모두가 옥관玉關의 정을 일깨우노나

언제쯤 오랑캐를 평정하고
원정 끝낸 그이가 돌아오실까

長安一片月 萬戶擣衣聲
秋風吹不盡 總是玉關情
何日平胡虜 良人罷遠征

긴긴 가을밤, 장안의 달은 휘영청 밝은데 이 집 저 집에서 모두들 다듬이질하는 소리가 또르락또르락 요란히 들려온다. 대부분 수자리 살러 간 남편이 입을 겨울 누비솜옷을 준비하는 소리들이다. 자야는 이러한 여인들 중의 하나였다.

그녀는 다듬이질을 하면서 남편과의 생이별을 서러워한다. 임은 지금 어디서 무엇을 하고 계실까, 혹시 건강에 탈이 나신 것은 아닐까? 자야는 온갖 시름을 이기지 못하다가 다시 다듬이질을 계속 한다. 이 작품은 떠나간 임을 기다리며 한 여인이 부르는 민요조의 노래로서, 당나라의 시선詩仙 이태백이 지은 것이다.

『자야오가』에 얽힌 이런 사연을 알고 있던 당신은 그 시집을 보고서 바로 작품 속의 주인공 이름을 따서 나에게 호를 지어 주셨다. 아마도 당신은 두 사람의 처절한 숙명이 정해질 어떤 예감에서, 혹은 그 어떤 영감에서 이 '자야'라는 이름을 지어주셨던 것은 아닐까. 내가 이날 이때까지 당신을 못 잊어하고 살아온 것을 생각하면, 나는 꼭 동진의 여인 자야처럼 기다리는 숙명으로 살아가도록 마련이 된 것인지도 모른다. 당신은 아직 머나먼 천리 원정에서 못 돌아오시고……

일찍부터 자야는 남과 같이 이 세상에 태어날 제 어느 별성님께 노여움을 샀음인지 소녀 시절부터 불운하였다.

가까운 길, 먼 길, 또한 굽이치고 험준한 가파른 고갯마루, 눈물 치우치는 갖은 곳, 수성을 헤치며 살아왔다. 그러다 새로운 뜻을 얻으면 그 뜻 칠성님께 높이 올려놓고 험한 풍진 세파, 도표도 동반자도 없이 한 맺힌 외롭고도 슬픈 소녀의 나그넷길을 걸어온 것이다.

허약한 몸은 바람 부는 대로 구름 가는 대로 숙명을 좇아 허우이허우이 움펵질펵 방황하기만 했다. 저멀리 높은 곳 아주 멀리서 빛나는 사랑의 혜성, 바로 당신께 사로잡히어 일평생을 살아가게끔 마련이 되어버린 것이다. 그 당시 자야는 바로 당신의 여인, 당신의 소망의 전부였다. 당신의 사랑하는 '마누라'가 옛 작품 속의 주인공 '자야'와도 같이 뜻이 높고 굳은 지조와 미덕을 갖추기를 바란 까닭도 있었으리라.

당신께서 지어주신 아호 '자야'에 얽힌 사연은 바로 이러했다.

‘모던 보이’와 북관의 여인들

당시 영생고보는 함경도를 대표하는 명문 사학으로 명성이 자자했다. 1907년 9월 캐나다 연합교회가 조선의 함흥에 개교한 이래, 1910년 영생중학이 먼저 문을 열었고, 이어서 1926년 3월에 5년제 고등보통학교가 개교하였다. 이 학교는 기독교 계통의 학교였기 때문에 기독교 색채가 짙었고, 은연중 내비치는 민족의식으로 하여 일제의 감시와 탄압을 받았으나, 그럴수록 더더욱 내실을 다지면서 명문교의 명성을 지켜가려고 노력했다. 바로 그 노력의 대표적인 것이 백석 같은 유능한 교사의 초빙이었다.

이미 신문기자로, 시인으로 각별히 주목받던 당신이 영생고보에 부임하여 교사로 재직하던 시절의 모습에 대해서, 당시 제자 중의 한 사람인 김희모라는 분은 이렇게 회고하고 있다.

나는 1934년부터 이후 5년간 영생고보를 다녔다.

그러니까 그때 내가 3학년이었으니 1936년 봄, 어느 오후 시간이었다고 기억된다. 수업시간 사이에 5분씩 휴식시간이 있어서, 나는 마침 우리 교실이 있던 2층 창가에서 운동장 쪽을 내려다보고 있었다.

그런데 한 양복 차림의 '모던 보이'(당시에는 멋쟁이 신식 청년을 모두들 이렇게 불렀다)가 교문으로 성큼성큼 들어오고 있었다. 운동장을 가로질러 학교의 현관으로 서슴없이 걸어들어오는 그의 옷차림은 일본식 용어로 '료마에'라고 하는, 두 줄의 단추가 가지런히 반짝이는 곤색 양복이었다. 모발은 모두 뒤로 넘어가도록 빗어올린 '올백'형에다 유난히 광택이 나는 가죽구두는 유행의 첨단을 망라한 세련된 멋쟁이의 모습이었다. 이런 옷차림과 멋스러운 스타일은 당시 인구가 고작 5만밖에 안 되는 함흥에서는 좀처럼 보기 힘든 모습이었으므로, 함께 내려다보던 4학년 을조乙組의 동급생들은 창틀에 매달려 일제히 우우 하는 함성을 그 '모던 보이'에게 보내었던 것이다.

다음날 아침, 운동장에서는 여느 때와 마찬가지로 조회가 열렸고, 보통 때와는 다른 것이 새로 부임한 선생님 한 분을 김관식 교장선생님이 학우들에게 소개를 하는 것이었다. 새로 부임한 교사는 다름 아닌, 우리가 어제 오후에 운동장을 가로질러오는 모습을 보았던 바로 그 '모던 보이'였던 것이다.

선생님의 성함은 백석, 2학년 담임을 맡게 된 그 선생님은 영어과목을 담당하셨다. 나이는 스물다섯, 일본 동경의 아오야마학원 영문과 출신이라고 소개되었다. 나중에 들으니 서울에서 '사슴'이라는 제목의 시집을 이미 발행한 명망 높은 시인으로서, 조선일보사의 기자로도 근무했던 분이라고 하였다. 우리는 그날부터 백석 선생이 가르치는 영어수업을 받게 되었다.

그로부터 사흘 후였을 것이다. 백선생님은 출석부를 옆에 낀 채, 맨 앞줄의 학생부터 차례차례로 50여 명의 학생을 모조리 얼굴만 보며 이름을 불러가는 것이 아닌가? 더욱 놀라운 것은 선생님이 부르시는 이름들이 단 하나도 착오가 없이 정확한 호명을 하였다는 것이다. 우리들은 꼭 무엇에 홀린 듯 어리둥절하였다. 선생님의 그 모습은 당시 우리들에게 있어서는 거의 신기神技라 할 만한 것이었다. 나이 많은 선생님들은 이름을 잘 외우지 못하시거나, 부른다 해도 틀리는 경우가 많았는데, 이 새로 부임해온 젊은 선생님이 불과 사흘 만에 우리 반 학생들의 이름을 모조리 다 외우시다니. 우리는 그날부터 백선생님의 비상한 기억력에 완전히 포로가 되어버렸다. 아마도 선생님은 학생들과 더 친해지기 위해서 명렬표를 갖다놓고서 열심히 외우셨을 것이다. 이것은 교사로서의 그분의 성실한 자세를 말해준다.

교사로서의 백선생님은 학생들에게 매우 철저한 분이셨다. 매일 숙제를 내어주시는데, 그날 배운 페이지에서 절반을 반드시 암기하게 하며, 또 그 다음날 백지에다 외워서 쓸 수 있도록 하는 것이었다. 그것이 생활영어를 중시한 것이라는 사실은 나중에 알게 되었지만, 아무튼 우리는 이 지긋지긋한 숙제가 싫어서 모두들 끙끙 앓고 있었다.

선생님은 영어교사에는 어울리지 않게도, 우리 학교 축구부를 지도하셨다. 내가 선생님과 친해질 수 있었던 것도 바로 축구부에서의 활동 때문이었다. 나는 문학보다도 축구가 좋았고, 또 축구부에서는 골키퍼를 맡아서 했다. 선생님은 우리들이 훈련할 때에 반드시 그라운드에 들어와서 선수들과 함께 달리며 이것저것을 지도해주셨다. 선생님의 공 차는 실력은 그다지 수준급은 아니었으나, 공을 따라서 열심히 뛰어다니며 땀을 뻘뻘 흘리는 모습은 한창 젊은 우리들을 감동하게 하였다. 한참 뛰어다니다 숨이 찰 때면 늘 그 자리에 머물러 천천히 걸음을 옮기며 심호흡을 하는데, 그럴 때면 꼭 배우가 무대 위에서 부리는 몸짓처럼 어깨를 으쓱하시는 것이었다. 가까이 다가가서 보면 눈을 지그시 감고, 코로 바람을 깊이 마시면서 두 팔을 뒤로 잔뜩 젖히는 모습이 우리 선수들 눈에는 이상한 사람으로 비치기도 했다.

때마침 오월 훈풍에 뒷산 언덕의 아카시아꽃이 바람에 그 향내를 가득 실어 보내왔다. 하지만 우리는 운동에만 골몰했지, 꽃향기 따위에는 관심을 가지지 않았다. 그러나 선생님은 어딘지 모르게 시인다운 데가 있었다. 특히 눈을 지그시 감으며 꽃향기에 취할 때면, '아! 시인이란 바로 저런 모습을 지닌 사람인가보군' 하고 생각이 될 정도였다.

당시 함흥 시내에서는 백계白系 러시아 사람이 와서 경영하는 문방구 겸 서점이 한 군데 있었는데, 나는 시내에 놀러 나갔다가 백석 선생님이 그 상점을 드나드시는 것을 가끔 본 적이 있었다. 소문에는 선생님이 그 러시아 사람에게 러시아말을 배운다고 하였다.

그해 가을 우리 영생고보 학생들은 만주 시베리아 등지로 수학여행을 다녀오게 되었다. 이때 우리를 인솔해갈 분이 백선생님이시다. 선생님은 기차 안의 어느 러시아 사람들에게 유창하게 말을 걸고 대화를 주고받았다. 우리는 그때 깜짝 놀랐다. 선생님의 외국어 실력이 정말 보통이 아니시었구나! 아마도 백선생님의 어학 실력은 거의 천부적인 것이 아니었던가 한다.
「내 고보 시절의 은사 백석 선생」(월간 〈현대시〉, 1990. 5)

이 정겨운 글을 읽노라면 '모던 보이'셨던 당신의 모습이 손에 잡힐 듯 생생하게 떠오른다. 그런 당신과 행복한 한 시절을 함께했으니 해일처럼 솟구치는 당신을 향한 내 그리움은 오죽하리오.

단지 감옥에 계신 해관 선생님을 뵙겠다는 일념으로 찾아간 함흥땅, 이방인인 나에게는 모든 게 낯설고 생소했다. 하지만 무엇보다도 신기했던 광경은 지붕 위에 장작개비를 잔뜩 얹어 놓은 진풍경이었다. 하도 이상해서 그 이유를 사람들에게 물어보니,

"함흥은 원래 가을부터 다음해 봄까지 얄개 바람이 유명해서 지붕이 다 날아가지 않슴메?"

라고 했다.

사실 함흥은 얼마나 추운 곳인가?

나는 가슴마저 철렁했다. 게다가 억양이 강한 사투리가 너무나 실감나도록 북관다웠고, 귀에도 서툴러서 곧장 이해하기가 어려웠다.

옛말에 남남북녀라 했던가?

북관의 아낙네들은 손발이 크고 굵직굵직한 모습이 우선 튼튼하고도 아름다운 미인들이었다. 간략한 주택과 생활 풍습이 그다지 까다롭지가 않았고, 나에게는 오히려 편리한 점이 있었다.

하숙집 주인아주머니는 마음씨 곱고 인정이 많은 전형적인

북관의 여인이었다. 말씨도 고와서 투박한 사투리가 제법 애교도 있고 정다웠다.

주인아주머니는 나에게 여러 가지 함경도 방언을 재미있게 들려주었다.

"처음 딸아이를 낳으니 '얼라'라고 합데. 크니 '체네'라고 하지 않습메? 시집가니 '집난이'라고 하지비. 얼라를 낳으니 날더러 '아어미'라고 합데. 이렇게 늙으니 '아마이'라고 하지 않습메?"

이 말이 너무도 재미있고 우스워서 나는 까르륵까르륵 허리를 꺾으며, 금방 숨이라도 넘어갈 듯이 웃어댔다. 주인 '아마이'는 이런 내 모습을 보고도 일부러 시치미를 뚝 따며 웃었다.

"무스거 그리 웃붐메?"

나는 이 말에 다시 겨우 참았던 웃음이 새로 터져나와서 어쩌지를 못했다.

하루는 그 하숙집 아마이를 따라 시장 구경을 나섰다. 시장은 꽤 큰데 남자들은 드물고, 남자 못지않은 건실하고 든든한 아마이들이 쇠고기 닭고기 돼지고기며 가자미 갈치 청어 명태 등의 생선을 만지며 팔고 있었다. 워낙 물이 좋아서 금방이라도 튀어나올 듯 눈이 싱싱하고 생기 있는 생선들, 기타 생활용품 일체를 큰 함지에 이고 나와서 장사를 하고 있었다.

함흥의 상인들은 말씨도 그렇지만, 대단히 억세고 다부진 느낌을 주었다. 어떤 가게에 들어가서 한번 물건을 흥정하다가 만약에 사지 않고 그냥 돌아나오게 되면 갖은 봉변을 당하기가 일쑤였다.

그때 시장 구경을 하다가 상인들끼리 싸우는 광경을 보았다. 그런데 처음 보는 사람들에게는 그것이 싸우는 것인지 아닌지를 쉽사리 분간하기 힘들 정도로 사사건건 따지며 조목조목 시비를 헤아리는 것이었다.

그러다가 해가 저물면 그들은 일단 싸움을 멈추고,

"그럼 내일 봅세!"

하고 헤어졌다.

다음날 그들은 가게문을 열고 하루의 장사를 준비한 뒤에 또 상대를 찾아가서 그의 어깨를 툭 치며 이렇게 말했다.

"이봅세!"

그들은 이렇게 다시 만나서, 어제 따지고 헤아리던 시비분별을 또다시 시작하는 것이었다.

시장에서 본 진풍경이 또하나 있다. 그것은 아낙네들 저고리 앞섶에다 한 냥도 넘어 보이는 말馬 채찍 굵기의 커다란 금가락지를 저고리 고름으로 질근다근히 잡아매달고 있는 모습이었다.

금빛이 번쩍이는 앞가슴에 어깨를 활짝 펴고, 빛깔 좋은 생선보다 한층 더 싱싱하니 기운차게 장사를 했다. 그 금가락지는 워낙 굵고 커서 손가락에 끼지는 못하니 여자들의 보통 장식품은 아니었다.

그것은 비상시에나 쓸 가사용 패물로서 몸에 직접 지니고 다니는 물건이었다. 그 굳건한 실질적인 생활 자세가 나는 부럽고, 일면 존경스럽기까지 했다.

궁중의 나인들에게서 전해져내려온 상류층 부녀자들의 패물은 노리개 삼짝에서 유래되었다고 한다.

먼저 그 하나는 작은 칼을 갈아서 비수같이 예리한 칼을 넣어두는 은장도 칼집이요, 또다른 하나는 비상을 넣어두는 향갑香匣으로 크기는 성냥곽만했다.

그리고 나머지는 은귀이개와 송곳같이 끝이 날카로운 꼬챙이를 한데 매달아서 삼원색 비단실로 매듭을 지은 것이었다.

비단실로 꼰 끈에다 삼색 실타래를 사이사이에 겹쳐 늘어뜨린 삼짝 패물은 조선의 고전 공예품 중에 세공 미술품으로서도 우아하고도 화사하여 가히 예술적인 패물이라 할 만하다. 그래서 상류 가정의 부녀자들은 평상시에는 그 물건을 깊이 보관해두었다가, 큰 경사가 있을 때 꺼내어 사치품으로 저고리 고름에다 매달았다.

옛적에 오랑캐나 외적들이 침입해서 난리통에 부녀자들이 봉욕을 당하게 되었을 경우가 있었다. 그러한 때에 삼짝의 패물 중에서 은장도를 꺼내어 즉시 자결하거나, 또는 비상砒霜을 털어서 마시고 결연하게 목숨을 끊어 죽음으로 대항했다고 한다. 또는 그 송곳, 귀이개 같은 예리한 은제 송곳으로 상대의 급소를 찔러 최후 저항을 하기도 했었다고 한다.

이 패물의 용도야말로 당시 귀부인네들의 열렬한 애국 투지와 굳은 지조를 보여주는 것이었다. 그 호신용 도구에는 악에 죽음으로 대항하려던 열녀, 그들의 일편단심의 넋과 슬프고도 한 맺힌 혼이 담겨 있었다. 이러한 도구를 그처럼 독특한 예술품으로 미화시킨 세공 미술품은 그야말로 소중한 민속문화의 하나라 하겠다.

일반 가정의 부녀자들도 금은 패물을 지니고 다녔다. 그러나 그것은 사치품이라기보다는 가세가 기울어져서 변화가 생겼을 때 비상으로 사용하는 물건이었다. 여차하면 손쉬운 소자본으로 바꾸어서 가족들의 생계 유지에 요긴하게 쓰였다. 그러므로 이 물건들은 반드시 사치품으로만 생각할 수 없는 귀한 보물이었다.

그런 점에서 북관의 아낙네들은 그 패물의 본래 용도를 일찍부터 깨닫고 실제 생활에 응용하는 굳건한 생활이념을 지녔다. 나는 그들의 그런 모습에 참으로 깊은 감탄과 존경심마저 우러났다.

함흥의 여인들에게서 그 광경을 보고, 나는 옛적에 우리 어머니의 모습을 생각했다. 어머니께서는 집안이 패가하게 되자 어렵게 지내오시면서도 몸에 지니신 패물을 기어이 내어놓지 않으셨다. 그러다가 훗날 삼대독자인 당신 아드님(나의 오라버니)을 장가보내게 되었을 때에야 비로소 며느리에게 줄 패물이라고 그동안 깊이 갈무리해오신 패물을 그제사 내어놓으셨다.

그때 어머니 말씀이,

"이 패물은 내가 시집왔을 때 시부모님께서 주셨던 것이란다!"

라고 하셨다.

우리는 모두 깜짝 놀랐다. 우리 풍속에도 그런 패물은 대대로 물려가는 예물로서 어떠한 난관에도 함부로 팔거나 쓰지 않는다는 것을 잘 알고는 있었다. 그러나 아무튼 우리 형제들은 그날 어머니께서 선뜻 내어놓으신 그 번쩍번쩍하는 패물들을 보고 놀라지 않을 수 없었다.

지난날 과부라는 존재는 마치 한 사람의 죄인과도 같이 여겨졌다. 그래서 과부들은 비단옷이나 패물을 몸에 걸치지 못하였다. 우리 어머니인들 왜 한 사람의 여성으로서 이런 패물을 몸에 지니고 싶은 충동이 없었으랴?

하지만 그러한 세속적인 욕망은 가슴속으로 꾹꾹 눌러 삭이고, 오직 한 가지 인내와 끈기로 가문의 법통을 지키시며, 그 한 많은 세월을 묵묵히 참고 살아오신 것이었다. 오직 항심 하나로만 버티며 장하게 살아오신 나의 어머니.

그 무렵 나는 함흥 형무소에 수감되어 계신 해관 신윤국 선생을 면회하러 갔다가 옥리로부터 거절을 당하고 가뜩이나 실의에 빠져서 분하고 원통한 심사를 억누르지 못하고 있던 터였다. 그러나 함흥의 시장에서 만난 북관 여성들의 억세고 다부진 자세를 보면서 나는 삶의 새로운 용기를 얻을 수 있었다.

당신의 시에는 이런 북관 여성들의 강인한 이미지를 훌륭히 그려낸 작품이 있다.

절망絶望

북관北關에 계집은 튼튼하다
북관北關에 계집은 아름답다
아름답고 튼튼한 계집은 있어서
흰 저고리에 붉은 길동을 달어
검정치마에 받쳐입은 것은
나의 꼭 하나 즐거운 꿈이였드니
어늬 아츰 계집은
머리에 무거운 동이를 이고
손에 어린것의 손을 끌고
가펴러운 언덕길을
숨이 차서 올라갔다

나는 한종일 서러웠다

길동 저고리의 깃동.

정말 내가 함흥의 시장에서 만나본 북관 여성들은 모두가 하나같이 튼튼하고 아름다웠다.

하지만 서울에서 온 나 자신은 시장 구경을 난생처음 해보다니 이 얼마나 충격이며 수치였던가. 나는 한순간 나 자신이 말할 수 없이 참담하고 부끄럽게 느껴졌다.

당시 대다수의 여성들이란 고루한 악습과 암담한 남존여비 사상으로 새장 속에 갇힌 몸이 되었다. 또 극심한 내외 관습으로 바깥세상을 모르는 채 엄격한 예의범절과 행실만 고지식하게 갖춘 가련하기 짝이 없는 미덕의 숙녀들이었던 것이다.

만약 우리나라 여성들 모두에게 함흥 시장에서의 그 억세고 다부진 북관 여성들의 삶의 투지와 용기가 있었더라면, 우리 여성들이 그렇게 불우하고 참담한 신세로 전락되지는 않았으리라.

조선 사회를 뒤집어엎으려는 악랄한 일제의 사슬에 그들은 역부족이었다. 귀한 몸 바치어 싸우고 싸우다 병이 들어, 드디어는 쇠잔한 몸을 이끌고 낯선 이국 북만주로 정처 없이 떠나가던 청년들. 그리고 그때 한창 유행하던 노래 〈방랑가〉를 목이 터져라 부르며 북으로 북으로 떠나가던 유랑망명객들!

피 식은 젊은이 눈물에 젖어
낙망과 설움에 병든 몸으로
북국 한설 오로라로 끝없이 가는
애달픈 이 내 가슴 누가 알거나

배우 이경설이 불러서 크게 히트를 했던 〈방랑가〉의 가사는 너무도 비극적이고 처연했다.

한창 피가 펄펄 끓어야 할 청년들의 피는 싸늘히 식어 있고, 그들의 눈에는 늘 눈물이 젖어 있다. 모름지기 건강하고 튼튼해야 할 청년들의 몸은 온통 현실과 미래에 대한 낙망과 서러움에 결국 병까지 들어서 안타까운 신세가 되어버렸다. 그래서 그들은 아무도 반겨 맞이해주는 사람 하나 없는 차디찬 북만주 시베리아 등지로 마치 쫓기듯 쓸쓸히 떠나가고 말았던 것이다.

그 당시 식민지 청년들의 답답한 가슴을 가장 잘 대변하고 있었던 노래였지만, 좌절과 비탄, 허무주의 같은 것이 짙게 깔려 있는 노래였다.

북국 한설 오로라로 정처 없이 끝없이 넘어가던 피가 식어버린 애국청년 투사들.

그들 중의 대부분은 꿈에도 염원하던 민족의 자주독립을 못

본 채 천추의 한을 품고 이역만리 타관에서 불귀의 객이 되고 말았다.

국내의 감옥 곳곳에는 불가항력의 투쟁이나마 몸과 생명을 던지고 싸우다 터지다 피를 토하는 신음의 소리가 한순간도 그칠 틈이 없었다. 하지만 그 모든 고통에 대해서 우리는 속수무책일 뿐이었다.

다만 안타까움의 불을 토하는 긴긴 한숨에 구들장이 꺼지고, 전당포 노름에 가산이 폭삭 무너져가도 전혀 정신을 차릴 줄 모르고, 몸도 마음도 함께 시들어가던 소위 상류 계급의 타락한 아낙네들.

이 얼마나 어처구니없는 불행한 정황이었던가.

자못 치욕이라 아니할 수 없었다. 솟구치는 의분에 머리를 들고 하늘만 바라보다가 한순간, 세상을 뒤덮을 듯 큰 천둥번개와 벼락이라도 세차게 때려서 여성해방의 대변혁이 질풍같이 일어나기를 나는 진심으로 소망했다.

프랑스의 여걸 잔 다르크처럼 갑옷 입고 투구 쓰고 하얀 갈기를 나부끼는 말을 타고 나타난 용맹한 장수가 침략자 외적을 무찌르고 민족을 위기와 유린에서 구하는 염원을 꿈꾸었다. 때로는 꿈에서 내가 그 잔 다르크가 되기도 하였다. 동시에 치욕의 감옥을 깨뜨리고 못된 제국주의자들을 이 땅에서 완전히 쓸어내어서 동해 바다 푸른 물에 풍덩실 빠뜨리는 상상을 하였다.

이런 상상을 하는 나의 귀에는 북관의 믿음직하고 힘찬 여성들과 손잡고 일제를 무찌르는 함성이 7년 가뭄에 큰 소나기 한 줄기 쏟아지는 시원한 소리로 쟁쟁하게 들려왔다.

어느 틈에 주먹 쥔 내 작은 두 손에는 식은땀이 흥건히 쥐어졌다.

'바다' 같은 사람

파도같이 출렁출렁 넘치는 정열에, 당신과의 생활은 한없이 행복하기만 했다.

그러나 마음 한구석에는 지울 수도 비킬 수도 없는 크나큰 걸림돌이 가로놓여 있어, 항시 껄끄러웠고 내 마음은 줄곧 평안하질 못했다.

하루는 마음을 가다듬고 나의 눈물 치우치는 불행한 입지조건을 당신에게 솔직히 고백했다.

"우리의 참신하고도 지고지순한 사랑은 바로 우리들 두 영혼이 이 지상에서 아낌없이 영원히, 그리고 정성껏 피워갈 천혜의 꽃이어요. 하지만 이 세상에서는 무정하고 야속하고 거센 바람, 삭풍과 질풍에 시달리고 부대끼다가 급기야는 서글프디

서글프고, 시든 갈대의 신세가 되고 말겠지요.

이런 일은 실제로 예나 지금이나 예술세계에서는 아주 흔한 일이어요. 하지만 저는 불행 중 다행이지요. 이런 불행에 대한 마음의 준비가 완벽히 되어 있으니 제 염려는 추호도 하지 마셔요.

아무쪼록 당신은 사회에서나 가정에서나 남들에게 인정받는 성실한 가정을 이루도록 하셔요. 그리고 티 없이 옥 같은 군자로서 이 나라 문단에 큰 버팀목이 되어주시기를 다만 축원할 뿐이어요."

당신은 내가 이 말을 채 끝내기도 전에 갑자기 뜨거운 불덩어리라도 집어팽개치듯이 노기가 등등, 얼굴까지 시퍼래져서 마침내 목청을 크게 돋웠다.

당신은 평소에 전혀 들어보지 못한 큰소리로,

"당신이 어찌 그런 말을 내 앞에서 할 수 있단 말이오? 소위 동경 유학까지 마치고 십구세기 문명의 혜택을 입은 신여성으로서 시대감각의 반응이 대체 그렇게도 없소?

앞으론 내 앞에선 그따위 문학소녀의 어리칙칙한 꿈같은 이야기는 두 번 다시 하지 말아요. 우리 나아갈 길은 모두 나에게만 맡기고 우리 함께 영리하게 마음 편히 삽시다. 아무려면 이 넓은 천지에서 우리 둘만이 살아갈 길이 없을까? 사람은 각자 나름대로 살아가는 방편이란 게 있는 법이오!"

하고 호되게 나무랐다.

나는 당신의 그 매서운 질책에 대해 그 어떤 한마디 대꾸가 있을 리 없었다. 다만 그 청승맞은 흔한 눈물만 감추느라 한편으로 닦고 다른 한편으론 삼키며 어깨를 들먹일 뿐이었다.

당신께서는 나의 이런 가련한 모습을 재빨리 보고 가까이로 다가와서 나의 등을 토닥거리며 콱 쓸어안았다. 당신의 따스한 품속에서 한껏 서러웠던 나의 마음은 금방 녹아버리고 오히려 푹푹해져왔다.

참새의 골이라도 까먹었는가? 지나간 일은 실로 눈 깜빡할 사이에 녹아버리고 한숨의 깜짝 세상! 당신은 나를 너무도 호되게 나무란 것이 속으로 몹시 후회가 되는 모습이었다. 당신은 나를 정겨운 듯이 뒤에서 쓸어 어루만지며 달래며,

"믿어줘! 방법이 있어! 난 당신의 그 침울하고 슬픈 모습엔 도무지 견딜 수가 없고, 또 울화마저 치밀어!"
하고는 사뭇 안타까운 표정을 했다.

당신은 참으로 이 자야를 바다같이 생각하시고, 바다처럼 넓고도 깊은 마음으로 사랑하셨다. 그런 가운데 우리는 곧 겨울방학이 되면 그 유명한 홍남부두를 비롯해서 여러 명승지를 두루 찾아다니기로 철석같이 약속을 했다. 그렇게 마음이 부푼 어느 날이었다.

하루는 당신이 갑자기 수심 겨워 쓰러질 듯 휘청거리며 힘없이 들어서는 모습이 심상치가 않았다. 알고 보니 서울에 계신 아버지께서 방학이 시작되는 대로 곧장 올라오라는 편지가 왔다는 것이다. 나는 짐짓 별다른 감정의 변화가 없다는 표정으로,

"편지가 아니 왔어도 우선 가서 부모님을 뵈옵고 오는 것이 당연한 도리가 아닌가요?"

하고 거침없이 되받아넘겼다.

"당신을 두고 나 혼자 떨어져 갈 수는 없지 않소!"

하고 당신은 투정을 했다. 나는 당신을 서서히 달래어서 부모님의 지시를 따르도록 권유했다.

"자꾸 그러면 서울역에서 내렸다가도 당신 생각이 나면 곧바로 되짚어올지도 몰라!"

이러한 당신의 말에 내 마음속은 오히려 흠씬 즐거움으로 가득찼다.

당신은 아쉬워 아쉬워하며 꼭 무엇에 떠밀려가듯 함흥역으로 갔다. 나는 그야말로 당신을 떠밀다시피 해서 밤 11시 서울행 완행기차를 타러 함흥역으로 보냈다.

그 시절의 완행기차는 지금보다도 훨씬 더 느려서 마치 졸면서 움직이듯 가다가 서고 가다가 서고 하는 것을 줄곧 반복했다. 함흥에서 서울까지 아마도 거의 만 하루는 걸렸다.

플랫폼까지 함께 가서 당신이 기차를 기다리는 것을 보노라

니, 나는 너무도 춥고 또 발이 꽁꽁 얼 듯이 시려왔다. 나는 견디다못해 당신께 작별의 손을 흔들고 기차가 오기도 전에 먼저 돌아서 총총히 왔다.

돌아오는 길에 달은 싸늘히 비치고 길에 쌓인 눈은 얼어서 발걸음을 옮길 적마다 바작바작 소리를 내며 허전한 내 마음을 채웠다.

그렇게 한참을 걸어가고 있는데 웬 남자 발걸음소리가 버적버적 따라왔다.

그리고 별안간,

"자야!"

하고 어깨를 감싸왔다. 바로 당신이었다. 나는 깜짝 놀랐다.

"아니, 이게 도대체 어찌된 일이에요?"

하고 짐짓 화가 난 목소리로 뾰로통하게 되물었다.

이럴 때 당신은 꼭 활동사진(무성영화)을 돌리는 변사처럼 구성지고 재미있는 말투로 변명하는 것이었다.

"기차는 이제껏 아니오고, 당신은 혼자 종종걸음으로 달아나고, 바람은 쌩쌩 달은 휘영청 밝은데 발은 시렵고…… 그러니 오늘밤으로 즉시 돌아오면 이천 리가 득이잖아? 그래서 되짚어온 거야!"

그토록 말수도 적은 분이 무엇이 좋은지 그날따라 그리도 신이 나서 마치 시낭송을 하듯이 줄줄줄 대사를 재미있게 엮어놓는다.

"차표는 어떻게 하셨어요?"

"차표? 금테 두른 모자를 쓴 일본인 역장에게 내가 긴급한 원고를 깜박 잊고 왔다고 했지. 아무래도 도로 집에 갔다가 내일 떠나든지 해야겠다고 둘러댔어. 그랬더니 역장은 내 얼굴을 찬찬히 쳐다보다가 결국 기차표를 바꾸어주었어."
하고 즐거워했다.

나는 일부러 화난 목소리로,

"흥! 당신의 임기응변은 참으로 놀랍군요? 남자는 팔십이라도 사나이, 아이라고 한다더니 어쩜 이렇게도 어린아이들 장난 같은 일을 다 저질러요?"
하는 속으로도 실인즉 당신의 그 정열적 행동이 너무도 사랑스러웠고, 달빛처럼 차오르는 행복감이 나의 온몸을 휘감았다.

이리하여 당신은 기어이 하루를 더 묵고 다음날 아침 어깨를 축 늘어뜨리고 함흥을 떠났다.

서울로 가신 후로도 당신은 하루가 멀다 하고 매일같이 편지를 띄워서 마치 신문이 배달되듯 당신의 편지는 매일 그 먼 하늘을 화살같이 날아와 대문간에 떨어졌다.

그 즉시 뜯어보면 대개 짝 잃은 원앙의 그리움과 애타는 사랑의 사연이 촘촘한 깨알같이 박혀 있었다.

나날이 편지봉투를 뜯어보는 재미에 빠져서 나는 당신이 안 계시는 시간이 전혀 쓸쓸하질 않았고, 또 외롭지도 않았다. 도리어 마음은 든든하기만 하고 더욱 싱그러워서, 나는 당신이 보내시는 편지가 도착하는 시간만 자꾸 기다렸다.

어느 날 오전이었다. 꼭 일정한 시각이 되면 대문 안에 반드시 있어야 할 편지가 그날따라 보이질 않았다. 나는 순간 무슨 귀중품이라도 잃은 듯이 당황스럽고 불안하고 허전한 마음이 앞섰다. 다시 내일을 기다릴 수밖에 없었다. 그 이튿날에서 다시 다음날로, 다음날에서 또다시 한 주일로 편지가 오지 않는 공백의 시간은 자꾸만 길어졌다. 이렇게 한 주일이 지나니 불안한 조바심에 내 마음은 마치 생초목에 불이 댕긴 듯 바싹바싹 조여왔다. 밥을 먹어도 식불감食不甘, 잠자리에 들어도 침불안寢不安에 나는 드디어 몸져눕고 말았다.

그로부터도 수삼 일 지난 어느 날 밤, 칠흑같이 어둡고 고요한 늦은 밤에 당신은 마치 돌연히 나타난 귀신인 듯 겁을 먹게 하면서 몹시도 바삐 우뚝 들어섰다. 들어서자마자 당신은 나의 수척해진 모습에 깜짝 놀라 사뭇 당황해하다가,

"내 이럴 줄 알았어!"

하고는 마치 송장을 끌어안듯이 마음 내키는 대로 와지끈 부서질 듯 힘껏 쓸어안았다. 짜늑짜늑 가는 허리는 축 늘어져 버들

가지처럼 나른한데, 당신은 뜨거운 긴 한숨 푸푸 몰아쉬며 자신의 기막힌 사연부터 좀 들어보라는 것이었다.

서울에 갔더니 고향 평안도 정주에서 큰아버님 내외분도 오시고, 집안 식구들이 다들 한자리에 모여 있었다.

그 자리에서 갑자기 색시 선을 보라고 우격다짐을 하는 바람에 어쩔 수 없이 맞선을 보게 되었다고 했다. 그래서 강제로 장가를 들게 되었는데, 그 사실이 함흥의 나에게 양심의 가책이 되어 그동안 줄곧 편지를 못 쓴 것이라고 했다.

장가를 들고 와서도 그 사실을 내 앞에서 고백하지 못하는 선의의 변명을 나는 당신의 성격상 충분히 이해하고도 남음이 있었다. 나는 당신의 그러한 모습을 고맙게 여기고, 그후 일절 그 일에 대해서는 내색을 하지 않았다. 당신은 역시 그동안 장가를 들었었다는 구체적인 사연을 절대로 내 앞에서 입을 뗀 적이 없었다. 나 또한 나 이외의 여자에 관한 이야기는 여자로서의 자존심이 허락지 않아서 결코 묻지도 않았다. 우리는 끝까지 서로가 마치 약속이라도 한 듯이 그런 화제나 과거지사 따위는 일절 입에 담는 법이 없었다.

"그래도 나는 색시 얼굴도 안 봤어! 당신 내 성질 잘 알잖아!" 라고 안절부절못하며 당신은 애절하게 호소했다.

"나는 색시 얼굴도 안 봤어!"라는 단지 그 한마디에 가랑잎같이 바싹 말라붙었던 내 가슴은 순식간에 한줄기 소나기를 맞은 듯 촉촉해지고 개운해졌다.

나는 그렇게 말하는 당신이 새삼 사랑스러웠고 다시금 그리워졌다. 당신은 평소 남의 여자는 사진도 보지 않는 성격이었으니 응당 그랬으리라 믿는 마음에 내 마음은 도리어 행복으로 가득차게 되었다.

이윽고 당신은 말했다.

"하도 답답해서 내가 부모님께 '만약 처녀가 아니면 결혼을 못 하는 법입니까'라고 말씀드렸어. 그랬더니, 일언지하에 거절하실 뿐만 아니라 너무도 크게 노하셨어. 워낙 엄중히 꾸중을 내리시는 바람에 미처 하고 싶은 말도 채 못다 하고 돌아왔어."

당신은 적이 겸연쩍어하며 나에게 관대한 이해를 구했다. 나는 그 말을 듣는 순간, 이해에 앞서 언감생심 당신이 감히 아버님께 그런 항변을 했다는 사실이 부끄러워졌다. 순진무구한 당신이 끝없이 고맙고도 측은해서 나는 몸둘 바를 잃어버리고 도리어 당신 앞에 머리가 수그러졌다.

그후 나는 양심의 가책, 자포자기의 혐오감과 갈등 따위에서 비롯된 불편한 심사에서 가끔 본의 아니게 빗나간 대꾸로 호수같이 잔잔한 당신의 심경을 건드리는 일이 잦았다. 그러면 당신은 도리어 열흘 내에 이 못난 내 행동을 다독거리고 달래었다. 이런 우리들의 모습을 다른 사람들이 본다면 흡사 사랑싸움이라도 하는 듯했으리라.

그런 가운데 하루는 당신이 조선일보사에서 발간하는 잡지 〈여성〉 신간호(2권 10호)를 들고 와서 시 한 편을 펼쳐 보였다. 당신이 쓴 '바다'라는 제목의 시였다. 한줄 한줄 읽어가노라니 바로 당신께서 그 무렵의 내 타는 심정을 따뜻하게 헤아리고 있음을 알 수 있었다.

바다

바닷가에 왔드니
바다와 같이 당신이 생각만 나는구려
바다와 같이 당신을 사랑하고만 싶구려

구붓하고 모래톱을 오르면
당신이 앞선 것만 같구려
당신이 뒤선 것만 같구려

그리고 지중지중 물가를 거닐면
당신이 이야기를 하는 것만 같구려
당신이 이야기를 끊은 것만 같구려

바닷가는
개지꽃에 개지 아니 나오고
고기비늘에 하이얀 햇볕만 쇠리쇠리하야
어쩐지 쓸쓸만 하구려 섧기만 하구려

이 시의 셋째 연, 그러니까 "당신이 이야기를 하는 것만 같구려/당신이 이야기를 끊은 것만 같구려"라는 두 행에 내 시선은 못이 박혀 떠날 줄을 몰랐다. 이 두 행이야말로 당시 우리 사랑의 슬픈 내력과 또 아기자기하게 꾸며가던 사연을 고스란히 함축하고 있었다.

이별 연습

내 어린 시절 여자는 일곱 살부터 새장 속에 갇힌 새의 신세가 되어 바깥출입조차 마음대로 하지 못했다. 고루한 봉건사상의 관습으로 자유결혼은 더더욱 어불성설이었다. 그러한 자유가 도저히 용납될 수 없었던 암담하고 어두웠던 시절. 둘이는 속수무책으로 어디 비켜날 곳조차 없이 드디어 궁여지책을 짜낸 것이 이국땅 만주 신경新京(지금의 장춘長春)이란 곳으로 도피성 이주를 하자는 것이었다.

나로서는 무인도 아니라 어딘들 못 따라가리오마는 어느 날 당신은 갑자기 들어서면서,

"여보! 기쁜 소식이 있어! 우리 드디어 신경으로 가게 되었어!"

라고 큰 소리로 말했다.

마음속으로 무던히도 바라고 기다렸던 대사大事가 이루어진 듯 득의양양해진 당신은 나의 손목을 높이 치켜들었다.

"마누라! 이 연약한 손으로 그토록 추운 만주땅에 가서 어떻게 나의 와이셔츠를 빨고 고생하지?"

몹시도 나를 사랑하는 따뜻한 마음에 애처로운 듯 두려운 듯 당신은 말을 멈추고 나를 힘차고 열렬한 포옹으로 안아주었다. 당신의 품에 안겨서 내 가슴은 말할 수 없이 뿌듯했다. 바쁘고 민망할 적에 상투적으로 쓰는 당신의 독특한 모션. 그러나 한편으로 내 가슴은 철렁, 서늘해질 수밖에 없었다. 고생이 두려워서가 아니었다. 나로서는 그 무엇도 주저할 바가 없었으나, 우선 무엇보다도 낯선 북만주로 쫓겨가게 된 우리의 딱한 처지에 가슴 아픈 눈물이 흘렀다.

그렇게도 부모님 말씀을 존중해서 모든 것을 희생적으로 순종해온 당신이 어떻게 갑자기 부모님 슬하를 떠나 모국을 등지려는 결정을 내리게 된 것일까. 그 춥고 황막한 호지胡地로 떠나기로 결단을 내린 것은 당신의 온순한 성품으로서는 도저히 상상조차 할 수 없는 일이었다.

이렇게 된 배경에는 아무래도 당신이 그간에 말없이 겪어온 암담한 사회규범과 봉건적 관습에 반발하려는 일종의 저항적 몸부림도 깔려 있었으리라. 나는 당신이 이렇게 결단을 가지게 된 이면에 숨은 여러 가지의 고통과 번민을 충분히 이해하고도 남음이 있었다.

그 당시 구태의연한 관습에 젖은 부모님은 자유결혼을 완강히 반대하였다. 이러한 반대에 부딪쳐서 정열에 불타는 청춘남녀들은 바다 건너 국외로 또는 북만주로 유랑해서 영영 돌아오지 않는 비극을 연출하는 일조차 많았다. 또 이런 일이 발단이 되어 급기야 동반자살까지 감행하는 철없는 젊은이들의 비화悲話가 심심찮게 이어졌다. 한가롭고 어두운 시절, 서울 장안은 이따금 이런 비화의 쇼크로 뒤흔들렸다.

나는 우리들의 신경행 문제를 오래도록 곱씹어 생각해보았다. 우리가 자칫 잘못하여 낙오의 유랑자가 되어버리면 두 사람 모두 다 사회의 죄인으로서 파멸이자 패망일진대 마땅히 재삼 깊이 생각하고 신중히 결정할 일이었다. 나 같은 미천한 여자로 말미암아 앞길이 양양한 당신의 입신과 출세를 가로막고, 드디어는 지울 수 없는 깊은 흠집을 남기게 되는 것은 아닌가. 만약 일이 그렇게 된다면 당신의 뜨겁고 청순한 순정에 대한 내 보답이 결코 아니지 않은가. 그러한 것은 내 본연의 양심으로도 결코 허락지 않았다. 억울하게도 잘못된 숙명에 우는 자기혐오와 갈등에서 또다시 자포자기로 돌아선 양심의 한구석에는 가느다란 의분마저 솟구친다.

처음 굳어지는 싸늘한 각오가 엄습해왔다. 나는 스스로 내가 물러서는 길만이 우리 두 사람 사이의 진정한 해결책이라고 생각하게 되었다. 오로지 그 길만이 두 사람의 빗나간 운명에 대한 도전이요 온건한 복수도 될 듯했다. 그러나 다른 무엇보다도 실인즉 그대 장부의 일생이 가장 염려스러운 문제가 아닐 수 없었다.

나는 제 깐에는 최종의 선의에 지혜의 용단을 내린 것으로 여기고 다음날 오전 열한시, 신경으로 떠나기 위해 꾸려놓았던 짐보퉁이를 함흥발 서울행 기차에 당신 몰래 옮겨싣고야 말았다.

누군가 사뿐 업어다놓은 듯이 차창에 기대어 앉은 나의 심정!

당신 몰래 저지르는 맹랑한 행동이 아무래도 분수를 잃은 것만 같았다. 아무리 지어먹은 독한 마음이라지만 누가 누구를 허물할 하등의 잘못과 양심의 가책이 없는 한, 한 장의 메시지도 안 남기고 훌쩍 떠나온 내 모습이 분명 제정신이 아닌 것만 같았다.

정녕 무심한 기차는 제 고향 서울에 이 몸을 실어다놓으려고 기적소리를 치건만, 나는 거꾸로 무슨 함흥차사 정배라도 가는 듯 심사가 막막하고 착잡하기만 했다.

귀청을 찢는 듯한 기적소리에 기차는 서서히 움직였다. 그제서야 갑자기 엄습해오는 무서운 공포심에 언뜻 무엇인가가 잘못되었다는 생각에 빠져들었다. 나는 한순간 이름 모를 북만주

벌판의 어딘가로 팔려가는 불쌍한 여인의 신세라도 된 것만 같았다.

순간적인 착각에 소스라쳐 깨어난 후 비로소 뜨거운 눈물이 하염없이 펑펑 쏟아졌다. 마치 방축이라도 무너진 듯 두 눈에 선 걷잡을 수 없는 눈물이 마냥 볼을 타고 줄줄 흘러내렸다.

지루한 서울행 완행열차는 산 첩첩, 고개고개를 넘고 물 층층, 강과 강을 건너 굽이굽이 돌고 돌아서 수많은 이름 모를 동네와 마을마을마다 빠짐없이 멈추었다. 한량없이 느리고 친절한 기차는 가는 임, 오는 임 모조리 빠짐없이 실어주고 내려준다.

신고산이 우루루루
함흥 차 떠나는 소리에
신고산 큰애기 단봇짐만 싸누나

이 서글프고도 한 맺힌 〈어랑타령〉은 두메산골 산간벽지의 깊이 잠든 큰애기들을 깨워서, 희망과 낭만에 부푼 꿈을 싣고 떠나라고 재촉했다.

그러나 이내 사연 많은 도망꾼의 눈물 젖은 보따리는 가도 가도 내릴 곳조차 없는 그야말로 적막강산의 연속이었다.

한도 많고 설움도 많은 기차는 아예 선로를 베고서 자는지

가다가 쉬다가 정처 없이 운신했다. 그렇게 정한 시간이 되자, 서서히 서울이 가까워지기 시작했다.

거꾸로 한번 곧장 가기만 갈작시면 다시 돌아오지 못할 한 많은 함흥차사 정배라도 가는 것만 같아 진작부터 내릴 걱정에 몽기작몽기작 좌불안석과 조바심에 애태우는 사이, 기차는 어느 틈에 덜커덩 소리를 내며 종착역인 서울역에 멈추었다.

마음 한편으론 늘 그립기도 했던 내 고향. 먼 빛으로 보아도 하늘을 찌를 듯 뾰족뾰족 솟아 있는 돌산의 봉우리들.

그래서 이름마저 삼각산이라고 했던가?

그 뿌리의 한 자락에는 우리집 가문의 조상님들이 자자손손 밟고 가신 발자취가 남아 있으리라. 오랜 서울토박이인 나의 고향 한양, 서울이건만 모처럼 둥지를 뛰쳐나와보니 그 누구 한 사람 반갑게 기다리는 이 없으니, 글자 그대로 적막강산에 외로운 몸!

나는 속절없이 내려서 서울역 이층 식당의 다실로 올라갔다. 그 시절 서울역 구내식당은 서양요리를 잘하는 가장 고급스러운 양식당으로 서울 장안에 널리 평판이 나 있었다. 장안 갑부, 호사가들에게 숙박은 조선호텔이요, 이발과 식사는 서울역 이층 식당에서 하는 것이 신분 과시의 수단으로 여겨졌다.

나는 기나긴 여로에 지치고 시달린 몸, 따끈한 차라도 한잔 마시면서 서글픈 마음을 달래어보고자 생각했다.

지난날, 당신은 우리가 흥남부두를 구경 가려고 약속해놓았을 때 갑자기 부친의 호출명령을 받아서 상경하게 된 적이 있었다. 그때 서울역에 내렸다가도 당신은 이 몸 자야 생각에 그 길로 곧장 되돌아올 것만 같다고 말씀하셨다.

정작 떠나오시던 날 밤에는 바람도 사나웠고 눈발도 날렸다. 길거리에 쌓인 눈이 얼어붙었는지 걸음을 옮길 때마다 발밑에서 바작바작 소리가 났다.

둘이서 정답게 발걸음의 리듬을 맞추었던 함흥의 그 싸늘하고 깊던 밤. 발을 동동 구르며 함흥역 플랫폼까지 나가서 나는 분명히 작별의 손을 흔들고 돌아왔는데, 당신은 그 즉시로 다음날 기차표로 바꾸어가지고 휘영청 밝은 달을 놀리면서 바로 뒤로 쫓아와 나를 깜짝 놀라게 했었지……

"오늘밤으로 즉시 돌아오면 이천 리가 득이잖아? 그래서 되짚어온 거야!"

하고 재치 있는 계산에 신이 나 하던 모습, 바꾸어온 기차표를 자랑하며 천진한 어린아이같이 웃던 장난기 많고 사랑스럽던 당신 모습이 주마등같이 내 눈앞을 스쳐가고 또 스쳐갔다.

그리하여 길지도 않은 몇 시간의 짧은 하룻밤일망정 사무치게 넘치던 두터운 정과 정이란 그 무엇으로 비기리오. 원앙금침에 묻고 온 당신의 그 불꽃 튀는 정열의 사랑……

이럴 때 당신은 꿈속에서 느닷없이 나타나서 나를 잡아, 마치 길 잃은 미아처럼 나는 열띤 뜨거운 손길에 휩싸이고 만다. 당신은 사정없이 그 미아의 손목을 잡아 움켜쥔다. 함흥 천릿길을 멀다 아니하고 거침없이 두 발로 걸어서라도 가실 당신. 가다가 가다가 주저앉아 업고 가자고 생떼를 쓰는 어린 양의 가녀린 이 자야를 선뜻 어깨에 짊어지고 가다가 가다가 자즈러질망정 아니 버리고 가실 당신. 그런 당신을 두고 몰래 상경했으니 마른하늘에 날벼락을 맞은 듯 당신 마음은 오죽했을까.

한때, 이 자야는 마치 모처럼 서울 가시는 오빠의 손을 잡고 마냥 즐거워서 덩실덩실 춤을 추면서 따라가는 모습의 순진하고 귀엽기만 한 소녀였다. 그러나 가혹한 숙명에 눈물 고인 소녀 도망꾼은 허약한 마음에 다시 오던 길을 되돌아서고 싶건만 결코 돌아서서는 안 될, 이제는 나 홀로 가야 할 외로운 길. 이 외길은 두 사람의 운명이 걸린 외롭고 슬픈 담판의 길이 아니었던가!

나는 인생이라는 기나긴 도정의 한 지점에서 오직 내가 가야 하는 숙명의 외길을 생각했다.

가엾은 인생의 기로에서 홀로 처지고 만 소녀. 이제 와서 그 누구를 원망하리오. 그 어디에다 호소하리오. 그 와중에도 청순한 그대 사랑만은 가슴팍에 깊이 불씨처럼 묻고 왔으니 마디마디 맺힌 정한. 먼 훗날 사랑하는 임을 찾아갈작시면 그 한치 한치 정한 맺힌 아홉 마디 대지팡이 앞세우고 허우이허우이 태산

준령 넘어갈 제, 구름따라 끼룩끼룩 울고 가는 애절한 외기러기. 나의 설움 동무해서 가다가 가다가 다시 한번 고난의 마루턱, 산지니 수지니라도 쉬어 넘는 고봉 장성령 고개 그 너머 임이 오시었다 하면 나는 한 번도 쉬어 넘지 않으리!

역 광장을 나서니 매섭게 휘몰아치는 삼사월 꽃샘바람에 정신이 아득해졌다. 잠시 동안 내 마음은 떠나온 함흥거리로 되돌아가 마구 헤매었다.

바늘 가는 곳 실 가듯 따라붙는 앞을 가리는 풍파! 일찍이 사납고 거친 풍랑에 부대낀 모진 뱃사공이 다시 그 무엇을 주저하리. 죽고 사는 것은 저 하늘에 맡겨두고 나는 다시 홀로서기를 해야겠다.

막막한 호지에 혼자 떨구어진 서울에 꼭꼭 숨은 내가 그리움과 외로움, 서러움에 울며불며 지낸 지 한 두서너 달쯤 되었을까. 어느 날 당신이 보낸 메신저 보이가 친필메모를 들고 찾아왔다.

번지도 약도도 남기지 아니하고 새처럼 혼자 훌쩍 떠나왔는데 내가 있는 곳을 어떻게 알았을까. 나는 너무도 크게 놀라 마치 염라대왕에게 불린 듯 단숨에 달려가 마주앉았다. 앉고 보니 내 잘못된 소행이 떠올라 차라리 염라대왕 앞이라도 이보다 덜 무서웠을 것이다. 그러나 당신은 뜻밖에 마치 아무런 일도 없었던 듯이 태연자약, 인자하고 너그럽고 변함없이 반가운 미소를 지었다. 나는 단번에 안도의 숨을 쉬었다. 오직 반가운 마음뿐이었다.

우리는 서로 다시 만난 것만이 천행이요, 그저 반갑고 좋아서 벅찬 기분에 휩싸여 함께 집으로 들어섰다. 역시 제집 주인이 왔음인지 통 속같이 항상 쓸쓸맞기만 하던 내 작은 청진동 집은 갑자기 집안 전체가 전등을 켠 듯 화안하고 그득하니 흐뭇해졌다.

하룻밤을 지새우면서도 당신은 내 지난 일의 잘잘못에 대한 일체를 모르는 체했다. 한마디의 나무람도 없이 도리어 새가슴같이 작아진 소녀의 타고 남은 간장을 샅샅이 읽어 챙긴 듯, 혹은 인정에 겨운 오라비같이 울어주는 듯, 묵묵히 다독거리며 홍그러이 감싸주는 당신의 너그러운 사랑에 내 머리는 저절로 수그러졌다.

그리고 당신은 단 하룻밤 이마를 서로 마주 조아리다가 학교의 출근 때문에 다음날 번개같이 함흥 천릿길을 되돌아갔다. 가면서도 한마디 남기는 말도 없이 총총히 당신은 봉투 한 장을 떨어뜨리고 떠나면서 뒤를 돌아다보고 또 한참 가다가 다시 뒤를 돌아다보곤 하였다. 기어이 당신의 발걸음은 아득히 멀어졌다. 섭섭하고 아쉬운 마음 새삼 그지없었다.

누런 미농지 봉투를 뜯어보니 당신이 친필로 쓰신 한 편의 시

「나와 나타샤와 흰 당나귀」가 들어 있었다. 그것을 단숨에 찬찬히 읽고 나니 몸과 마음이 야릇한 감격에 오싹 자지러졌다.

하마터면 놓쳐버릴 뻔했던, 사랑을 실은 흰 당나귀의 아름다운 이야기.

나와 나타샤와 흰 당나귀

가난한 내가
아름다운 나타샤를 사랑해서
오늘밤은 푹푹 눈이 나린다

나타샤를 사랑은 하고
눈은 푹푹 날리고
나는 혼자 쓸쓸히 앉어 소주燒酒를 마신다
소주燒酒를 마시며 생각한다
나타샤와 나는
눈이 푹푹 쌓이는 밤 흰 당나귀 타고
산골로 가자 출출이 우는 깊은 산골로 가 마가리에 살자

눈은 푹푹 나리고
나는 나타샤를 생각하고

나타샤가 아니 올 리 없다
언제 벌써 내 속에 고조곤히 와 이야기한다
산골로 가는 것은 세상한테 지는 것이 아니다
세상 같은 건 더러워 버리는 것이다

눈은 푹푹 나리고
아름다운 나타샤는 나를 사랑하고
어데서 흰 당나귀도 오늘밤이 좋아서 응앙응앙 울을 것이다

나는 이 시를 읽을 때마다 당신의 그 깊고 진실한 사랑의 환상에 빠져버리곤 한다. 그래서 나는 틈만 나면 이 시를 읽고 또 읽곤 했다. 내게 그것은 마치 그 시절로 돌아가는 무슨 주문 같은 것이었다.

가난한 내가
아름다운 나타샤를 사랑해서

'가난'이라는 구절이 마치 가슴을 바늘로 꼭꼭 찔러대는 듯한 이 대목이야말로 당신의 순진무구한 그 사랑의 시적 감각이 아니던가.

나타샤를 사랑은 하고
눈은 푹푹 날리고
나는 혼자 쓸쓸히 앉어 소주燒酒를 마신다

당신은 때로 '나타샤'가 없는 덩그런 부인방에서 혼자 쓸쓸히 소주를 마시곤 했다. 그 시절에 이 소주는 북방의 추운 지역 사람들이 즐겨 마시던 술이었다. 당신은 술을 그다지 잘 마실 줄 모르는 분이었는데, 우리가 처음 만났을 때 얼떨결에 흥분해서 마음을 가라앉히느라고 난생처음 과음을 해서 몹시 대취해보았다고 했다. 그후로 당신은 다시는 취한 모습을 보인 적이 없었다.

나는 당신의 시를 읽으면서 그만 나도 모르게 당신의 족쇄에 채워진 포로가 되어버렸다.

분별없는 일운一云의 사연도 없이 서울로 도망을 친 철없는 소녀의 경거망동을 부처님 손바닥에 놓고 여유작작. 그것이 바로 당신이었다.

깊은 산골로 가 마가리에 살자 (…)
나타샤가 아니 올 리 없다
언제 벌써 내 속에 고조곤히 와 이야기한다

당신은 과연 연애철학자이셨다. 순간적으로 대기大氣를 뚫을 듯, 날 듯, 내 가슴속은 곧장 당신이 계신 곳으로 쫓아간다. 사랑의 흰 당나귀를 함께 나란히 타고 출출이 우는 깊은 산골로 가서 마가리에 살고 싶은 충동이 왈칵 들었다.

세상에 걸림돌 하나 없는 우리의 강토와 낙원이 바로 손짓이라도 하는 듯 우리를 부른다. 당신은 마치 춘원 선생의 장편소설 『흙』의 주인공이라도 된 듯 저멀리 논밭에 들어가 삿갓 쓰고 도롱이 걸치고 잠방이 입고 가래질하며 간다.

나는 그 뒤를 따라 강냉이, 수수, 조, 감자 밭에서 행주치마 앞에 두르고 흰 수건 머리에 둘러쓰고 호밋자루를 손에 쥔 산중 미인이 되어 있다.

나의 뇌리엔 한순간 이런 어설픈 상상이 아름답게 펼쳐졌다.

청진동 연가

마치 꿈속에서와 같이 당신이 서울에 왔다가 돌아간 지 스무날쯤 되던 1938년 6월 어느 날이었다.

당신은 미리 아무런 기별도 없이 느닷없이 대문간을 들어섰다. 깜짝 놀라 그 까닭을 물어보니 조선학생축구연맹에서 주최하는 제2회 조선고등(전문)축구연맹전이 경성운동장에서 열리게 되어 시합에 참가하기 위해 대표선수들을 데리고 인솔교사로 왔다는 것이다. 학생들을 서울시청 옆에 있는 금당여관이란 곳에 투숙을 시켜놓고 당신은 오매불망 사랑의 보금자리로 찾아온 것이다.

학생들을 조장과 반장에게 잘 타일러 맡기고 당신은 한가하게 우리들의 청진동 집에서 묵었다. 다음날 일찍 당신은 여관으로 가서 학생들을 데리고 경성운동장에서 열리는 경기에 참가했다. 그러고는 시합이 끝나기가 무섭게 다시 학생들을 여관으로 데려다주고는 곧장 청진동 집으로 달려왔다. 인솔교사가 그러했으니 경기의 결과는 보나마나 뻔한 것이었다.

더구나 학생들은 저녁이 되자 선생님이 안 계시는 좋은 기회를 놓치지 않고 번화한 서울 거리의 네온사인에 현혹되어 길거리를 일없이 쏘다녔다. 시골 학생들은 호화찬란한 골목골목, 커다란 빌딩, 번화한 거리의 풍경에 정신이 팔려 극장으로 찻집으로 갓 둥우리에서 벗어난 병아리들같이 쏘다녔다. 그 시절 서울 장안에서 화신백화점 오층 건물은 가장 높은 건물에 속했다. 서울 시민들은 그 현대식 고층빌딩을 보며 몹시 즐거워했다.

그때 마침 학생들의 풍기를 단속하는 교사들이 깔려 있었는데 시골 학생들은 이것도 모르고 마냥 쏘다니다가 금방 적발되어버렸다. 추궁을 당하니 학생들은 소속학교와 서울에 온 목적, 숙박하고 있는 여관을 바로 대고 드디어 인솔교사의 이름까지도 밝히고 말았다. 순진한 학생들은 본 대로 사실대로 말했다. 선생님은 밤에는 다른 곳에서 주무시고, 아침에 오셨다가 시합만 끝나면 아니 계셨다라는 이야기까지 실토하고 말았다. 단속교사들은 이 사실을 함흥의 영생고보로 통보했다. 학교에 벌집을 쑤신 듯 온통 야단법석이 났다.

급기야 이사회에서는 긴급회의를 열어 당신을 징계에 회부했다. 영생고보는 미션 계열로서 근무수칙이나 학칙이 대단히 엄격했던지라 별다른 도리가 있을 수 없었다. 그러나 그 학교의 이사장은 시인이자 촉망받는 영문학도로서의 당신을 무척이나 아끼고 사랑했다. 그래서 당신은 바로 같은 영생 계열의 여자고보로 전근 발령이 떨어졌다. 당신은 이 결정을 순순히 접수하고 새로운 근무지로 갔다. 그러나 한 번 마음이 떠나버렸고, 또 여학생들을 가르치기가 여간 거북한 것이 아니어서 여름방학이 되면 사표를 내기로 작정했던 것 같다.

여름방학을 기다리는 마음 일각이 여삼추라, 그 정열의 사나이는 방학이 시작되던 바로 그날 저녁, 서울로 사랑하는 마누라 곁으로 아주 돌아와버린 것이다.

나는 꿈만 같이 반갑기만 한데 당신은 첫마디에,

"여보! 나, 서울로 아주 왔어! 함흥엔 이제 두 번 다시 안 갈 거야!"

하며 오랜 타관살이에서 마치 금의환향이라도 한 사람처럼 신나는 기분으로 집이 새삼 마음에 드는 모양인지 구석구석 살펴본다. 이는 가장으로서의 당당하고 자연스러운 자세였다. 내 마음은 당신이 태산같이 든든하고 푹푹했다. 내가 이제껏 기다리고 바랐던 바는 오직 이것이 전부였다.

당신은 저녁식사 후에 미농지와 먹지, 그리고 볼펜을 가져오라 했다. 그러고는 작은 소반 앞에 고개를 숙이고 두 장의 문서를 만들었다. 하나는 영생고보로 보내는 사표였고, 다른 한 장은 조선일보사로 제출할 입사지원서였다.

나는 돌아온 당신이 그렇게도 대견스럽고 기뻐서 마치 나에게 큰 영광의 길이라도 트인 양 두 어깨가 들먹들먹하면서 저절로 신바람이 났다.

그로부터 얼마 후 당신은 옛날에 다니던 조선일보사에 다시 입사했다. 청진동 우리들의 집에서 광화문 네거리 길 건너 조선일보사로 출근해 다니기에는 그저 그만이었다. 당신은 거리가 가까워서 출퇴근하기가 썩 편리하다고 말했다.

집이라야 청진동 후미진 뒷골목에 방이 둘, 새로 지은 비둘기장처럼 아담하니 작은 기와집이었다. 때때로 손님들이 여럿 찾아오기라도 할 양이면, 비좁은 방에 모두 앉기조차 거북했다.

내가 그 심정을 말하면,

"괜찮아! 그 주인에 그 집이야. 우리에게는 이보다 더 큰 집이 필요가 없어."

라고 하면서 당신은 그 집을 무슨 맞춤집인 것처럼 좋아하며 출퇴근길이 가까운 직장으로 즐겁게 다니었다.

해방 후에 발표된 당신의 처절한 비극의 시 「남신의주 유동 박시봉방南新義州柳洞朴時逢方」에서 '아내와 같이 살던 집'은 바로 우리들의 청진동 이 집을 말하신 것임을 나는 안다.

이따금 무료한 날이면 우리는 명동길을 산책 나가곤 했다. 지금의 미도파백화점 건너편 명동 초입에 1938년 당시 경성일보사 기자였던 일본인 기쿠치菊池 씨의 부인이 직접 운영하는 제일다방이 있었다. 그 일본인 부부는 서울 태생으로 조선의 실정에 비교적 잘 통하는 사람들이었다. 부인은 용산고녀를 나와 교양도 있었고 품위도 갖춘 여성이었다. 다방의 꾸밈새도 차원 높은 고상한 분위기로 꽤 무드가 있어서 일약 장안 지식인들의 명물 다방으로 등장했다.

1937년 노구교에서 중일 양군이 충돌하면서 발단이 된 중일전쟁이 급속도로 확전되면서부터 식민지의 억압정책이 한층 가중되고 강화되어감에 따라 징병, 학병, 정신대 징집, 조선말의 사용금지, 조선어학회 사건 등으로 1940년대 초반까지 사회의 분위기는 줄곧 삼엄하고 어수선해져갔다. 피가 거꾸로 솟는 애국청년, 작가, 예술가 등등 인텔리겐치아들은 북만주로 서백리아西伯利亞(시베리아)로 정처 없이 떠나가서 돌아오지 않은 경우도 무수히 많았다. 좁은 장안에서 갈 곳이 변변치 않던 차에 삼삼오오 어깨를 처뜨리고 누우런 행색으로 모여드는 그곳 제일다방은 그런대로 생기를 잃고 피로한 인텔리겐치아들의 적절한 휴식공간이 되었다.

아무때건 약속도 없이 불쑥 들러도 항상 친지 몇 분은 반드시 만날 수 있었다. 또 연락도 잘되는 곳이라 당시 문인들에겐 없어서는 안 될 필수적인 아지트였다.

우리도 어느 날 외출 나간 김에 그 다방에 들렀다. 이미 먼저 와 있던 백철씨를 비롯해서 몇몇 분이 우리를 보고 마치 기다리기라도 했던 것처럼 활짝 웃으며 반색을 했다.

나는 그들이 담화를 나누는 틈에 혼자 슬그머니 나와서 마루젠丸善 양품점에 들렀다. 내가 애독하던 신간잡지 〈문예춘추〉와 〈여원〉을 사서 들고 나오는데 문득 한 가게의 쇼윈도에 걸린 넥타이 하나가 눈에 띄었다. 옅은 검은색 바탕에 다홍빛 빗금 줄무늬가 잔잔하게 박힌 것이었다. 선뜻 내 눈에 그것이 썩 마음에 들고 또 당신이 매면 너무도 잘 어울릴 것 같은 생각이 들었다. 그래서 나는 넥타이를 바로 사와 당신께 곧바로 매어드렸다. 당신은 그 작은 선물을 받고 마치 어린아이처럼 너무도 좋아했다.

"여보! 이런 말은 내 스스로 할 말이 못 되지만, 당신 영감님 하나는 정말 잘 골랐지?"
하고 장난기를 담뿍 머금은 눈을 크게 뜨고 똑바로 나의 눈을 쳐다본다.

"영감님이라니? 무슨 말씀을 그렇게 하셔요? 젊은 양반이 그러시면 저도 늙어 보이겠네요?"

"내 눈에는 당신도 노친네처럼 늙어 뵈는데그래? 우리가 지금은 쟁쟁 젊지만, 당신도 나도 금방 영감님 노친네가 되고 말 것이야."

당신은 이처럼 익살 속에서도 무언가 숙연한 뜻의 이야기를 했다.

나는 이런 당신의 모습이 너무도 사랑스럽고 또 애틋한 생각이 들었다. 그래서 머리로 그냥 당신의 가슴을 떠다밀며 왈칵 덮쳐안고, 그대로 방바닥에 뒹굴어버렸다.

이튿날 그는 그 넥타이를 매고 출근했는데, 저녁때 돌아와서는 "여보! 오늘 아무개를 만났는데, 이 넥타이 나한테 참 잘 어울린대"라고 했다.

그뒤로 당신은 매일 출퇴근뿐만 아니라 바깥나들이를 할 때마다 늘 꼭 내가 선사한 그 넥타이만을 즐겨 매고 다니셨다. 지금 그 넥타이가 이렇게 당신의 시 「내가 이렇게 외면하고」의 한 대목에 들어가 있을 줄이야. 당신과 이별한 후로 사실 나는 당신의 이 시를 읽지 못했던 것이다. 당신은 멀리 떠나 계시면서도 아마 그 넥타이의 추억만큼은 오래도록 간직하신 듯하다. (지금도 양품점 앞을 지나다가 당신의 취향에 꼭 맞을 듯한 고상하고 멋진 넥타이가 눈에 띄면 보고 또 보고 한다. 그러다가 그 넥타이를 산다 한들 당신께 즐거운 선사를 할 수 없는 이내 신세가 금방 서운하고 또 허전해진다. 나의 발걸음은 솟구치는 쓸쓸함을 이기지 못하고, 공연히 터벅거리며 두 다리에 스르르 맥이 풀려버린다.)

"언제나 꼭같은 넥타이를 매고 고운 사람을 사랑"한다던 당신의 시를 나는 오늘 다시 그날의 심정으로 읽어본다.

내가 이렇게 외면하고

내가 이렇게 외면하고 거리를 걸어가는 것은 잠풍 날씨가 너무나 좋은 탓이고
가난한 동무가 새 구두를 신고 지나간 탓이고 언제나 꼭같은 넥타이를 매고 고운 사람을 사랑하는 탓이다

내가 이렇게 외면하고 거리를 걸어가는 것은 또 내 많지 못한 월급이 얼마나 고마운 탓이고
이렇게 젊은 나이로 코밑수염도 길러보는 탓이고 그리고 어늬 가난한 집 부엌으로 달재 생선을 진장에 꼿꼿이 지진 것은 맛도 있다는 말이 자꼬 들려오는 탓이다

하루는 당신이 자신의 신상 이야기를 조용히 꺼냈다.
"내가 퍽이나 까다롭고 결벽증이 심하고, 또 선호가 까다로워서 남들이 다 그렇게 보는 것 같아. 만약 당신이 아니었더라면

나에겐 영영 마누라도 없을 뻔했어."

정말 당신의 성격은 까다롭고 결벽적인 데가 있었다.

함흥 시절로 기억되는데, 한번은 시내 나들이 갔다가 돌아오는 길에 푸줏간 앞을 지나는데, 당신은 갑자기 얼굴을 찡그리며 외면하는 것이었다. 그 까닭을 물었더니,

"그토록 시뻘건 날고깃덩어리를 어찌 똑바로 쳐다볼 수가 있어?"

하고 말했다.

당신은 정말 푸줏간 앞을 지나다니는 것을 싫어해서 일부러 다른 길로 돌아다니곤 했었다. 어쩌다 사진관 앞을 지나가다가 사진관 진열장에 걸린 미인의 사진을 보게 되면 당신은 고개를 홱 돌린다. 마치 날더러 보라는 듯이…… 이럴 때 나는 짓궂게도 이렇게 말한다.

"내가 없어도 그렇게 고개를 돌려요?"

이 재치 있는 나의 물음에 당신은 재미있고도 사랑스러운 미소를 지으며,

"또 사람을 놀리는군"

하고 말한다.

또 전차를 타고 가다가 급커브나 급정거에 휘몰리어 기우뚱 쓰러질 지경이 되어도 두 손가락으로 차창을 짚고 간신히 버틸 정도로 다른 사람이 잡던 손잡이는 결코 잡지 않았다.

집에서도 남의 손이 닿은 문고리를 안 잡았다. 손잡이 없는 데만 골라서 문을 열고 닫으니 그 모습이 불편하기 그지없어 보였다. 그러고도 하루에 여러 차례씩 손을 씻었는데 누구에게도 물을 떠달라는 말을 하지 않고 당신이 꼭 손수 떠서 손을 씻는다. 오랜만에 놀러온 친구와도 악수를 하고 난 뒤에는 곧 그가 눈치채지 않게 수돗가로 나와 비누로 뽀득뽀득 손을 씻곤 했다. 이 정도면 정말 심한 결벽증이라 할 만했다. 보다못한 내가 몇 차례 그러지 말라고 하면서 수건을 달라고 할 때 일부러 안 주었더니, 그뒤로 그 습관만은 약간 고쳐진 것 같았다.

말 그대로 당신은 다정한 젠틀맨이었고, 매사에 열정적이었다. 비록 밖에서 화난 일이 있었어도 혼자 가만히 참고 있는 경우가 많았기 때문에, 나는 당신이 언제 화를 내고 있었는지조차 모를 때가 많았다. 그만큼 당신은 자신의 감정을 밖으로 내색하지 않았다.

말수도 적었고, 어떤 경우에도 남의 결점을 화제로 떠올리는 법이 없었다. 이런 당신의 성격은 다소 까다로웠던 편이라고나 할까. 물 한 방울, 종이 한 장조차 타인에게 신세를 지지 않으려고 했으며, 또한 비굴한 모습을 보이는 걸 가장 싫어했다. 그때 청진동 집에는 젊은 안잠자기가 한 사람 있었는데, 나는 당신이 찬모에게 무엇을 시키는 모습을 한 번도 본 일이 없다.

그러나 그처럼 말수가 적던 당신도 일단 문학에 관한 화제로 옮겨지면 갑자기 눈빛을 반짝이며 많은 이야기를 했다. 당신은 요절한 일본 작가 아쿠타가와 류노스케의 이야기를 자주 들려주었고, 또다른 일본 문인들의 이야기도 재미있게 했던 것 같다. 나는 문학을 모르니 다만 당신의 말을 웃기만 하고 들을 뿐, 절대 아는 척을 하지 않았다.

일본의 문인들을 화제로 떠올리긴 했지만, 당신은 일본말 쓰는 것을 별로 좋아하지 않았다. 일찍이 일본 유학도 다녀왔으니 일본말도 썩 잘했을 것이나, 당신은 일본말을 써야 할 때 거기에 대신 바꿔넣을 수 있는 우리말을 먼저 생각하는 것 같았다.

보통 담화 때는 주로 표준말을 썼지만 당신의 억양은 짙은 평안도 말씨였다. 무슨 일로 기분이 상했거나 고향 친구들과 담소를 나눌 때 당신은 야릇한 고향 사투리를 일부러 강하게 쓰는 습관이 있었다.

예컨대 천정을 '텬뎡'으로, 정거장을 '뎡거당'으로, 정주를 '뎡두', 질겁을 '디겁', 아랫목을 구태여 '아르궃' 따위로 쓰는 식이었다. 시집 『사슴』에는 이러한 당신의 말씨가 그대로 짙게 나타나 있어서, 이 시집을 읽으면 꼭 당신의 음성을 듣는 것 같은 착각에 빠진다.

당신의 식사 공궤供饋는 비교적 수월한 편이었다. 아무것이나 가리지 않고 잘 들었지만, 육류보다는 나물반찬을 더 좋아했다.

당신의 본명이 백기행白夔行으로 알려져 있지만, 나는 그 무렵 시골에서 청진동으로 당신께 부쳐오던 편지의 겉봉에 백기연白基衍으로 쓰인 것을 본 적 있다.

우리는 서로가 특성이 있고 외유내강해서 부드러우면서도 까다로운 편이다. 특히 당신은 심한 결벽증이 있고 선호가 몹시 까다로워 결코 평범한 편은 아니었다. 그래도 우리 둘은 서로 아주 잘 조화를 이루었다. 그 조화의 비결이란 간단명료하다. 두 사람은 타고난 성품, 그 천성의 습관을 있는 그대로 평상심으로 살아가는 인생이었다. 그러니 누가 누구를 간섭할 여지가 없었다. 특히 지성인으로서야 고의로 남을 괴롭히지 아니하니 세상을 살아가기란 늘 평안하기만 하다.

당신은 나보고 가끔,

"당신은 남자보다도 관대하고, 대범한 데가 있어!"

라고 알 듯 말 듯한 말을 하곤 했다.

당신은 다시 말을 계속했다.

"나는 불결한 것을 못 보고 또 여자들의 잔소리, 쓸데없는 간섭을 싫어해요. 정말 그건 잠시도 못 견뎌요. 그런데 당신은 말이 없고, 가외 말과 불필요한 간섭을 안 해서 좋단 말이야. 좀 쌀쌀맞기는 하지만, 그래도 때때로 사람을 살금살금 놀려먹고, 또 웃기는 유머에 위트도 있잖아?

그런데 유사시에는 말없이 표정 하나 변하지 않고 야멸차게 끊고서 도망을 해버리는데 난 그게 딱 질색이란 말이야. 다시 또 그러면 정말 혼내줄 거야!"

이렇게 정색을 하고, 짐짓 꾸짖는 말투다.

나는 갑자기 화가 치밀어서,

"내가 도망친 것은 누구 땜에? 그 이유를 몰라서 큰소리를 하시는 거예요? 울고 싶은 아이를 건드리는 격이지!"
하고 달라붙으니, 당신은 벌써 알아차린다.

달리 할 말은 없고 바쁜 채로 아무렇게나 부둥켜안고 쓰러져서 당신은 내 입술에 당신의 입술을 포개어 말문을 콱 막아버린다. 한참 동안 나는 꼼짝도 못 하며 발버둥질만 치다가 드디어 풀려나서,

"왜 당신은 내가 말만 하려고 하면 입을 막아버리는 거예요? 도대체 왜 그래요?"
하고 정색하며 뾰로통해지자, 곧바로 받아서,

"그 골치 아픈, 뻔히 아는 사실을 구태여 말로 아니해도 눈과 눈으로 전수하고, 또 모자라면 입과 입을 포개는 키스로 대화하면 통하는 것을. 키스란 모오든 남녀의 가장 확실한 사랑의 의사전달 방법이야! 그래도 아니 통하면 그건 비문화인의 둔한 센스요, 벽창호지."

"그래서 바쁘면 부둥켜안아버리는 것이 당신의 가장 유일한

큰 장기로군요? 내가 죽게 되면 할 말 못 해서 죽은 줄로만 아셔요."

이렇게 말하고 나는 쌩 토라져서 자못 숨소리까지 커지는데,

"실은 나도 그래. 그게 바로 동병상련 아니야?"

당신은 말을 하지 않다가도 일단 말문을 열면 그 특유의 위트와 해학으로 나를 단숨에 제압해버렸다.

내 열 마디 말에 당신은 한마디로 나를 떨어뜨렸지만, 나는 매번 제압을 당하고도 또 달려들었다. 차라리 말을 안 하면 손해는 보지 않는 것을, 매번 떨어지고 난 뒤에야 과연 나의 능력이 부족함을 깨달았다.

이처럼 우리는 사랑의 입씨름을 하면서도 오순도순 재미있게 살았다.

나와 나타샤

당신은 남의 이야기나 그들에 관한 비평, 타인의 결함에 대해서는 아예 입에 담지도 않고 무관심했다. 내가 남의 이야기를 해도 절대로 거기에 대해서는 대꾸를 아니하고, 또 뒷말도 없었다. 나는 당신의 그러한 점이 무척 마음 편하고 무관해서 좋았다. 당신의 품성에서는 그런 관대함이 가장 큰 장점이기도 했다.

당신은 각별히 즐기는 취미나 오락이 별로 없었다. 술을 좋아하기는 했으나, 마구 마시는 경음가鯨飮家는 아니었고 오히려 애주가에 가까웠다.

그리고 당신은 항시 무슨 책인지 늘 손에서 책을 놓는 법이 없었다. 〈조광〉지에서 요청해온 설문에서 당신은 모리아크의

『예수전』, 중국의 작가 변윤邊潤의 『요불이전了不以前』을 즐겨 보았다고 말했다. 심심할 때면 잡지 〈문예춘추〉를 보거나 일본 시집을 뒤적거리는 모습도 보았다.

당신의 목소리는 참 부드럽고 다정스러웠으며, 소리의 청으로서도 괜찮은 편이었다. 그러나 내가 아는 한 당신이 내 앞에서 노래를 부르시는 모습을 나는 본 적이 없다. 집에 빅터 상표의 고급 유성기 한 대와 임방울, 이화중선, 송만갑 등 당대 일류 가객들의 국악판과 유행가판이 더러 있었으나, 거기에 별로 관심을 보이시는 것 같지 않았다. (내가 집에 없을 때에 당신이 혹시 그것을 틀었는지는 알 수 없지만.) 그러나 당신이 음악을 전혀 싫어하신 것은 아니었다. 왜냐하면 음악에 무관심한 시인이 이 세상에는 없을 것이니까? 시는 곧 음악을 깊이 이해할 때만이 비로소 쓸 수 있는 예술이라고 나는 생각한다.

또 내가 아는 그 몸이 성하고 돈도 있는 사람들이
즐거이 술을 먹으려 단닐 것과
내 손에는 신간서新刊書 하나도 없는 것과
그리고 그 〈아서라 세상사世上事〉라도 들을
류성기도 없는 것을 생각한다

시 「내가 생각하는 것은」에서 당신은 객지의 유랑생활과 그

고독감을 이렇게 표현했다. 당신은 만주에서의 어느 봄날 지나간 시절을 그리워하면서 이런 눈물겨운 추억에 잠기셨던가보다. 집에서 빅터 유성기로 임방울의 탄식 어린 목소리가 담긴 '아서라 세상사'를 듣던 기억을 떠올리는 그 모습이 지금 새삼스러운 것이다.

그해 10월 중순 무렵이던가. 하늘이 푸른 바다를 연상하리만큼 구름 한 점 없이 맑았다. 정말 보기 드문 가을날씨였다. 공연히 좁은 집안에 갇혀 있기가 갑갑증이 나서 어디라도 나가자고 졸라대니, 당신도 마치 나의 이 말을 기다렸던 듯이 우리는 서둘러 서울 근교의 광릉으로 떠났다.

밀가루 같은 먼지를 흠뻑 뒤집어쓰고 버스에서 내리니 과연 지천으로 물든 단풍에 울긋불긋한 산이 문자 그대로 만산홍록이다. 실개천의 모래알이 다 들여다보이고 송사리떼가 아른아른하는 잔잔하고 맑은 시냇물 소리, 몸과 마음을 시원히 씻어내는 듯한 청량한 숲속 공기에 우리 둘이는 신이 나서 울창한 나무숲을 비집어 비껴가며 어느 모퉁이를 돌아선다. 작은 산 같은 하나의 능묘가 근엄하게 눈앞에 나타난다. 물어보니 조선왕조 세조의 능이란다. 내가 능 앞에 다소곳이 서서 날아갈 듯 정중하고 공손하게 절을 하니

"아유! 그 절, 참 곱기도 해라!"

라고 당신은 뒤에서 칭찬이다.

이곳저곳 두루두루 다니다보니 어느덧 울창한 삼림 속에 석양빛이 뉘엿뉘엿 창살같이 휘돌아 숲속을 헤친다. 저녁햇살은 마치 우리들의 등을 떠다미는 듯해서 우리는 돌리기 싫은 발길을 돌렸다.

마침 물살이 세차고 깊어 보이는 시내가 앞을 가로막았다. 머뭇거리고 있으려니까 당신은 나를 업겠다고 냉큼 등을 들이댄다. 업혀보니 어쩐지 어색하고 서투르고 왠지 편치 않았다. 이대로 물속에 곤두박이는 것은 아닌가 하고 마음을 졸이는데 당신은 천천히, 거의 다 건너와서 얕은 물가에서 그만 엎어지고 말았다. 나는 떨어지면서도 재빨리 돌을 딛고 일어서서 다행히 그리 많이 젖지는 않았다. 그러나 당신은 양복과 내의까지 젖어서 축축하였다. 차마 웃지 못할 걱정이 태산 같은데 마침 함께 건너오던 한 노인이

"이거 젊은이들 큰일났구려! 옷을 말려야 할 텐데. 이곳에는 여관도 없으니 우리집에라도 가서 말리고 내일 떠나시오."

하고 친절히 말씀해주셨다.

과연 후한 인정! 시골 인심에 새삼 감복해하며 따라가보니 방안의 아랫목이 따스했다. 젖은 양복바지와 속내의를 말리자니 우리는 부득이 윗목에서 밤을 새울 수밖에 없었다. 방구들이 차차 서늘히 식어오는 새벽, 몸은 추워서 오들오들 떨리고 우리는 견디다못해 마침내 서로의 체온 덕을 보려고 마구 파고

들었다. 나는 내 소학 동창 중 한 사람의 친언니가 십 년 전 첫날밤에 소박을 당했던 불쌍한 처지를 생각해본다. 그러한 두 내외를 데려다가 이런 방에 가두어두면 십 년 소박쯤이야 저절로 해결될 수 있었으리라.

집에 와서 당신은

"그 작은 몸에 웬 무게가? 정말 만만치 않았어!"

하며 나를 업은 채 물속에 넘어진 것을 도리어 내 몸무게 탓으로 돌려서 우리는 한참 동안 깔깔거리고 웃었다. 모처럼의 산책을 겸한 나들이는 이렇듯 즐거운 추억으로 우리들의 가슴속에 애틋한 필름처럼 남아 있다.

청진동 집은 서울에서 그 어디를 가기에도 교통이 매우 편리했다. 내가 무료하고 갑갑해지면 가까운 곳에 산책이라도 하자고 졸라대었고 그럴 때마다 당신은 선뜻 같이 나가곤 했다.

하루는 덕수궁 돌담길을 제법 분위기 있게 손을 잡고서 거닐다가 집으로 돌아오는 길이었다. 신문사 앞에서 당신이 한 친구를 만나서 이야기를 하기에 내가 혼자 앞서갔다.

그때 갑가지 일본 와세다대학 모표가 달린 사각모를 쓴 한 청년이 지나가다가 나를 보고 반기며 억지로 다방에 가자고 길을 막았다. 당신은 이런 광경을 힐끗 보고서도 짐짓 못 본 척하면서 그냥 옆을 지나쳐 집으로 가버렸다.

내가 그 청년의 얼굴을 보니 평소에 전혀 낯선 사람은 아니었다. 어쩔 수 없이 그에게 끌리다시피 해서 가까운 다방에 들어가게 되었는데 그는 나에게 긴한 이야기가 있다고 말했다. 이야기인즉 무조건 일체의 책임을 지겠으니 자기와 같이 일본에 건너가서 공부를 하자는 것이다. 내가 일언지하에 거절을 하니 그러면 자기도 학교를 그만두겠다고 했다.

어처구니없이도 엉뚱한 책임을 난데없이 들씌우는 그자가 실로 불쾌하기 짝이 없었으나, 그자의 태도로 보아서 공연히 나를 우롱하고 추근거리는 의도에서 하는 말이었다. 그런 말에 전혀 상관할 내가 아니었다.

그 청년은 서울에서 유수한 부호 집안의 자제였고, 그의 부친은 조선총독부로부터 친일파 합방의 공로자에게 주는 남작의 작위를 받은 바 있었다. 그후 그의 부친이 세상을 떠나자 아들이 부친의 작위를 그대로 습작襲爵하여 '아무개 남작'이라고 칭하고 다녔던 것이다.

천박한 티를 질질 내면서, 거만하기 짝이 없는 그자의 태도로 보아 공부와는 이미 담을 쌓은 지 오래인 한심한 청년이었다. 대부분의 친일파 자제들이 보여주는 꼴을 그자는 고스란히 드러내고 있었다. 그자는 마침내 학업을 중도에 그만두고 돈만 물쓰듯이 써대는 호화판 건달이 되어버렸다. 그자는 자신의 학업 실패가 모두 나 때문이라는 도무지 경우에 닿지도 않는 억설을 펴는 것이었다. 참으로 말도 되지 않는 망언이며, 거의 모욕에 가까운 조롱이었다. 나는 분함과 불쾌함을 억누르지 못한 채 얼굴이 상기되어 쏜살같이 자리를 박차고 뛰쳐나왔다.

집으로 돌아오니 당신은 먼저 돌아와 모로 누워서 책만 보고 있다. 나는 무엇보다도 조금 전에 놀림을 당한 모욕과 당신께 대한 미안한 마음이 겹쳐져서, 나도 모르게 안절부절못하고 있었다. 그랬는데 당신은 밝고 환한 얼굴로 나를 향해 다시 돌아누우면서

"난 당신이 어디로 업혀갔나 했지. 이제 돌아왔으니 됐어!" 하고 말했다.

나는 아주 간결한 당신의 이 한마디 말에 굵은 왕침 한 대를 맞은 듯했다. 이 말은 점잖은 꾸지람이기도 했지만, 무엇보다도 당신의 너그러운 아량이 담겨 있는 말이었다. 이처럼 당신은 개방적인 편이어서, 뒷말 없이 관대하게 믿어주는 넉넉함과 따뜻함으로 내 마음을 한없이 편하게 했다.

당신은 그 어떤 경우라도 화를 내지 않았고, 또 책망도 하지 않고 모든 것을 우스갯소리로 돌렸는데, 그래도 늘상 하는 말 중에도 때로 놓치기 아까운 말을 한 번씩 해서 나는 자주 가슴 뜨끔뜨끔한 깨달음을 얻을 때가 많았다. 당신은 말로 일러주지 아니하고 행동적인 표현으로 무언중에 일깨워주곤 했다.

그리고 우리는 때없이 울적하고 공연히 무료한 날이면 둘이

서 남산 산책길을 자주 다녔다. 나는 본시 석양 무렵에 자동차를 타고 한바퀴 돌아보는 것을 좋아했다. 그래서 툭하면 한강변 모래사장으로 가서 떨어지는 낙조와 달이 돋아오르는 광경을 보다 오곤 했다.

한번은 당신이 늦도록 집에 돌아오지 않던 어느 달 밝은 밤이었다. 그날도 나는 혼자서 한강변에 나가 오래도록 달을 보며 호젓한 명상에 빠져 있었다. 그런데 내가 타고 간 차의 택시 기사가 내 눈치를 슬금슬금 보면서 가까이로 다가오더니, 껌 한 통을 건네주었다. 나는 이게 웬 껌인가를 물었다. 그랬더니 기사는 자기가 태우고 온 손님이 혹시 자살하러 온 사람이 아닌가 더럭 겁이 나서, 기색도 살펴볼 겸해서 사왔다는 것이다. 나는 기가 막혔다. 하지만 새삼 그의 친절이 고마웠다.

하루는 가까운 남산으로 당신과 함께 드라이브를 떠났다. 택시기사가 마침 당신과 같은 평안도 사람이었는데, 꽤 사람이 서글서글해 보이고 친절했다. 그 차를 대기시켜놓았다가 돌아올 때에 서로 고향 이야기를 중심으로 여러 가지의 흥미 있는 이야기를 많이 했다. 나는 집에 돌아와서 무심코

"그 운전수 참 친절하고 인상적인 사람이었어요. 나의 오라비였더라면 좋겠어."

라고 했다. 그랬더니 당신은 마치 기다렸다는 듯이 내 말을 즉시로 되받아서 이렇게 말하는 것이었다.

"애인이었으면 더욱 좋았겠지?"

나는 몹시 무안했다. 그래서 내가 말한 것은 그런 뜻이 아니었다고 당신의 등을 힘주어서 마구 콩콩 두들기며 앙탈을 부렸다. 그러나 당신은 꿈쩍도 아니하고 시치미를 뚝 따고서 마치 재미있는 일이라도 구경하듯 앉아 있다.

그저 사람은 말을 조심하고 입을 무겁게 지켜야 하는데 나는 되는대로 조잘거리다가 사려 깊은 당신께 번번이 당하고 체면만 깎이었다. 앞으로는 정말 각별히 조심해야겠다고 마음속으로 새삼 다짐했다.

당신은 평상시에 어디를 결코 먼저 나가자고 제의하는 법이 없었다. 언제나 내가 먼저 나가자고 해야 선뜻 따라나섰다. 어느 때였던가 내가

"오늘 단성사에서 우리가 늘 책에서 읽던 〈전쟁과 평화〉를 개봉한다니 같이 가요."

하니 당신은 마치 고대하기라도 했던 듯이 성큼 앞장을 섰다. 가서 보니 서울 장안의 내로라하는 영화 팬들은 거의 모두들 와 있었다. 아니 왔더라면 큰 손해라도 볼 뻔했다는 듯이 안도를 하며 우리는 그들 중에 끼어앉았다. 그 자리에 우리가 함께 참석한 것이 못내 자랑스러웠다.

둘이는 나란히 앉아서 숨을 죽이고 영화를 보았다. 영화가 시

작되고 한참이 지나서 나는 스크린에 나오는 나타샤를 보고 깜짝 놀랐다. 그래서 나도 모르는 사이에 당신 등뒤로 폭삭 엎드려 숨어버렸다. 왜냐하면 여배우 나타샤가 너무도 요염하고 아리따울 뿐 아니라 참으로 매혹적이었다. 우수한 연기에 팔등신에 가까운 용모, 그러나 무엇보다도 나를 당신의 등뒤로 숨게 한 것은 나에게 써주신 시 「나와 나타샤와 흰 당나귀」가 머리에 떠올랐기 때문이다. 그 시는 정말 영화에 나오는 미모의 여배우 나타샤에게나 잘 어울릴 것이었다.

나는 키도 작고 또 나타샤처럼 곱지도 않았다. 그런 나를 그처럼 과분한 정열적 사랑의 시에 나타내어준 것이 못내 황송스러워서 부끄러운 마음이 들었다. 그리고 내가 그런 미인이었더라면 당신께 얼마나 좋았을까 하는 유감과 또 여배우에 대한 선망에서 나도 모르게 당신 등뒤로 숨어버렸던 것이다.

집에 와서 당신은 아니나 다를까,

"여보, 아까 극장에서 영화를 보다가 왜 갑자기 내 등뒤로 엎드렸었지?"

하고 물었다.

나는 그때의 심정을 사실대로 말했다. 당신의 대답이 걸작이다.

"나 원 참! 난 또 극장에서 어떤 보지 못할 사람이라도 와서 그러는가 했지! 도대체 여자들이란 쓸데없는 데 신경을 써서 남자의 마음을 단련시킨단 말이야."

하며 씨익 웃었다.

나는 새삼 무안스러웠다.

이렇게까지 깊이 이해하여주는 깊고 넓은 아량과 어진 이해심! 나로서는 다만 고마운 마음에 숙연해질 뿐이었다.

또 한번은 둘이서 아침부터 시험공부하듯이 독서에 골몰하다가 해 저무는 줄도 몰랐다. 이럴 때 내 친구가 찾아왔다. 그녀는 약초若草극장에 영화 〈클레오파트라〉가 왔는데, 함께 가자고 자꾸만 졸라대었다. 나는 즉시 구경을 가고 싶었으나, 당신은 가자고 해도 틀림없이 안 갈 것 같았다. 그래서 친구에게 눈짓을 했더니, 이 친구는 센스가 빨라서,

"백선생!"

"〈클레오파트라〉 보러 같이 가자구요!"

하고 또 보채었다. 당신은 대답이 없이 잠자코 있더니, 내 친구는 아예 보지도 않고 곧바로 나를 쳐다보며 대뜸 한다는 소리가,

"클레오파트라, 여기 있지 않소?"

라고 했다.

친구와 나는 당신의 이 너무도 뚱딴지같은 대답에 갑자기 웃음보가 터져서, 서로 꼬집고 밀치며 데굴데굴 자지러졌다. 특히 내 친구는 평안도의 산골 출신으로 말씨도 아주 심한 북관 사투리를 썼다.

"야! 야! 너보고 헨둥이 클레오파트라랜다. 이걸 어드럭하간!

나 참 기맥혀서……”

우리들은 다시 한바탕 자지러졌다. 그래도 당신은 눈앞의 이런 광경에 시치미를 따고서, 짐짓 무심한 척했다.

평안도 친구가 돌아간 뒤에 내가,

“두 여자들 틈에 끼여서 가기 싫으면 얼마든지 다른 거절 방법이 있었을 텐데 왜 하필 나를 놓고 망신을 주어요?”

하고 토라진 모습을 보이니, 당신은 이렇게 말했다.

“클레오파트라라고 말한 것이 그리도 망신스러웠어? 클레오파트라가 무어 그리 대단한 여자야? 당신은 클레오파트라가 독사에 물려 죽었다는 거 알지? 당신은 그런 여성보다는 몇백배 나은 여자요. 왜 그렇게 자신을 남과 견주어서 스스로를 낮추고 위축시키지? 내 앞에서 두 번 다시는 그런 쓸데없는 걱정하지 말아요. 때로는 당신도 당신답지 않을 때가 있군! 그럴 때는 꼭 철없는 아이들 같애.”

이 말을 찬찬히 듣고 보니 참으로 따끔한 일침이었다. 정말 나는 늘 내 생각만 했지 당신 생각을 안 했다.

이렇게 또 따끔한 통박을 당하고 난 뒤, 나는 정말이지 모든 면에서 주의해야겠다고 다짐했다. 하지만 매번 이렇게 당하기만 하니 심통도 날 만한 것이었다.

나는 이불을 폭 뒤집어쓰고 누웠다가는 느닷없이 일어나서,

“당신 댁의 부모님들께서는 귀한 아드님이 그렇게 오랫동안

집에 안 들어가도 아무런 말씀 없으셔요? 다 큰 아이 미아 되었는데도 찾지도 않으셔요?"

"우리집 어른들은 일절 말씀이 없으신 분들이야."

"그러면 그 댁 며느님 참 잘 보셨군요?"

"며느리가 누구야?"

"누구긴 누구예요? 아드님 한 분에 며느님이 어디 몇이나 된답니까?"

하고 나는 본때 있게(좋은 기회를 타서) 한 방을 던졌다. 이러고 한편 속으로는 쌓였던 원한의 분통이 터질 듯 눈시울이 뜨거워지는 속앓이를 씹어삼키며 다소곳이 침묵으로 참았다. 말 잘하는 소진장의蘇秦張儀도 말문이 막히고 재치 있는 당신도 피치 못할 따끔한 일침에는 그냥 묵묵히 움츠리고 앉아 있기만 했다. 조금 이따가 내가 다시 마음을 돌리고서 "그같이 말씀이 없으신 시부모님이시라면 나는 석 달, 아니 석삼년이라도 그 어떤 한마디 말도 아니하고 고이 잘 모실 수 있어요! 그 댁 맞춤의 귀한 며느님을 어서 모셔가라고 하셔요!"라고 놀려대니 그제사 당신은 더이상 참지 못하고 한바탕 폭소를 터뜨렸다. 나의 가슴속 깊이 사무친 천추의 원한의 폭탄을 적시에 한 방 던진 것이 무심한 당신에게 폭소를 터뜨리게 한 것은 과연 지능적인 위트로서 다행한 일이 아닐 수 없었다.

어느 날 문득 당신께,

“나 영어 좀 가르쳐주세요. 아무려면 당신이 영문학을 하셨으니 저를 잘 가르쳐주시겠지요? 공부는 잘할게요.”

라고 했더니 당신은,

“암! 공부는 잘하다마다. 당신 공부에 대해서는 내가 누구보다도 잘 알지. 하지만 당신이 나에게서 영어까지 배워가면 나는 뭐야? 속 알맹이 다 뽑히고 빈껍데기만 남게?”

하고는 슬그머니 밀어붙였다.

밤이 서서히 깊어가고 있었다.

삼우오 三羽烏

청진동 우리집엔 당신 친구들의 발길이 끊이질 않았다. 소설가 허준, 의사이며 수필가인 정근양, 극작가 함대훈 외 두세 사람들이 단골멤버로 찾아왔고, 아동문학가인 소파 방정환, 영화감독인 박기채씨도 가끔씩 들르던 벗들이었다. 우리집은 마치 그들의 아지트라도 된 듯 당신의 귀한 친구들이 부산히 드나들었다.

간밤에 싸락눈이라도 내렸는지 천지가 소금에 절여진 듯 하얗게 변해 있었다. 그리고 그 위에 설상가상으로 서리 대신 꽃송이처럼 보기에도 소담스러운 함박눈이 풀풀 나리고 있었다. 신나는 풍경이었다.

기온도 푹석하니 거지가 빨래를 한다는 말이 안성맞춤일 만큼 인심 좋은 날씨였다. 마침 공일空日이어서 몸도 마음도 느긋하니 흥그러웠다. 나는 삼청동 빨래터 개울에 가서 잔빨래도 하고, 또 삼청공원 설경이 보고 싶어서 당신께 나가자고 칭얼대듯 보채었다.

그러나 당신은 들은 체도 아니하고 내 손을 잡아 당신 옆으로 당겨 눕히면서

"가만 가만! 여기 삼청공원 설경보다 더 좋은 설경이 있어!"
라고 하며 책장을 넘겼다. 나는 속으로 '아이고, 나가기는 영 틀렸구나' 단념하고서 그냥 누운 채로 낮잠을 청했다. 당신은 그동안 밀린 독서를 하느라 미동도 하지 아니하고, 나는 심심해서 읽던 책장이나 뒤지며 자다가 깨다가 했다. 그렇게 동지섣달 노루꼬리처럼 짧디짧은 하루해는 덧없이 기울어져, 어느덧 늙은 햇살이 사물사물 스며드는 서창西窓.

그나마도 얼마 아니 가서 창문이 곧 어두워지니 방안 공기가 사뭇 냉랭하고 쌀쌀해졌다. 화로에 참숯불을 한가득 듬뿍 담아 이글이글 영롱하게 피워놓았다. 작은 방안은 삽시에 훈훈해져서 정이 붙는다. 우리 두 사람은 화롯가에서 서로 손을 불 가까이로 놓으려고 다투면서, 어깨를 비비적거리며 이런저런 이야기를 나누었다.

이럴 무렵 언제나처럼 어김없이 대문을 요란히 열어젖히고 당신의 막역한 동무 허준이랑 정근양 두 분이 들어섰다. 우리는 무료하던 차에 그들을 마치 기다리기라도 했던 듯이 반가이 맞이했다. 정선생은 대뜸

"이렇게 포근하고 좋은 날에 종일 엎디어 책이나 보고, 두 분이 무슨 풀각시 놀음이라도 했었소? 요즘 백군은 혼자서만 재미 보고 다니느라 친구도 찾을 줄 모르고 변했단 말이야! 정말 이래도 되는 거야?"

하고 가시 돋친 목소리를 내었다. 정선생은 계속해서

"우리는 저녁때 공연히 쓸쓸해서 명동 혼부라 란데부(명동 산책)를 나갔다가 이모주에 들러서 노닥거리다가, 당신이 좋아하는 구로네꼬까지 들러서 오는 길이야!"

라고 공연히 볼멘소리를 했다.

'구로네꼬'라는 곳은 1930년대 당시 서울 남산동 저축은행 뒤편에 있었던 일본 사람이 경영하는 아담한 분위기의 작은 찻집이었다.

이 집은 또 우리만의 애틋한 사연이 있었다.

지난날, 내가 당신 몰래 서울로 도망쳐와 있을 때, 당신은 어떻게 수소문을 했던지 결국 숨어 있는 도망꾼 자야를 찾아내고야 말았다. 그러고는 여유만만하게 메신저 보이를 시켜 이 자야를 깜짝 놀라게 한 것도 바로 구로네꼬에서였다.

그때 당신이 보낸 메시지의 내용은 이러했다.

멀리서 온 사람 과히 괄시하지 말고, 나 있는 곳으로 속히 와 주시오.

나는 그때 당신 앞에서 너무도 나 자신이 쑥스럽고 또 죄책감이 심해서 고개도 제대로 들지 못하고 와들와들 떨기만 했다.

지금도 잊을 수 없는 그곳이지만 이제는 기억도 흐릿하여 단지 '구로네꼬', 즉 '검은 고양이'란 뜻의 그 집 옥호만이 어슴푸레 떠오를 뿐이다.

'이모주'라는 오뎅집은 지금의 미도파백화점 건너편에 키가 조그마한 일본 사람이 경영하는 간이주점이었다. 그 집의 오뎅 솜씨가 특이하고 좋아서 당시 서울 장안의 술꾼들 중에는 이 집을 단골로 찾는 사람들이 많았다.

그 시절 고급 룸펜, 작가, 예술가, 주먹이 항시 울어서 펴지질 않는 우국청년, 인텔리겐치아들은 대개들 일제의 사슬에 묶인 원한의 분통을 가슴속에 지니고 있었다. 약간의 자본으로 따스한 대폿잔에 속풀이라도 할 양 터질 것 같은 분노에 상한 가슴을 끌어안고 삼삼오오 짝을 지어서 하나둘 모여드는 장안 유일의 정겨운 아지트였다.

지금 은발의 노신사님들 중에 그들의 청춘을 구가하던 사연도 많고 한도 많았던 지난 시절, 오뎅집 '이모주'의 만만한 오뎅꼬치에 따끈한 정종 대포 한잔의 향수를 잊지 못하는 분들이 많을 것이다.

시인 백석을 중심으로 소설가 허준, 수필가이며 의사인 정근양, 이 세 분은 맥주 몇 잔에 대뜸 뜨거운 문학적 환담이 낭자하였다.

기울어져가는 조선 문단의 버팀목이 됨에 서로가 도울 일이면 못 할 일이 없을 듯 세 사람의 굳센 의지와 돈독한 우의는 그야말로 요즘 세상에서는 찾아보기 힘든 우정이었다.

사람이 셋만 모이면 반드시 그 가운데 선생 될 만한 사람이 한 분 있다고 공자님께서 말씀하셨던가. 평소 과묵하고 말이 없는 허준씨도 두 팔을 걷고 입을 열어

"사필귀정이야. 일본은 기필코 망하고 말 것이니 우리도 서두르지 말고 대기만성의 앞날과 대망의 그날을 기다리세!"

라고 힘주어 기염을 토하기도 했다.

이 허준씨는 해방 후에 서울로 돌아와 있었다. 본시 평안도 용천 출생으로 1935년 10월 〈조선일보〉에 시 「모체母體」를 발표하면서 당신과 비슷한 시기에 문단에 나왔다. 그러나 이듬해 〈조광〉지에 「탁류」란 단편소설을 쓴 이후 소설 쪽으로 아주 돌

아섰다. 당신과는 같은 직장에 있으면서 그 누구보다도 심지가 서로 잘 통했던 듯하다. 그는 당시 낙원동에 살면서 우리집에 자주 왔었는데, 매우 큰 체격으로 다정다감한 성격이었으며, 특히 술을 좋아했다.

삼팔선이 갈라진 다음, 그는 당신이 만주에서 인편으로 보내온 시 「남신의주 유동 박시봉방」과 「적막강산」 등의 작품을 잡지 〈학등〉과 〈신천지〉에다 발표를 시켰다. 그만큼 허준씨도 당신을 사랑했고, 당신 또한 허준씨에 대한 우정이 워낙 형제처럼 자별했었다.

당신은 시 「허준許俊」에서 친구의 모습을 "맑고 거룩한 눈물의 나라에서 온 사람"으로 평가했다. 그러나 내가 지금 생각해볼 때 당신을 포함하여 당신이 즐겨 만나던 모든 친구들은 성품이 말 그대로 거룩한 분들이었으며, 따뜻하고 살뜰한 정성을 가진 고결한 분들이었다.

오죽하면 시에서까지 허준씨를 작품의 중심소재로 다루어서 친구의 성품을 격찬하고 높게 그려놓았을까?

허준許俊

그 맑고 거룩한 눈물의 나라에서 온 사람이여
그 따사하고 살틀한 볕살의 나라에서 온 사람이여

눈물의 또 볕살의 나라에서 당신은
이 세상에 나들이를 온 것이다
쓸쓸한 나들이를 단기려 온 것이다

눈물의 또 볕살의 나라 사람이여
당신이 그 긴 허리를 굽히고 뒤짐을 지고 지치운 다리로
싸움과 흥정으로 왁자지껄하는 거리를 지날 때든가
추운 겨울밤 병들어 누운 가난한 동무의 머리맡에 앉어
말없이 무릎 우 어린 고양이의 등만 쓰다듬는 때든가
당신의 그 고요한 가슴 안에 온순한 눈가에
당신네 나라의 맑은 한울이 떠오를 것이고
당신의 그 푸른 이마에 삐여진 어깻죽지에
당신네 나라의 따사한 바람결이 스치고 갈 것이다

높은 산도 높은 꼭다기에 있는 듯한
아니면 깊은 물도 깊은 밑바닥에 있는 듯한 당신네 나라의
하늘은 얼마나 맑고 높을 것인가
바람은 얼마나 따사하고 향기로울 것인가
그리고 이 하늘 아래 바람결 속에 퍼진
그 풍속은 인정은 그리고 그 말은 얼마나 좋고 아름다울 것

인가

다만 한 사람 목이 긴 시인詩人은 안다
'도스토이엡흐스키'며 '죠이쓰'며 누구보다도 잘 알고 일등가는 소설도 쓰지만
아모것도 모르는 듯이 어드근한 방안에 굴어 게으르는 것을 좋아하는 그 풍속을
사랑하는 어린것에게 엿 한 가락을 아끼고 위하는 안해에겐 해진 옷을 입히면서도
마음이 가난한 낮설은 사람에게 수백냥 돈을 거저 주는 그 인정을 그리고 또 그 말을
사람은 모든 것을 다 잃어벌이고 넋 하나를 얻는다는 크나큰 그 말을

그 멀은 눈물의 또 볕살의 나라에서
이 세상에 나들이를 온 사람이여
이 목이 긴 시인詩人이 또 게사니처럼 떠곤다고
당신은 쓸쓸히 웃으며 바독판을 당기는구려

게사니 거위.

이슥고 밤이 이슥해서야 쓸쓸한 골목에 발소리만 뚜벅뚜벅 남기며 당신의 친구들은 집으로 돌아들 갔다.

그들을 보내놓고 당신은 정색을 하며,

"우리는 좀체로 남의 집에를 안 가지만 그들은 우리집에 오기를 좋아해서 자주 오지. 당신이 그렇게 고와서 또 친절하고 무관해서 좋대요. 그들이야말로 장차 이 나라 조선 문단을 이끌어나갈 든든한 재목들이야!"
하고 나에게 그것을 일깨우기라도 하려는 듯 거듭 강조해서 말했다. 나는 그 말이 친구들을 너무 자주 집에 데리고 와서 속으로 미안스러워서 챙기는 말투임을 이미 알아챘었다.

이처럼 그들은 거의 하루도 거르지 않고 만났다.

이렇게도 단짝으로 어울려 다니는 세 친구의 돈독한 우정관계를 당시 일본식 표현으로는 '삼빠가라쓰', 즉 '삼우오三羽烏' 라고 했다.

'삼우오'란 말은 세 마리의 까마귀란 뜻으로 아주 친한 세 친구를 일컬을 때 흔히 쓰던 말이었다. 까마귀야말로 새 중에서 효심이 지극하고 인정이 있는 효조孝鳥와 익조益鳥로 이야기되고 있지 않았던가.

아무때건 이 세 사람이 마주앉아 이마를 조아리면 한 맺히고도 구슬픈 세상 이야기, 우국지담이 폭포수처럼 콸콸콸 쏟아졌다. 그러고는 이따금 세 사람은 눈을 부릅뜨고, 허공을 바라보며, 깊고 무거운 침묵 속으로 빠져들었던 것이다.

마치 『삼국지』에서 유비, 관우, 장비 삼형제의 도원결의桃園結義를 보듯 그득하고도 무거운 침묵에 곁에서 보면 심오하기까지 한 그들의 우의! 나는 생각할수록 그들이 마음 든든했다.

실제로 백석 시인은 세 사람의 중심으로서 그 자애로움이 유비 현덕과 흡사했다. 괄괄한 정근양씨가 장비의 성품이라면, 허준씨는 과묵하면서도 이지적인 데가 있어서 그야말로 관우의 지혜를 지니고 있었다고 할 것이다.

이렇게 서울 문단의 의형제 세 사람은 서로 다른 개성을 지니고 있으면서도 훌륭히 어울리는 재능 있는 일급 문인들이었다. 하루도 못 보면 서로 허전해하고 아쉬운 생각에 겨운 관계……

그러나 호사好事에 다마多魔라. 기러기의 행렬처럼 다정하기만 하던 안항雁行 같은 삼우오 세 친구도 금쪽같은 한쪽 나래를 잃어버리게 된 것이다. 그들의 흐트러지고 삭막해진 외로운 심정을 과연 어디다 비기리오.

사랑의 위기

간밤에 불던 바람, 샛바람, 하늬바람, 갈바람, 마파람, 높바람, 된바람, 북새바람, 된마파람, 샛마파람, 높하늬바람, 된하늬바람, 새칼바람, 높새바람, 된새바람, 갈마바람…… 바람 바람 일어 진서리 칠 제, 한 많은 세상을 울부짖듯 미친 듯 춤을 출 제, 아서라 세상사 쓸데없다.

냉수 먹고 취한 듯 노기 찬 광풍에 건듯 휘말리어 미처 못다 핀 장미 한 떨기 일락화一落花 되어 사정없이 꺾이어진 채 아픔도 슬픔도 원망도 하소연할 길 없거늘, 순한 양에도 세찬 뿔이 있듯이 가련한 어린 장미에겐 마침내 날카로운 가시가 있어 후기약을!

일찍이 찬이슬에 젖었거나 궂은비 눈보라 진서리에 휘몰렸어도 미처 때묻지 않은 나약한 소녀의 그늘진 다소곳한 수줍음 속 어딘가 한켠에는 가슴 후비는 처절한 아픔이 버섯처럼 소록소록 돋아나고 있었다.

1938년 12월 24일은 내 기억에서 영원히 지워버릴 수 없는 날이다. 아침 일찍 보통 때와 같이 신문사에 출근을 했는데 귀가할 시간이 훨씬 지나 늦은 밤이 되었는데도 당신은 돌아오지 않는다.

동지섣달 기나긴 밤도 기다리는 조바심으로 애태우는 사이에 다 지나가고, 어느덧 동창이 훤히 밝아왔다. 당신이 다시 출근할 아침이 돌아온 것이다. 당신 기다리기를 단념하고 있으려니, 지난날 함흥에서 겪은 일들이 떠오르면서 아무래도 심상치 않은 육감이 잡히었다. 그렇게 비장한 각오와 단호한 결심의 악을 문 채로 십여 일을 지냈다.

하루는 밤늦게 당신 친구 조선생이 찾아와서 심히 분개한 얼굴로 노여운 기색까지 띠며 입을 열었다.

"사실은 제가 오늘 백군을 만났어요."

심상치 않은 분위기였다.

조선생이란 분은 서울의 어느 중학교 영어교사였는데 당신보다는 나이가 몇 해 위였다. 황해도 출신으로 영문학을 전공했고, 본시 마음씨가 선량했었고, 위트와 유머감각도 풍부했다.

그는 우리집에도 자주 놀러와서 우리와 함께 식사도 하고 또 이런저런 이야기를 재미있게 들려주곤 했다. 그러나 지금 그분의 이름이 생각나지 않는다.

조선생이 안절부절못하면서 말을 꺼냈다.

"참 말씀드리기 거북하지만, 백군이 지난해 십이월 이십사일에 집을 나와서 그날 바로 두번째의 장가를 들었다고 하는구려. 그래서 자기는 자야에게 도저히 면목이 없어 집에를 못 들어가겠으니, 나더러 제발 좀 같이 가달라는 것이었어요."

한마디로 가소로운 웃기는 이야기였다.

조선생은 당신의 그러한 모습을 보고 친구로서 말할 수 없는 실망감도 느끼고, 또한 놀랍고도 괘씸한 마음에

"여보게! 지금 무슨 말을 하는가? 같이 가면 괜히 나까지도 혼이 난다네!"

하고는 겨우 당신을 떼어놓고, 혼자 달려오는 길이란다.

이 말에 내가 심히 충격을 받아서 얼굴이 핼쑥하게 되자, 그는 나를 위로해주기에 여념이 없다. 조선생은 조용히 자신이 살아온 이야기를 조심스럽게 들려주었다.

"저는 황해도에서도 아주 궁벽한 벽지에서 태어나 어린 시절을 보냈어요. 중학교도 몇십 리씩 걸어다녔지요. 그러던 중에 내 나이 열여섯이 되었을 적에 갑자기 부모님의 절대명령으로 색시 선도 안 보고 결혼을 하게 되었지요. 졸업을 앞둔 그 이듬

해 정초에 딸아이가 태어났는데 내 미숙한 마음에는 가슴이 철렁하고 겁이 더럭 났어요. 왜냐하면 아버지가 되었다는 사실은 무슨 짊어져선 안 될 무거운 짐을 짊어지기라도 한 듯, 혹은 말뚝에 내 몸이 묶이기라도 한 듯, 도무지 그 사실이 부자유스러웠지요. 그래서 저는 그대로 도망치듯 나와버렸지요.

그 이듬해에 경성제대 영문과에 수석으로 입학을 하고 보니 시골뜨기 촌아이는 그대로 마냥 들떴어요.

한동안은 그렇게도 겁에 질려 두렵게만 생각되던 서울 학생들이 『걸리버 여행기』에 나오는 소인국의 난쟁이처럼 작고 왜소하게 보이더군요.

졸업을 하고 나니 부모님께서는 서울에다 살림을 차려주셨어요. 물론 아이와 아이 어미도 함께 보내셨지요. 부모님의 이런 조치는 다시없이 고마워해야 할 일이건만, 나는 끔찍한 포로가 다시 된 양 말할 수 없는 번민과 고통만 가중되었어요. 그때부터 나는 내 집을 하숙집으로 삼고 이제껏 살아왔어요.

그러던 중에 신여성을 하나 사귀어 결혼할 뜻을 품고 시골에 가서 부모님께 이혼할 뜻을 사뢰었더니 단 한마디로 거절을 하시는 겁니다, 글쎄!

부모님께서는 아무런 책임도 느끼지 않으시는 듯 무조건 말끝마다 '부부가 백년해로를 해야지! 조강지처를 버리면 매사불성每事不成이요, 게다가 집안까지 폭삭 망해버리는 게야!' 이렇게만 말씀하셨지요.

이처럼 이야기가 전혀 통하질 않으니, 그대로 돌아와 실망과 좌절에 아무런 뜻이 없어져버렸어요. 제 인생과 앞날을 생각하니 막연하고 암담하기만 했지요. 남들은 저의 영문번역 실력을 인정하지만 지금 저는 번역도 창작도 전혀 뜻이 없고 시들해져서 말 그대로 막연하고 착잡하기만 했어요.

그 아이 어미라는 작자는 눈치도 없이 자기를 줄곧 다독거리고 돌보지 않는다고 언제나 두 볼을 처뜨리고 퉁퉁거리는 거예요, 글쎄! 저는 이 꼴이 더 기가 막혔지요. 그녀를 생각하면 남편을 잘못 만나 아무런 죄 없이 가엾게 된 여성이란 생각에 연민도 느껴지지만, 도저히 가까이할 엄두가 나질 않더군요.

그러한 삭막한 기분에서 제가 이 집에를 오면 당신네들 둘이서 비둘기같이 오순도순 정답고 재미있게 지내는 것이 마치 너무도 이상적인 스위트 홈을 보는 것 같기만 했구려. 꼭 신화에 나오는 인물들을 보는 것처럼 사랑스럽고 또 내심 부럽기조차 했었어요."

사실 당신과 나는 옆에 조선생이 있었어도 아무런 거리낌 없이 둘이 얼싸안고, 한바퀴 헹가래도 치며 다정한 사랑의 표현을 감추지 않았다.

조선생은 무엇보다도 우리나라 혼례풍속 중에 고질적인 악습이라 할 수 있는 봉건적 결혼문제부터 개혁을 해야 한다고 기회 있을 때마다 늘 열을 올렸다.

당시의 부모들은 자식을 마치 당신들의 포로인 양 절대명령으로만 꼼짝달싹 못 하게 결혼을 시켜놓고, 그다음 단계에는 아무런 책임을 지지 아니했다. 개화 신문명의 혜택을 받은 피가 끓는 청년들로서는 무조건 복종해야 하는 일이 죽기보다 싫었을 것은 물론이다. 집에 들어가기조차 끔찍스럽게 느껴졌을 것이다.

이러니 내외간에도 다정한 대화가 있을 리 없고, 또 평화가 없으니 무슨 의욕으로 일인들 제대로 할 수가 있었으랴. 조선생은 아까운 청춘들이 정신적인 병이 들어서 어처구니없이 다시들어간다고 자주 분통을 터뜨렸다.

"사실 저는 이 집에 올 때마다 당신들이 워낙 부러웠어요. 당신들을 보면 그저 신명이 저절로 났지요. 그 행복한 가정이 마냥 사랑스러웠어요. 백군을 무슨 개화 이념을 실제 몸으로 실천하는 운동가로 믿었지요. 그랬는데 아, 글쎄 그런 그가 갑자기 장가들러 갔다고 하니, 우선 그 누구보다도 제가 크게 실망해버렸지요. 분하고 원통한 마음까지 들었어요. 그래서 백군이 저더러 함께 집에 데려가달라고 했을 때, 저는 친구가 정말 괘씸했어요.

우선 부인이 너무 딱하고 가엾다는 생각이 들었고, 또 같은 남자로서 얼굴을 치켜들고 올 면목이 없어서 저 혼자 왔지요.

하지만 백군의 심정도 아마 저하고 꼭 같은 입장이었으리다.

아무튼 백군은 곧 돌아올 것이니, 마음을 안정하시고 기다리세요."

조선생은 그날 이렇게 나를 위하는 말로 안심을 시키고 돌아갔다. 내가 너무도 큰 충격을 받을까봐, 나에게 위로의 말도 전할 겸 먼저 자신의 신세타령을 한바탕 길게 늘어놓은 것이었다.

참으로 어처구니없는 이야기였다. 나는 곧 절망감에 빠져들었다.

흥, 틀림없이 무슨 일이 있긴 있었구나.

그러나 한편으론 당신을 바로 데려오지 않은 그 조선생이 못내 안타깝고 섭섭하기까지 했다. 나는 당신의 친구가 남의 의중을 몰라주는 목석처럼 생각되어서 너무도 원망스러웠다. 새삼 불이 이는 듯 내 가슴은 활활 달아올랐다.

이상과 현실이 너무도 판이하다는 것을 나는 그때 비로소 깨달았다. 일단 그러한 문제가 발생하면 그날로 바로 말없이 돌아설 것이라는 생각은 진작부터 하고 있었다.

비록 그것이 당연하고도 어진 처사라고는 하지만 가슴속에 한 번 댕긴 불덩이는 내 간장을 태우고 또 태운다.

내가 아직 간밤의 충격에서 헤어나지 못한 시간에 당신은 그림자처럼 들어섰다.

밤이 이슥한 무렵 당신은 너무도 당당하고 또 태연하게 들어섰다. 들어서자마자 당신은 무슨 속셈인지 전등불을 짤깍 꺼버린다.

차라리 다행스러웠다. 어두운 방안에서는 잔뜩 웅크리고 앉은 토라진 내 꼴도 안 보이고, 또 당신 모습도 잘 안 보일 테니 서로 보이지 않는 이런 상태가 오히려 서로 간에 도움이 될 수 있었다. 곰곰 생각하니 캄캄한 방안에 석고처럼 말없이 우뚝 앉아 있는 모습이 갑자기 전혀 모르는 낯선 남자라도 곁에 있는 듯 섬찟한 마음마저 들었다.

이제 남의 유부남이 되어서도 염치없이 옆에 와 앉아 있는 당신의 모습이 가소롭기도 하고, 또 나 자신이 애처롭기도 했다.

그러나 다른 한편으로는 겸연쩍은 마음에 몸둘 바를 몰라 망설인다. 분명 남의 유부남이 되었으면 이 몸은 몇만 리라도 영영 떨어져나가야 할 사정이 아닌가.

이제는 돌아가야 할 남의 사나이……

나 또한 자존심도 없이 일시로 잡혀 있을, 속없고 비열한 여자가 아님은 물론인 것이다. 다른 무엇보다도 사람이 변해서 돌아온 당신이 참을 수 없이 야속하고 원망스러웠다. 새삼 분한 마음에 쌓이고 쌓인 독이 저절로 솟구친다. 드디어 나는 나도 모르게 발악이 솟구쳤다.

그러나 워낙에 내 천성은 섬약하고 큰소리도 칠 줄 모르는 주제가 아니던가. 그저 꿋병 든 병아리처럼 이부자리에 머리를 파묻고 다만 혼자서 끙끙거리며 곰곰이 생각했다.

어린 시절, 집안 어른들께서는 나에게 귀가 따갑도록 이렇게 말씀하셨다.

"여자가 성을 내어 그 사나운 소리가 담장 밖으로 나가게 되면 그 집안은 망하는 법이라!"

"여자는 그저 유구무언有口無言으로 지내야 해!"

이런 말을 듣고 자란 때문인지 나는 이런 말을 습관적으로 믿고 따르기만 했다. 기왕지사 벌어진 기정사실일진대 이성을 잃고 거친 독설, 질투, 원망 따위는 더이상 내뱉고 싶지 않았다.

만나기 전으로 돌아가서 나는 조용히 물러나리라. 이렇게 마음을 굳게 다지고 다졌으나 나의 분수를 모르는 눈물은 자존심도 그 무엇도 없이 마구 솟구쳐 두 볼을 적셨다. 나는 어린아이처럼 소리를 내어 펑펑 울어버렸다.

당신은 갑자기 질풍처럼 나를 꼼짝도 못 하게 쓰러뜨리고 위에서 내 얼굴을 내려다보았다. 그러면서 무슨 말을 준비하려는지 한참 동안 숨을 죽이고 뜨거운 한숨만 푹푹 몰아쉬었다.

이윽고 당신은 차분히 음성을 가다듬고, 조용하고도 신중한 어조로 말했다.

"나 말이야. 나, 변한 건 아무것도 없어!"

"이제부턴 무슨 일이 있어도 나는 영원히 당신 곁을 안 떠날 거야! 당신만은 내 말을 믿어야 해!”

이렇듯 진지한 맹세와 다짐을 한 당신은 드디어 긴 한숨을 푸우 내뿜었다. 기분이 한결 가벼워졌다. 당신은 그 무슨 중대한 책임이라도 완수하고 머리가 가뿐해져서 할 말 다한 듯, 지난 과거지사 따위는 아예 없었던 듯, 완전히 기분이 회복된 기색이었다. 다 아는 실정에, 자포자기 심정이었던 나로서는 오히려 할 말도 채 못하는 처지였다.

혹시나 내 앞에서

“나 장가들었댔어!”

이 한마디가 돌연히 삐어져나올까봐 나는 무척이나 마음 졸이고 사뭇 긴장까지 했었다. 그러나 지난 일 없었던 일로 쓸어덮고, 변함없이 시종일관 첫 일성一聲으로 굳은 언약을 새삼 다지는 남아일언중천금男兒一言重千金의 서약. 과연 지성인으로서의 나의 인격까지를 존중해주는 선남자의 인품에 내 머리는 땅에 닿고 만다. 그 위에 다시 무엇을 더 바랄 것이 있으리오.

다시 쌓이는 정은 날이 가고 달이 갈수록 새롭기만 했다. 나는 그날부터 이 세상에 다시 태어난 듯, 오직 나 혼자만이 행복하다는 착각과 환상에 빠진 바보가 되어버렸다.

그래도 거친 풍파, 사나운 숙명에 항상 불안한 심정은 가시지 않는다. 어차피 잘못된 운명에다 잘못 맺은 인연이어서 귀신의 장난같이 바람만 일면 평지풍파가 생기지 않았던가. 그 때문에 일정한 곳에서 뿌리박고 오래 머무를 수 없는 한 마리 새처럼 폴짝폴짝 옮겨다니는 고달픈 심사가 되었다.

하루는 조선생이 다시 와서 전하는 얘기가 지금 당신 집에는 난리가 났단다. 그동안 두 번이나 장가를 들고도 가장이라는 사람이 도무지 가사를 돌보지 않아서 집안이 난가亂家 중에도 난가라는 것이다.

소름이 쫙 끼쳤다.

이어서 조선생은 제발 아들을 집으로 돌려보내도록 하라는 당신 부모님의 엄중한 부탁을 받고 왔다는 것이다.

너무나도 크나큰 쇼크에 나는 어이가 없어졌다.

앞으로 내가 무엇을 어떻게 해야 할지 아무런 방도조차 떠오르지 않았다. 나 같은 보잘것없는 사람이 남의 가정을 파괴하다니, 여러 사람을 울리고 있다니……

이런 번민 끝에 결국은 저마저 울어야 하는 얄궂은 신세. 이것저것 헤아리고 따질 것 없이 이 허무하고 서러운 세상, 내 한 몸 먼 곳으로 훌쩍 사라지는 길밖에 없다는 생각이 들었다.

이렇게 된다 해도 나 같은 미천한 인생, 복잡한 세상 한자리 비워줌으로써 세상을 위해 돕는 것이 아닐까? 이런 생각을 할 때 나는 나 자신이 조금도 아깝지 않았다. 생각에 생각을 거듭하다가 나는 드디어 골머리를 싸매고 누워버렸다.

때마침 신문사 일로 당신이 한 주일간 충북 진천에 출장을 다녀오겠다고 떠난 그 다음날이었다.

나는 부랴부랴 서둘러서 동소문 밖 명륜동과 혜화동 일대를 다녀왔다. 그곳은 지난날 앵두밭 능금밭 등의 과수원으로 유명하던 곳이었다. 하지만 그곳도 금방 개발이 되고 새로운 신흥 주택단지가 되어 시골에서 올라온 유수한 대지주들, 신흥 부자들과 정치인, 문화인들이 모여 사는 최고급 문화촌으로 바뀌었다. 곰곰 생각해보니 이곳이 몸을 감추어버리기에는 아주 적절한 은신처가 될 듯하였다.

그때 서울 사람들조차도 그곳이 그렇게 개발되고 있다는 사실을 아는 사람이 그리 많지 않았다. 나의 피신처로는 편리도 하고 또 적합하기만 하였다.

나는 급한 마음에 바삐 이곳저곳을 돌아보다가, 우연히 새로 지어서 소나무 향내도 산뜻하게 풍기는 어느 조그마한 집을 만나게 되었다. 이것저것 따지고 가릴 틈이 없이 빗장을 끄르고 당신이 돌아오기 전에 바로 이사를 했다. 이렇게 해서 나는 아무도 모르게 몸을 숨겨버렸다.

워낙 서둘러 짐을 옮기느라 미처 정신을 차릴 사이도 없었고, 또 옮긴 짐을 정돈할 여유도 없이 그냥 이삿짐보퉁이 옆에 퍼질러앉아서 내 마음은 산란하기 그지없었다.

이렇게 지낸 지 한 달이나 지났을까. 열에 받친 정열의 사나이는 또다시 내가 숨어 있는 집을 찾아내고야 말았다. 도대체 당신은 집을 찾는 귀신이라도 앞장을 세웠단 말인가? 당신은 어떻게 내가 그처럼 치밀하게 미리 준비하여 꼭꼭 바늘 뒤로 숨은 듯 숨어버리는 집집마다 용케 찾아내는지, 참으로 귀신이 곡할 노릇이었다. 아무에게도 알리지 않았는데 내가 숨은 곳을 단번에 찾아낸 것을 생각하면 하나의 불가사의라는 생각밖에 들지 않는다.

당신은 그야말로 마음먹고 하고자 한 일이라면 그 무엇이라도 못할 것이 없는 사람이었다. 정열에 불타는 당신의 그 불굴의 투지는 강산도 못 꺾으리.

그날은 등도 얼어붙은 듯 몹시 추웠던 깊은 겨울밤이었다. 골목에는 인적이 일찍 끊기어 한없이 고요하였다. 안방 뒤창 담 너머에서 적막을 깨는 나직한 목소리가 있었다.

"자야! 자야!"

분명 귀신의 소리는 아니었다.

언제나 익숙히 듣던 다정한 그 음성. 나는 전혀 예상치 못했던 놀라움에 마치 막다른 골목에 쫓긴 술래처럼 방안에서 혼자 숨을 죽이고 있었다. 이런 긴장 속에서도 나는 혹시 내 마음이 금방 약해져서 애써 결행한 나의 비장한 용단이 무너져버리지는 않을까 전전긍긍했다.

내 마음은 나도 모르게 겁에 질리고 말았다. 그래서 속으로 마음 다지며, 만일 이 시점에서 굳은 결단이 무너져버린다면 피차에 낭패요 끝장인데 '이번만은 무슨 일이 있어도 안 만나겠으니 그저 크게 한번 노하시고 돌아가시어요' 하고 속으로 빌었다. 나는 가슴을 조이며 그저 파들파들 떨기만 할 뿐이었다.

그러는 사이에 다시 한번 나직하고도 위엄이 있는, 부드러우면서도 재촉하는 듯한 그 목소리로 세번째 부르는 소리가 들려왔다.

"자야! 자야!"

그 순간이었다. 삼수갑산이 바로 내일이라도 아랑곳없다는 듯이 잔뜩 도사리던 나는 일시에 갈 곳이 없었다. 나는 버선발로 달려나갔다. 다만 내 혼이 맨발로 뛰쳐나간 것인가. 어느 틈에 나도 모르는 사이 대문을 박차고 달려나가 당신께 안기고 말았다.

그렇게도 벼르고 망설이던 내가 당신이 부르는 소리에 금방 어이없이 제풀에 한 번 탁 꺾이고 말았다. 차라리 시원하고 가슴이 탁 터진 듯했다.

복잡한 세상사도 이젠 나에게 아랑곳없어라!

칠흑같이 어둡고 늦은 밤, 고요한 골목에서 당신의 검은 양복에 왈칵 채이듯 안긴 나는, 불안이 전혀 없었던 건 아니었지만 오히려 마음이 든든해져왔다. 당신의 그 힘찬 날개에 업혀서 우리가 처음 거닐던 함흥의 상공으로 이대로 몇만 리라도 날아서 가리. 우리가 백년가약 묻고 온 그 큰 정열의 별을 찾아가리.

머언 먼 그곳에는 마음이 어질고 고운 왕자도 한 분 계시어서, 그분을 만나게 되면 그동안 쌓이고 쌓인 우리의 속사정을 낱낱이 풀어보리.

우리는 서로 살뜰히, 또 다정히 살피어 천년도 만년도 이별이란 없을 것을……

이제 그 품속만 헤어나면 도저히 어찌할 수 없는 고통과 번민이 그대로 남아 있으니, 이대로 당신이 독수리 되어 몇만 리고 날아가버리면 좋으련만 참으로 운명이란 인력으로 어찌할 수 없는 것이던가?

검은 독수리에게 덮치어 안긴 뒤로는 만사에 뜻이 없고 그냥 이대로 안긴 채 저 세상 끝까지 훠얼훨 하염없이 커다란 날개를 저어 날아가는 것이었다.

이루 말할 수 없는 두 사람의 만단정회萬端情懷. 차디찬 밤하늘에는 실날같은 조각달이 떠서 우리 두 사람의 상봉을 비춰주고 있을 뿐이었다. 그 달빛조차 비웃는 듯 서글프게 느껴져 나는 조각달을 올려다볼 낯이 없었다.

동지섣달 기나긴 밤인들 제아무리 윤삼월이 겹쳤다 해도 어찌 미칠 수 있사오리. 맺어지기는 어려운 인연, 그러나 나누어지기는 더더욱 어려운 인연에 가슴속 마디마디 맺히는 슬픈 사연. 그 모든 것은 오직 두 사람의 침묵 속으로 묻어둘 뿐 달리 표현할 길은 없었다.

풍진 속을 헤치어 살아가는 인생이라 다시 한번 거센 삭풍에 휩싸인다. 이제 다시는 갚을 수 없는 막중한 인연과 고통에 나는 진정 염세증이 휘몰려왔다. 이 세상 그 모든 것이 귀찮고 역겨워서 어지러운 현기증에 마침내 쓰러지고야 말았다. 나는 이대로 아주 영원히 쓰러져 다신 일어서지 못하게 되기만을 진정 마음속으로 바라고 있었다.

방황

때마침 가까운 친구가 중국 상해에서 다니러 왔다가 나를 찾아왔다. 그녀는 나를 만나보고 반기면서 한번 외국 구경도 할 겸 상해를 다녀가라고 자꾸만 권유했다.

그 무렵 당신은 세번째로 장가를 들고 왔었고, 내 마음은 한바탕 풍파를 겪은 듯했다. 한두 번도 아니고 삼세번이나 장가를 들었으니 무슨 아이들의 장난이기라도 한 것인가? 거의 난센스에 가까웠다. 물론 자의가 아니었음은 알고도 남음이 있었다. 하지만 당신은 한사코 본댁에 들어가지를 않으려 했다. 당신의 집안에서는 온통 불난 집같이 발칵 뒤집혀 그야말로 야단법석이라고 했다. 심지어는 사람을 시켜 당장 내 아들을 돌려보내라는 모멸적인 전갈마저 보내오기도 했다. 그렇다고 해서 내 가슴 따가운 심정을 차마 당신께 하소연할 수도 없었다.

나는 다만 혼자 조용히, 그리고 침착하게 나로서의 그 어떤 결단을 내리지 않으면 안 되었다. 그러나 도대체 어떤 결단을 어떻게 내려야 할지 마음의 갈피를 잡지 못한 채 전혀 뚜렷한 방도가 서지를 않았다.

'이제 나는 어떻게 하면 좋은가.'

'난 어디로 가야 하지.'

아무리 궁리에 궁리를 거듭해도 내 한 몸 이 지상에서 영원히 사라지는 방법 외에는 달리 뾰족한 도리가 떠오르지 않았다. 나는 혼자 끙끙 앓다가 드디어 몸져눕고 말았다.

늘상 "이 조선에는 내가 편히 등 붙이고 잘 곳이 없어!"라던 당신의 말이 귓전에 쟁쟁거렸다.

'어차피 나는 이미 병든 인생, 벌레 같은 목숨이 아니던가?'

내 마음은 점점 더 자포자기로 치달아 도저히 헤어나오지 못할 그 어떤 늪 속으로 빠져들어가는 듯했다.

내 마음은 한시도 안정이 되지 않았고 답답했다. 결국 내가 당신으로부터 멀리, 아주 멀리 떠나는 길만이 모든 일을 제대로 풀려가게 할 것이라는 생각만 하고 있었다.

나는 어느 틈에 이런 결단을 마음속으로 단단히 굳히고 누워 있었다. 그러던 차에 마침 중국에서 친구가 찾아왔던 것이다. 그녀가 상해로 구경이나 떠나자고 했을 때 내 가슴속에는 불현

듯 짚이는 것이 있었다. 그것은 중국으로 가는 배 위에서 내 가련한 한목숨을 바다로 풍덩 던져 이 세상을 영원히 하직해버릴 결심이었다.

이렇게 해서 나는 무슨 구세주라도 만난 듯, 선뜻 친구를 따라 중국으로 가게 되었다. 친구는 내 마음속을 전혀 헤아리지도 못하고 나랑 함께 떠나게 된 것만이 좋아서 마냥 들떠 있었다.

바다가 누레서 황해라던가. 맑지도 않은 탁한 바다를 항해하는 드넓은 대양 위에 뜬 엄청나게 큰 배에 영문도 모르는 채 선창에 기대어 몸을 싣고 출렁출렁 가노라니 갑자기 어마어마한 풍랑이 일어난다. 파도가 아닌 누런 바닷물이 곧추 일어나서 그 큰 배를 덮쳤다가 물속에서 다시 끄집어올리니, 파도는 마치 그처럼 큰 배도 아주 가볍게 제멋대로 세탁 작업을 해대는 듯했다.

그전의 일본 유학 시절에 현해탄을 여러 번 건너보기도 했었으나, 이처럼 생명을 걸어놓은 듯한 무시무시한 항해는 이번이 처음이다. 나는 파도에 시달려 피곤도 하고 또 무섭고 겁에 질리어 몸을 가눌 수가 없다. 한순간 가만히 생각하니 도대체 이 바다를 건너서 기다리는 사람도 하나 없는 낯선 이국, 넓디넓은 황막한 땅 그 어디에 내 발길이 머무를 것인가. 어찌타 이 험난한 황해를 가로질러 엄청난 나그네 길손이 되었는지, 내 심정은 말할 수 없이 비통하기만 했다.

아마도 비천한 여자로서 분에 넘치는 행복을 누려온 것이 시대상의 죄인의 몸이 되어버린 것일까. 항상 죄의식에 못 견디고 쫓기는 술래 되어 육지로 바다로 함부로 떠도는 나의 가련한 신세! 이러한 혐오감에서 아무리 헤매어도 희망 없이 구겨진 나의 처지! 갈등에서 도리어 자포자기와 좌절, 절망에 빠져버린 막다른 인생!

구구한 사연 잠시 덮어놓고, 지난날 비운의 여성이었던 윤심덕을 생각해본다. 한국 근대 초창기의 개화 숙녀, 조선 여성으로서 최초로 동경 음악학교를 마친 졸업생, 문명의 혜택을 입은 여성 성악가.

윤심덕은 무슨 말 못 할 슬픈 사연이 그리도 많았기에 아까운 청춘, 한 떨기 귀한 몸을 그토록 애지중지 사랑하던 연인 김우진과 함께 검은 파도에 기꺼이 던지고 말았던 것일까?

또한 손수 원한의 가사를 작사해서 슬픈 곡에 실어 사死를 찬미하며 현해탄의 수중 고혼이 되고야 말았던 것일까. 그 당시 온 세상이 그를 아끼고 슬퍼하던, 어렸을 적의 옛 기억이 어렴풋이 떠올랐다.

한낱 초개 같은 내 처지야 무슨 아끼는 여염도 없고 오직 단촐하기만 하다. 그러니 그분의 뒤를 따라 망망대해에 떨어져버릴까? 아득하고 삼엄한 황해에 이 몸 하나 창해일속滄海一粟으로 던져버리면 더이상 큰 고통도 없을 거니와 번민과 슬픔에 남몰래 가슴속 깊이 흐르는 뜨거운 눈물도 다시는 없을 것이 아닌가.

순간적으로 마음 한번 굳게 정하니 그 무섭던 풍랑이 돌연 잠이 들어 고요해진다. 수중 용왕의 부르심을 받은 듯 마음 버젓해져서 참으로 오래간만에 심정의 평온을 찾았다. 그래서 나는 느긋이, 그리고 여유만만하게 내 죽음을 결행할 기회를 살폈다.

하지만 그때 마침 방정맞은 친구가 내 방 선실로 들어왔다. 도착시간이 가까워져 화장을 고친다 어쩐다 하며 한참을 내 옆에서 부산하게 노닥거리고 어정거린다. 이 친구가 무슨 이상한 낌새라도 챘는지 잠시도 내 옆을 떠나지 않는다. 애석하게도 나는 친구 때문에 기회를 얻지 못한 채 시간만 끌었다.

또 이렇게 한참 동안 맥빠진 시간을 보내고 나니, 어느덧 우리가 탄 배는 부두로 들어섰다. 유유하고도 구슬픈 뱃고동소리가 항구 저편으로 자욱이 번져갔다.

나는 친구에게 이끌려 부두에 내리면서 '아깝지도 않은 목숨, 에라, 천명에나 맡겨버리자'라는 심정으로, 허둥지둥 따라 내리고 말았다.

때는 마침 1938년, 중일전쟁이 발발하고 일본군이 남경을 점령하여 대학살극을 펼친 지 한 해가 지난 시기였다. 나는 드디어 난생처음으로 중국땅을 밟은 것이다.

중국에서 일본 조계租界는 거의 썰렁한 느낌이 들었고 멀리서 가끔 들려오는 포총소리는 무시무시한 전율을 주었다. 그 어떤 포총소리에도 중국인들은 면역이 되어서 거의 무신경한 듯이 보였다. 그러나 조선 동포들은 여러 가지로 안정이 안 되어 유랑민의 분위기가 그대로 드러났고, 또 서글퍼 보이기까지 하였다. 나는 처음 보는 중국의 교민사회가 어딘지 모르게 안정을 잃은 듯해 보였고, 향수에 젖어 있는 그들에게 말할 수 없는 연민의 정이 솟구쳤다.

그런 혼란 속에서도 중국인들의 생활은 비교적 정신적 여유는 있어 보였다. 전쟁통에 각지의 미인들이 많이 몰려든 상해의 술집과 댄스홀은 한창 성황을 이루고 있었다.

다리 하나 건너면 서양 여러 나라들의 조계가 있어서 그곳은 각국 코즈모폴리턴들이 집결된 국제도시를 방불케 했다. 마치 인종 박물관이라고나 할까, 인종 모자이크 도시라고나 할까. 나라마다 고유의 문화와 최첨단의 문명을 전시한 세계. 그야말로 상해만 돌아봐도 지구의 일부를 관람하는 폭은 될 것만 같았다.

상해 본토 교통을 운영하는 자랑거리의 하나인 중심도로는 그곳 사람들 누구도 끝에서 끝을 모른다는 넓고 깨끗한 '하비로'라고 부르는 간선도로. 그곳으로 전차, 이층버스가 유유히 다니는데 그 본선이 실제로는 유대인 개인 소유라고 한다. 과연 놀랄 만한 일이 아닐 수 없었다.

한번은 공원에 갔었다. 제스필드라는 공원 입구에는 '개와 중국인은 들어가지 마시오'라고 쓰인 안내판이 먼저 눈에 띄었다. 내가 깜짝 놀라서 함께 간 옆사람에게 물어보니, 상해 전선 당시 일본 군대가 임시 주둔했을 때에 그들이 써서 붙인 푯말이라고 한다. 그후 일본이 패전해서 완전 후퇴를 했음에도 불구하고 중국인들은 그 모욕적인 푯말을 그냥 놓아두었다. 그 이유를 물었더니 그 답은 참으로 명답이었다.

그 푯말을 철거하지 않고 그냥 제자리에 두어야 세계인들에게 그 사실을 알릴 수도 있고, 또 일본인의 왜소함과 부도덕성, 잔학하고 야만적인 침략성을 만천하에 알리는 일이 될 수도 있다는 것이다. 동시에 찾아오는 일본인들에게도 보여주어서 지난 역사의 부조리를 일깨워주는 역이용의 교훈 자료로 쓴다고 한다.

과연 중국인들의 깊고도 넓은 그 대륙성 전략에 다시 한번 크게 놀랐다.

그 공원 안은 인공으로 조성했다고 하기에는 믿어지지 않을 만큼 너무도 거대하고 장엄하고 황홀찬란했다. 감히 글로 표현하기에는 역부족이었다. 워낙 규모가 거창해서 그저 전설에서나 듣고 옛이야기에서 본 신선들이 노닐던 별유천지別有天地가 바로 여기일 것이라는 생각이 들었다.

그리고 그 공원 뒷문 밖에는 무슨 대학이 있어서 잘 차려입은 멋쟁이 청춘남녀 대학생들이 삼삼오오 어울려다녔다. 그들은 하나같이 어깨를 가지런히 짝을 엮어서 다니며, 책은 묶어서 옆에 끼었다. 대학생들은 파아란 천을 깔아놓은 듯한 보드라운 잔디 위에 더러는 앉거나 혹은 누워서 책을 읽는다. 유쾌히 담소하며 즐기는 여유만만한 학생들도 있다. 그들에게 전쟁 따위는 염두에도 없는 듯 오직 자유로움과 낭만적인 분위기만이 느껴졌다. 청춘을 흠뻑 즐기는 모습이 나에게는 말할 수 없이 행복해 보였다.

나도 한때 이 세상에 태어나서 저런 분위기 속에서 공부를 해보는 것이 소망이었다. 내 마음속은 그들이 부럽다못하여 못내 서러웠다.

그날 저녁 나는 친구를 따라 상해에서 제일로 손꼽히는 씨로스 댄스홀이며 파라마운트호텔의 무도장을 들렀다. 멋진 실내장식과 예술적 가치를 과시하는 홀의 장치 등등 넓고도 황홀찬란한 것이 가히 중국이 자랑하는 최고급의 국제적인 사교장이라 할 만했다.

밴드는 일류 비율빈比律賓(필리핀) 악사들, 댄서들은 대개가 중국의 미인 소산지인 소주蘇州, 항주杭州 출신의 미인들이었다. 그 미인들은 인형이나 선녀들로 착각하리만큼 어여쁘고 요염했다.

저녁 8시가 되니 출출명장出出名將의 신사숙녀들이 홀 가득히 모여들었다. 은은한 조명에 별빛처럼 흘러내리는 감미로운 재즈, 모두들 술렁술렁 마치 파도처럼 일제히 쏟아져나와서 춤을 추기 시작한다. 그중에는 군데군데 새하얀 백발에 중국 청포를 입은 노신사 서넛이 인형같이 아름답고 어린 미인 댄서를 끼고 출렁출렁 춤을 추는 광경이 보였다. 노익장을 과시하며 삶을 즐기는 그들의 모습에는 엊그제 총소리 따위는 전혀 안중에도 없는 듯 여유작작해 보였다. 대단한 상류층이 아니면 이런 위락이 도저히 불가능할 것이다. 전쟁중에서도 삶의 즐거움을 그대로 만끽하는 한유한 대륙성과 신화적인 낙관주의가 느껴지는 중국인의 삶의 철학을 느끼며, 그들의 모습을 오래도록 곰곰이 생각에 잠겨서 바라보았다.

나는 이미 조선을 떠날 때 혹시나 해서 고운 빛깔의 치마저고리 한 벌과 마른신을 가지고 갔었다. 내가 황해에서 투신하고서 만약에 내 시체가 거두어지게 된다면 그때 입을 양으로 가져간 옷이었다. 그러니까 나는 저승 갈 때 입으려고 준비한 옷을 곱게 차려입고 홀의 대열에 나섰다. 그 단색으로 고상하고 우아하게 차려입은 화사한 한복 치마저고리가 여러 사람들의 시선을 끌었던가보다.

어떤 외국인이 댄서를 통해서 내가 어느 나라에서 왔느냐고 호기심을 갖고 물어왔다. 그래서 나는 '조선'이라고 대답해주었다. 그 외국인은, 조선이 세상에서 전혀 처음 듣는 나라라고 고개를 갸우뚱거렸다. 그래서 나는 화가 나서 "현재 일본의 식민지가 되어 있는 바로 '조선'!"이라고 큰 소리로 말해주었다. 그들은 그제서야 말귀를 알아들었다는 듯 측은하고도 동정 어린 눈빛을 지었다.

그 외국인들은 나의 치마저고리가 처음 보는 매우 인상적인 옷이라고 모두들 엄지손가락을 치켜들고 칭찬을 했다. 어떤 이는 일부러 찾아와서 나의 옷은 너무도 우아하며, 또 독특한 민족의상이라고 극구 칭찬까지 하기도 했다.

잠시 뒤에는 모두 손뼉을 치며 한참 동안 어울려 춤을 추다가 나와 댄서 두 사람만을 가운데 세워놓고 춤추던 사람들 모두가 손에 손을 잡는다. 그러고는 손을 잡은 채로 홀의 가장자리를 빙빙 돌다가, 또 손뼉을 치고 원을 그리며 빙빙 돌았다. 이것은 나에 대한 그들 최고의 환영 표시란다. 나는 그것이 일견 쑥스럽기도 하였으나, 한편으로 감격스러운 마음도 없지 않았다.

함께 갔던 친구는 내가 상해에서 머무르게 되면 큰 성공을 하게 되리라고 말하며 날더러 상해에 그냥 같이 눌러살자고 권했다. 하지만 나는 서울에서 생긴 고통과 번민을 가라앉혀보려고 잠시 떠나와 있는 것일 뿐, 이국에서의 물질적인 성공 따위는 염두에도 없었다. 이국적인 풍물을 여러 날 동안 관광하고 다녀도 내 마음은 갈수록 착잡해지기만 했다.

동양 제일의 자랑거리, 또는 최첨단의 황홀찬란한 소위 국제 문화도시 상해의 실체는 결국 인간이 대작업으로 꾸며놓은 인조도시의 허상일 뿐이었다.

그 넓고 황막한 천지에 산천을 볼 수 있는 대자연의 경치라곤 없었다. 심신이 고달픈 나그네가 한가로이 긴장한 마음을 풀고 잠시 시야를 멈추어서 쉬어갈 만한 곳도 없었다. 그러니 그 도시가 마치 모래 위에 지어진 누각과 무엇이 다르랴. 아니 무엇보다도 내 마음이 바로 모래 위에 지어진 집이었다. 달포나 가까이 혼자 쏘다니다보니 수구초심首丘初心이라, 결국 태어나 뼈가 굵은 나의 고향이 한없이 그리워졌다. 그리고 빨리 가서 당신의 뒷모습이라도 보고 싶은 생각뿐이었다. 하지만 그 끔찍한 황해를 건널 생각을 하니 마음은 아득하기만 했다. 아무때건 만나면 활짝 웃으며 반겨주시던 당신을 속히 만나고 싶은 바쁜 마음에 주저 없이 보따리를 챙겼다.

바삐 배에 오르니 그 끔찍한 탁류, 황해의 항로로 들어섰다. 파도는 사뭇 태산같이 일어섰다 앉았다가는 서서히 눕기를 되풀이했다.

그때마다 나는 속으로 하느님께 천명이라도 빌어보듯 빌고 앉아 있었다. 바로 그 순간 나는 삶에 애착을 느끼고 있는 내 모습을 발견했다. 삶에 애착을 느끼고 있다니…… 그렇게 나는 삶에 대한 새로운 용기를 얻게 되었다. 새삼 친구가 고마운 생각이 들었다.

거센 파도 속에서도 고향을 향한 마음, 임을 향한 마음은 오히려 풋풋하기만 했다. 모두들 겁에 질려 벌벌 떨고 있는데 나는 이상하게도 점점 태연해졌다.

그토록 거센 물살 사나운 파도조차 고향으로 임 찾아가는 이 어질고 양순한 소녀의 심정을 굽어살피신 것일까? 거친 물결도 차츰 가라앉고, 서서히 육지가 가까워졌다.

내 고향 산천! 대문 밖만 나서더라도 만나게 되는 저 수려한 산천! 강과 산이 병풍처럼 둘러싸인 삼천리금수강산! 이 기쁨! 이 반가움! 두고 온 내 정든 산천이 어서 오라고 급히 손짓을 하는 듯했다. 배가 인천으로 천천히 접어들자 고국의 산천이 점점 또렷하게 한눈에 들어왔다. 동지섣달 모질고 거센 눈바람 속에서 길게 누워 있는 눈 덮인 하얀 초가지붕들이 마치 어머니 품속처럼 아늑하게 다가왔다.

당신은 가고……

그럭저럭 나는 달포 만에 집으로 돌아왔다. 스산한 바람이 길거리를 휘젓고 있었다.

달포씩이나 혼자 외롭고 넓고 황막한 상해 천지를 두루 겁도 없이 쏘다니다가 후줄근한 몸으로 타박타박 돌아온 것이다. 이국에 대한 호기심은 그저 볼 때뿐이요, 도리어 뜻을 이루지 못한 것에 허탈감마저 들어서 피로가 한꺼번에 몰려왔다.

와서 보니 책상 위에는 당신이 그동안 보낸 메시지가 수북하니 쌓여 있다. 그렇게도 나를 기다려주신 당신이 너무도 고맙고 또 한편으론 죄스럽기조차 했다.

나 혼자 당신의 뒷모습이라도 보아야 마음을 진정시킬 수 있을 것만 같았다. 그러나 이런 내 속마음과는 달리, 겉으로는 이

번만은 끝까지 당신을 아니 만나리라, 나는 그렇게 마음을 다지고 있었다.

그런데 내가 중국에서 돌아온 바로 그날, 이슥한 한밤에 마치 미리 연락이라도 한 듯이, 귀신이 알려주기라도 한 듯이, 기다리고 바라던 나의 그리웁던 사나이는 발소리를 저벅저벅 내며 들어섰다.

여느 때 같으면 너무도 반갑고 즐거워서 껴안고 번쩍 들어 헹가래라도 쳐주었을 것이다. 그러나 우리 둘 사이에는 갑자기 서먹서먹한 구름이 꽉 끼어서 찬바람이 냉랭하게 부는 듯했다. 나는 당신께로 가까이 다가가기가 두려웠다.

한마디 말도 없이 머나먼 길을 떠났다가 한 달 만에 돌아온 슬픈 사정을 차마 모두 말할 수 없었다. 또 당신은 묻지도 아니했다. 나는 그저 겸연쩍어 당신 앞에서 비실비실 쭈뼛쭈뼛했다. 그런데 당신은 예전에 보지 못했던 싸늘하고도 강잉한 표정으로 빛을 내뿜는다. 나는 그 눈빛이 하도 무서워서 잠자코 눈치만 보면서 숨을 죽이고 있었다.

당신은 곧 침묵을 깨고 침통한 표정으로 선언을 했다.

"나, 신경 가기로 결정했어!"

이 한마디에, 순간 가슴 깊이 쌓였던 서러움에 눈물이 왈칵 터져 나도 모르게 소리를 내어 엉엉 울어버렸다. 당신은 가까이 와서 나의 머리를 쓰다듬고 등을 토닥거려주었다. 당신 역

시 눈물을 머금어 떨리는 목소리로,

"진작 떠나버렸을 것을…… 당신을 아니 만나보고…… 나 혼자 불쑥…… 차마 떠날 수가 없었어……"

하며 더 말을 이어가질 못했다.

그동안 내가 피신책이랍시고 당신으로부터 도망을 다녔지만, 당신은 나와는 달리 내 곁을 조금도 안 떠나셨다.

그런데 그토록 굳은 맹세, 나를 두고는 단 하룻밤도 떠나지 못할 줄로만 믿었던 당신이 도저히 피할 수 없는 서러운 사정이 있어서 스스로 떠난다고 하시다니. 이제야말로 영영 이별이 오는 것만 같아서 갑자기 이 한 몸이 반쪽으로 갈라지는 것만 같았다. 가슴이 와르르 무너지는 듯했다.

당신이 만주로 혼자 떠나시려는 결심을 굳히게 된 것은 순전히 뛰어넘을 수 없는 복잡한 가정사와 봉건적인 관습 때문이었다. 당신은 그것들로부터 아주 떠나고 싶었던 것이다. 당신은 부모님의 강권으로 억지 장가를 몇 번씩이나 들고, 또 그 때문에 집을 뛰쳐나와서 정신적 번민도 무수히 겪었다. 게다가 그동안 당신이 그토록 사랑하던 자야마저 한 달 동안이나 온다 간다는 말이 없이 어디론가 감쪽같이 종적을 감추어버린 것에 당신은 몹시 큰 충격을 받았던 듯했다.

바라시는 대로 따르지 않는 나를 당신은 얼마나 속으로 원망하고 또 노엽게 생각하셨을까. 또 이제 와서 이런 생각을 해본들 무엇하랴.

그러나 분명 당신은 나의 분신이었다.

한 눈의 눈물이 두 사람의 설움을 적시니, 그 눈물이 호수 되어 두 사람의 미진했던 사랑을 영원히 속삭이게 하는가. 하염없는 눈물을 거두고 곰곰이 생각했다.

안 보면 그립고 애타는 고통, 만나면 죄 아닌 죄의식에 떨던 항상 불안했던 심사가 차라리 안정이 되는 것만 같았다.

사랑하는 가엾은 여인이 당신으로 말미암아 불안에 떨고 고생하는 것이 차마 애처로우나 당신께서도 무슨 신통한 도리는 있을 리 없었다. 하지만 당신이 몸소 떠나시기를 결정하기까지 당신 가슴을 후벼팠을 크나큰 고통과 번민만은 나는 가히 짐작하고도 남음이 있다.

나를 정처 없이 중국으로 떠나보내었던 것도 사실은 당신이었다. 또 당신은 설령 본댁으로 들어갔었다 하더라도 당신의 성격상 결코 순탄한 가정살림을 이루지 못했을 것이다. 당신의 그 순정을 배반해서 내 가슴속의 피눈물을 내가 어쩌지 못했을 바에야 차라리 당신의 판단이 옳았던 것 같았다. 그래서 다시금 생각해보니 당신이 훌쩍 떠나셨다가 한두 해가 지나면 그동안 사정도 달라지게 될 것이 아닌가. 또 지금의 이별의 아픔이 결코 허사가 아니 될 때가 찾아올 것이 아닌가. 생각이 여기까지에 미치자 나는 드디어 눈물을 거두었다.

내 소망은 단 하나, 당신을 따라가는 것이었다. 그러니 아무리 높고 높은 험준한 태산이라도 나에게는 아니 넘고는 배기지 못할 하찮은 고갯마루였다.

그러나 이 고갯마루보다 더 높은 인자하신 어버이의 지엄하신 한말씀이야말로 우리 둘 사이를 영원히 갈라놓은 가시 돋친 명命이 되고 말았다.

당시에는 아무리 세상이 바뀌었다 하더라도 신분의 차이는 여전히 시퍼렇게 남아 있었다. 우리 둘은 오직 우리들 자신만이 축복하는 쓸쓸함 속에서, 결코 합치될 수 없는 불행의 늪에 빠져 허우적거리던 것이었는지도 모른다.

격한 정열에 댕기어진 불길에 우리 둘은 잠시 이성을 벗어나 있었다. 당신은 무언의 반항으로 지존하신 어버이에게 감히 등을 돌리고 머나먼 이국땅 북만주 황야로 떠나기로 작정을 한 것이었다.

일이 이렇게 된 이상 그 누구도 당신의 결단을 저지할 수 없었다. 사람의 감정이란 예측할 수 없는 변화를 가져오는 것이던가. 당신같이 온건하고 효성이 지극한 지성인으로서 어버이를 배반하는 행동은 실로 믿음직한 일이 못 되었다. 그리고 당시로서는 이것을 관습에 대한 도전이라 할 만할 것이었다. 당신은 잠시 한숨을 돌리고 우리 문제를 좀더 신중히 생각해볼 일이었다.

나는 당신께 조용히 말했다.

"한순간의 과오로 먼 훗날에 불효막심의 그 뉘우침만 남아 있을 만시지탄을 어이 감내하실 작정이셔요?"

당신은 침통한 얼굴이 되어서 대답했다.

"나에게는 정말 피치 못할 딱한 사정이 있소. 당신은 죄 없이 쫓겨다니는 고생 속에 있고, 나 또한 집에 들어가서 편안히 등을 붙일 단 한 칸의 방이 이 땅에는 없어요!"

이 간결한 한마디에 나는 오싹 소름이 끼쳐왔다.

집에를 들어갈 수가 없다는 사정, 그러나 그 중대한 집안 사정에 나로서는 한마디도 비칠 말이 따로 있을 리 없었다. 실로 막다른 골목에 다다른 사정이 너무도 딱했지만 우리로서는 그것을 타결할 방도가 따로 없었다.

나는 다시 당신에게 말했다.

"정히 돌이킬 수 없는 발길이라면, 조용히 혼자 어디론가 떠나서 작품이나 많이 쓰셔요. 그러다가 한두 해만 지나면 그동안 모든 상황도 달라질 것이고, 부모님께서도 노여움이 풀리시겠지요. 그때까지 고생스럽더라도 외국 유학 가신 셈 치고 참고 지내시다가 서서히 돌아오셔요."

나는 사정하듯 타이르듯 이렇게 말했다.

그러자 당신은 와락 노여운 얼굴이 되어,

"어찌해서 그렇게 사람을 야멸차게 버릴 수가 있소? 참으로 말 다한 사람이로군!"

하며 마치 뜨거운 불을 내뿜는 듯 깊고도 뜨거운 한숨을 푹푹 몰아쉬었다.

"어쩔 수 없군!"

당신은 이렇게 탄식하듯 외치며, 새파랗게 질린 안색에 눈을 감고 분을 삭이느라 말이 없었다.

나는 다시 조용히 가라앉은 목소리로, 나의 처지를 이야기했다.

이 모든 풍파와 불화의 근원이 모름지기 이 못나고 미천한 소녀 자야와의 잘못 맺어진 인연의 소치가 아니었던가. 두 사람이 손잡고 출렁거리며 떠나게 되면 얼마나 좋으랴. 하지만 나는 진실로 당신과 부모님과의 불화에 차마 불씨를 남기고 싶지 않았다.

"그런 불측한 행동은 나로서는 차마 할 수 없어요. 진정 제 양심이 그것을 허락지 않아요."

한참을 생각하다가 내가 이렇게 말하니,

"당신은 때로는 지나치게 관대해서 초연한 것 같애. 당신은 끝까지 가슴으로 다친 상혼을 말 아니해도, 나는 당신의 그 깊은 어진 마음씨 다 알아요. 당신은 무저항주의자야. 너무 자포자기로 자학하는 것이 아니야? 자! 일어서요. 어서 떠납시다!"

하고 말했다.

내 가슴속의 한켠은 와르르 무너져내리는 소리가 들렸다. 내

얼굴은 온통 눈물에 젖어서, 겨우 당신을 보며

"여보! 그래도 이번만은 제발 혼자 가주서요."

하고 애원했다. 그랬더니,

"정히 혼자 가라면 혼자 가지!"

이렇게 신음하듯 단호히 한마디 말을 내뱉고서는, 고개를 푹 숙였다. 당신은 새파랗게 질린 침통한 안색에, 눈을 감은 채 한동안 말이 없었다.

무슨 마지막 말이라도 있을 듯해서 나는 혹시나 하고 고개를 떨군 채 귀를 기울였으나, 잠시 후 자리에서 부리나케 일어선 당신은 일절 뒤를 돌아다보지 않고 훌쩍 떠나갔다.

쌩쌩 마치 찬바람이 이는 듯, 폭풍으로 에는 듯, 돌아서는 구두 소리가 뚜벅뚜벅 들리다가, 그 소리마저 점점 희미해져갔다.

나는 그 자리에 앉은 채로 무릎에 얼굴을 묻고 하염없이 울고 또 울었다. 내 가슴은 미어터질 것 같았다.

항우 같은 장사도 우미인과의 이별에는 눈물을 지었거늘, 당신은 두 사람의 피눈물을 씹어삼키며 바람과 같이 북만주의 차디차고 황막한 호지로 기어이 떠나고야 말았다.

내 마음 한구석에는 당신이 어디를 간다 해도 우리 두 사람은 평생 묶인 운명적인 인연이니, 한두 해가 못 가서 틀림없이 돌아오리라고 나는 믿었었다. 그러나 이것은 조물주의 무슨 얄궂은 심사의 조작이었더란 말인가. 이 영원한 이별이란 도대체 무엇인가.

이 어이없는 독화살을 나의 가슴에 꽂아놓고, 당신은 그만 혼자서 쓸쓸히 만주의 신경으로 아주 떠나버렸다. 그때 보았던 당신의 초췌한 뒷모습이 내가 보았던 당신의 마지막 모습이자 우리 둘 사이의 영원한 이별이었다.

당신은 내가 정처 없이 떠나서 도망을 할 적마다 짝 잃은 외기러기로 천릿길도 멀다 아니하시고 저만치 아득히 먼 곳에서 날아와 그 크고 부드러운 두 나래로 나를 포근히 안아서 감싸주셨다.

당신의 그 정열로 말미암아 나는 내 삶의 온갖 설움 모두 잊고 행복한 바보가 되어 살아왔건만, 내 그때 당신을 순순히 따라가지 못했던 아픈 심사를 무엇으로 변명할 수 있으리. 차라리 세상의 막을 내리고 그 모든 번민을 깡그리 잊어버리고만 싶었다.

그간에 함부로 당신 곁을 훌쩍 떠나 눈물동이깨나 흘려온 것은 모두 당신을 너무도 사랑했고, 또 그 당신의 인격을 존중함이 무엇보다도 앞선 때문이었다.

우리 둘의 훗날을 맹목적으로 기다리며, 풀리지 않는 매듭에 얽매이어 번민과 고통에 시달리고 있는 당신이 너무도 애처로웠다. 그래서 나는 자기 자신의 속마음까지 속이고 자신을 배신하며 함부로 당신 곁을 떠났던 것이다. 어설픈 문학소녀의 감상적 기질이었던가? 괜스레 이상론에 빠져서 분별없는 행동을 했던 것이 본의 아니게 오히려 당신을 괴롭혀드린 결과가 되고 말았다.

당신께서는 무쇳덩이보다 더 무거운 발길을 총총히 옮겨 떠나셨다. 당신이 떠나시고 난 후 나는 갑자기 당신과 처참한 이별을 해버린 그 집에서 한시도 머무르고 싶은 생각이 없었다. 당장 종로 쪽으로 나와서 새로운 집을 구하러 다녔다.

그때가 섣달 그믐날, 마침 관수동에 마땅한 집이 하나 있다길래 급한 마음에 이것저것 확인하지도 않고, 되는대로 짐부터 옮기고 말았다. 나는 왜 이다지도 성질이 성급하고 초조한 마음으로 여기저기 봇짐을 싸들고 옮겨다니는 신세인가? 내 운명은 이미 그렇게 살아가도록 타고난 것인가?

집을 구해서 막상 들어가보니 방은 행랑채에 있었다. 그것이 종내 못마땅해 있었는데, 이틀인가 사흘인가 뒤에 어디서 새벽부터 경 읽는 소리가 두런두런 들려왔다. 요령소리도 들려오고, 뒤이어서 북소리도 두둥둥 들려왔다. 나는 가슴이 철렁 내려앉았다. 섬찟한 기분마저 들었다. 알고 보니 집주인은 점치는 소경이었다. 겨우 초승까지 어찌어찌 참다가는, 다시 서둘러 거처를 옮겼다. 이때 내 생활은 머언 하늘을 혼자 떠도는 구름과 조금도 다를 바 없었다.

내가 살던 명륜동의 살림집은 그대로 비워두고 한 달 사이에 두 번씩이나 이곳저곳으로 이사를 다녔다. 그러니 이것은 얼마나 당시의 두서없던 내 마음을 말해주는가. 그사이에 필경 당신이 보낸 편지가 두세 번은 왔었을 것이다. 그때는 편지가 도착했다 하더라도 수신인이 없으면 발신자에게로 곧바로 되돌아가던 시절이었다. 그러니 당신 생각에는 이 자야가 또 이사를 가서 주소를 지우고, 당신을 일부러 피한 것쯤으로 야속한 생각을 하셨을 것이다.

지난날 우리가 이마를 맞대고 함께 오순도순 살 적에도 어떤 예기치 않은 일이 느닷없이 생길 때면 이 자야는 그냥 말없이 훌쩍 도망을 다니지 않았던가.

보낸 편지가 줄곧 반송되어 오고, 자야로부터 소식 한 장은커녕 그 어떤 기별도 없는 것이 당신은 너무도 얄밉고 섭섭했을 것이다. 하지만 당신의 몸은 지금 멀리 만주에 가 있으니, 전과 같이 단숨에 서울로 훌쩍 되돌아올 수도 없고, 또 찾아다닐 수도 없는 노릇이었다. 이렇게 당신은 자야에 대해서 혼자 속수무책일 수밖에 없었을 것이다.

곰곰이 생각하면 생각할수록 이 자야가 새삼 괘씸하고 분하고 거기다가 얄미운 생각마저 치밀어올랐을 것이다. 당신도 한 사나이로서 아무런 선처할 다른 방법도 없이 가녀린 아내를 그냥 바람찬 서울 거리에 달랑 남겨두고 떠났으니, 장부로서 그 얼마나 가슴이 답답했으리오. 나 또한 당신을 그 황막한 호지,

험하고 험한 만주 바닥으로 본의 아니게 떠나보낸 생각을 하면 머리가 거꾸로 돌 지경이었다.

다시 마음 굳게 다스리고 끝끝내 모든 인연을 끊고야 말았던 한 사나이의 빗나가고 만 굳은 결단! 그 아팠을 당신의 가슴을 생각했다. 이 가슴은 또다시 천 갈래 만 갈래로 찢겨져나가는 듯했다.

짝 잃은 외기러기

하루는 오랜만에 명동을 나갔다가 제일다방에 들렀다. 마침 그 자리에는 허준, 정근양 두 분이 와 있다가 나를 보고 반색을 했다. 나도 오랜만에 만난 그들을 보며 솟구쳐오르는 반가운 마음 어쩔 줄을 몰라했다. 그들도 마치 당신의 분신을 만난 양 나를 반기었다. 그러나 조금 있으려니 정근양씨가 느닷없이 정색을 했다.

"여보시오! 백군을 그토록 참혹하게 홀로 황막한 북만주로 보내놓고, 당신은 혼자서만 이렇게 빼기고 다니기요?"

정선생의 분노와 가시 돋친 말투는 계속되었다.

"도대체 누구 때문에? 백군이 누구 땜에 그토록 삭막한 북만주로 왜 떠난 줄이나 아시오?"

"백군만이 희생양이 되어서 가엾게도 머나먼 호지에서 홀로 고생하고 있는 거야!"

실로 그 말은 바늘로 나의 명치끝을 꼭꼭 찔러대는 듯한 아프고 따끔한 말이었다. 내 가슴은 어디 찔린 곳도 없이 쓰리고 아프기만 했다.

그 무렵 당신은 때때로,

"내가 등 붙이고 편안히 잘 곳이 이 조선땅엔 없어!"

라고 탄식했었다.

때는 일제강점 시대요, 서울의 부모님 댁에는 강제결혼으로 혼자 쓸쓸히 빈방을 지키고 있을 여성이 눈물만 짓고 있을 것이었다. 첫번째와 두번째로 혼인했던 여성은 그 이름을 알 수 없으나, 세번째로 혼인했던 여성은 서울에서 제법 행세깨나 하는 변호사 문아무개씨의 딸이었다. 동경 유학생 출신에다 시인이면서 당대 일급의 인텔리 청년이었던 당신은 당시 서울 장안에서 딸을 둔 명문가 부모들의 각별한 관심을 끌기에 충분했던 것이다. 이 때문에 당신은 세 번씩이나 장가를 들었고, 또 부모님 말씀을 결코 거역한 적이 없는 당신은 이 괴로운 과정을 묵묵히 참으며 부모님의 권유를 겉으로 받아들이는 것처럼 보이도록 한 것이다. 그러나 당신은 세 번씩이나 첫날밤을 보내면서도 새악시의 손조차 잡지 않고, 잔뜩 새우등을 하고 긴 밤을 보냈다고 훗날 나에게 고백했다. 자신의 마음에 들지 않는 혼인은 결코 받아들일 수 없었던 것이다. 혼례를 치른 바로 다음날 집을 뛰쳐나온 것이 두 번이나 되었던 것으로 말미암아 당신은 더욱 죄책감이 쌓이어서 부모님을 뵐 면목이 없었던 것이다.

그때 마음은 이미 이 몸 자야에게 깊이 빠져 계시던 무렵이 아니던가. 이러한 형편 속에서 당신이 그토록 사랑하던 자야마저도 당신의 만주행 제의를 순순히 응낙하지 아니하고 자꾸 숨어버리기만 하자, 이 땅에서 당신의 고독감은 참으로 이루 말할 수 없이 처절하기 짝이 없었을 것이다.

사실 우리 두 사람 사이의 사랑이 식어버린 것도 아니요, 또 당신께서 가시고자 하는 곳이 그 어디라 하더라도 나는 바늘 가는 곳에 실이 따라가듯이 함께 따라갔을 것이다.

그러나 나는 우리들의 사랑을 보다 완전한 것으로 이루어보려고 제 깐에는 어떤 계획을 가지고 있었다.

그 계획이란 당신이 만주로 떠나고 나는 서울에 남아, 당신 부모님이 보시기에 우리가 아주 서로 갈라선 것처럼 여기도록 안심을 시킨다는 것이었다.

당신이 떠날 때 내가 가고 싶다고 곧장 함께 따라간다는 것은 우리 둘 사이에, 더구나 당신께 전혀 도움이 되지 않을 것이기 때문이었다. 정식으로 혼인도 이루지 못하고 이 몸이 기생 노릇을 계속하면서 당신을 도울 만한 일이 별로 없었던 것이다. 그래서 내가 짐짓 당신으로부터 당분간의 '작전상 후퇴'를 했던 것이고, 또 당신은 내가 만주로 따라가지 않겠다고 했을 때, 내 괴로운 속마음을 짐작으로 충분히 알면서도 혼자서 만주로 떠나가셨던 것이다. 그후로 오랫동안 자야가 숨어버리자 당신은 결국 머나먼 호지에서 나를 원망도 하고, 또 때로는 내 이름을 부르시기도 하다가, 드디어는 단념과 좌절에 빠지게 되셨던 듯하다.

이 일 때문에 당신의 시 「내가 생각하는 것은」에서 "그렇게도 살틀하든 동무가 나를 버린 일을 생각한다"라는 대목은 내 가슴속을 사정없이 찌르고 후벼파는 비수가 되었다. 그렇게도 살뜰하던 당신의 동무 자야는 결코 당신이 싫어서 당신을 버린 것이 아니었다. 당시 내 마음속은 천 가지 만 가지의 괴로움으로 찢어지는 듯 아팠다.

이런 구체적이고 세세한 내막을 전혀 모르는 다혈질의 정근양씨는 주먹까지 불끈 쥐며 짐짓 분한 기색까지 나타내 보였다. 그는 내가 당신을 배반한 것처럼 여기고 있는 듯했다.

그는 얼굴이 벌겋게 달아오르도록 잔뜩 흥분해 있었다. 그러나 나는 그들 앞에서 어떤 단 한마디의 변명도 할 수가 없었다.

그날 나는 친구와의 이별을 나보다도 더 슬퍼하는 당신 벗들로부터 무섭도록 호된 책망을 들었다.

집으로 돌아와 곰곰이 생각하니 그래도 당신을 생각해주는 그처럼 살뜰한 친구들이 있어서 적이 다행스럽게도 느껴졌다.

영국의 격언에 인생살이에서 지기지우知己知友를 단 한 사람만 만나도 태양을 점령한 것과 같다는 말이 있지 않은가. 그분들은 자신들의 친구에 대한 살뜰한 우정과 그리움의 표현을 내가 아니고 다른 누구에게 푸념이라도 해볼 수 있었을 것인가. 그야말로 상처뿐인 영광이라는 말이 가슴속에 다시금 절절히 와닿았다.

이렇저렁 서러움에 터져 흐르는 눈물은 시름없이 마냥 흐르고 또 흘렀다.

그로부터 얼마 후 풍편에 들려오는 말이 허준, 정근양 두 분마저 드디어 북만주로 떠나버렸다는 것이었다. 정근양씨는 중국 산서성山西省 임분현臨汾縣이란 곳에 가서 병원을 개업했다는 이야기도 들렸다. 그들은 떠나간 친구를 몽매에도 잊지 못하다가 드디어는 사랑하는 친구의 곁을 찾아서 떠나간 것이었으리라. 또 당시 조선의 식민지 현실은 지식인들의 마음 한구석을 점점 옥죄어드는 불안한 분위기가 전개되었으니 그들이 어찌 떠나지 않을 수 있었으리오.

결국 세 동무는 세 골 물이 합쳐지듯 이역땅 만주에서 자연스럽게 이마를 마주했었을 것이니, 그들의 두터운 정분이야말로 너무도 장해 보이고 또 대단하게 느껴졌다.

옛말에 머리 팔아 동무 사고, 동무 따라 강남 간다고 하더니, 거꾸로 차디찬 강북의 친구를 따라 떠나간 남자들의 우정이 못

내 부럽기만 했다. 나는 그들에 비해 한없이 허약하고 못난 여자의 신세임을 한탄하고 한없이 서러운 생각만 들 뿐이었다.

친구를 따라 떠나간 그들 안항의 대열에 내가 먼저 솔선해서 죽순 잎새 물고 앞장을 섰어야 하였을 이 몸. 원통함과 서러움에 나는 눈물 젖은 베개에 얼굴을 묻고 몸부림치듯 발만 동동 굴렀다. 자야는 슬픈 인간 패배자의 자포자기로 다시 한 마리의 병든 벌레처럼 움츠리며 쓰러지고 말았던 것이다.

그때 헤어져 그리워하던 친구를 북만주에서 참으로 오랜만에 만난 감격을 당신께서는 어떻게 표현하셨을까. 친구가 그립기도 했겠지만 친구들 틈에 혹시라도 사랑하는 자야의 모습이 살며시 끼어서 나타나기를 바라셨던 것은 아닐까. 이처럼 허전한 마음은 내가 당신을 그리워하듯이 당신도 내 마음과 꼭 같았을 것이다. 아마 모르긴 해도 이런 마음에는 당신과 내가 그 어떤 촌치도 틀림이 없었으리라. 정말 그 허전한 마음은 이심전심으로 일치했으리라 생각한다. 그야말로 동병상련이라고나 할까.

당신이 만주로 떠나시고 나서 몇 해가 지나면 그동안의 여러 가지 형편이나 상황도 달라질 것이라 나는 기대했었다. 첫 만남의 시간부터 묻어두었던 우리들 사랑의 새싹, 즉 다시 만나서 떳떳한 재결합을 이루리라는 희망의 뿌리에 대한 기대를 나는 가졌었고, 또 이것이 언젠가는 활짝 꽃을 피우리라는 믿음을 가졌었다.

정열이 부족해서 사랑하는 마누라 자야의 손을 놓고 돌아설 당신은 결코 아니었다. 나 역시 당신의 손길 놓치고 홀로 떠나가는 애처로운 뒷모습에 피눈물만 흘리고 있을 허약한 영혼도 아니었다.

임 가시는 길이라면 그 어딘들 못 가리오. 그러나 당신으로 하여금 이 어리칙칙하고, 야속하고, 암담한 세상 모두 덧없이 던져버리게 한 것은 모두 나의 잘못이라 아니할 수 없다. 그 처량한 북만주 벌판으로 죄 없는 정배의 길을 떠나게 하였다니…… 나는 이 모든 것이 너무도 억울하고, 마냥 슬프기만 했다.

그래서 마음을 가라앉히고 내 깐에 영리한 지혜를 짠다고 짠 것이 다음과 같은 내용이었다. 이번의 이별은 결코 헛되지 않도록 하리라. 이렇게 조용히 헤어진 채로 서신마저 일절 끊고 지내는 채로 몇 해만 지내보리라. 당신도 그곳 만주에서 외국 유학이라도 가신 셈 치고 조용히 기다리시다보면 그동안 세월도 흘러 이곳 서울의 모든 어려움들이 많이 호전되어 있으리라.

그러는 사이에 차츰 잡음도 가라앉고, 우리들을 몹시 노엽게 생각하고 탐탁지 않게 생각하시던 부모님이랑 여러 주변 사람들도 모두 우리 두 사람의 일에 대해서 무관심하게 되리라. 그러면 그때서야 비로소 우리도 자유롭게 다시 만나서 한세상 영위하는 데 무슨 부족함이 있으리오. 그러니 그때까지 마음 단단히 다지고 참다가, 드디어 당당한 가정을 이루고 말리라. 이런 생각을 하고 다짐을 하면서, 내 마음속에는 전에 없이 앙칼진 가시가 돋는 듯하였다. 하지만 이런 생각은 오직 나 혼자의 마음속에만 들어 있는 것이었다. 그러니 이런 내 마음을 당신께 낱낱이 설명할 수도 없었다. 내가 굳이 말하지 않아도 당신은 내 속을 다 헤아려주실 줄 알았었다. 만약 둘이 함께 봇짐을 싸서 만주로 달아나버리게 된다면 얼마나 바보스럽고 미욱한 짓이 될까.

그러나 한해 두해 지나가니 허전한 마음은 붙일 길 없었다. 우리가 함흥에서 처음 만났을 때 당신이 하시던 그 맹세를 나는 몽매에도 잊지 못하고 있다.

"죽기 전엔 우리 사이에 이별은 없어요."

라고 하던 간곡한 맹세. 나는 당신의 이 맹세만 믿으며 속으로 빌고 또 빌었다. 무작정 기다리는 것만이 최선의 약인 것 같았다. 이렇게 참고 안으로 마음을 삭이며 기다리고 바라던 것이 그토록 허송세월이었을 줄이야. 나는 원망도 외로움도 슬퍼할 시간조차 없이 하루하루를 덧없이 무의미하게 지내온 것이다. 나는 이것이 영원한 이별이란 사실도 실감하지 못한 채 그 무심한 광음光陰만 흘려보내었다. 남과 북의 땅덩이는 허리가 잘려 다시는 소식조차 확인해볼 길 없게 되고 말았다.

나는 그제서야 서러운 세월이 원망스러웠고, 무엇보다도 미욱하고 못난 나 자신이 밉기만 했다. 인생의 무상함이란 바로 이런 것이던가?

그래도 당신은 늦게나마 머나먼 이역만리 차갑고 쓸쓸한 객창에서 만고풍상의 고생에 시달리며 얼마나 향수에 젖었을 것인가. 이 자야가 당신이 그리워 그토록 눈물을 뿌렸듯이 당신께서도 외로움과 서러움을 참다 참다 드디어 붓을 들어 그 피눈물의 시를 쓰셨으리라. 그리하여 당신은 형언할 길 없는 고통 속에서 당신의 삶과 문학을 달관하셨으리라.

또 더러는 우리 두 사람의 지난날 아리땁던 청춘시절도 떠올리셨으리라. 그토록 애틋하던 사랑의 추억을 마음속에 지니고, 어둠의 길에서 당신의 발 앞에 등불을 밝히셨으리라.

흐르는 세월 속에 우리들의 사랑은 유구하다 하건만, 결코 매듭이 지어지지 않는 사랑의 실타래는 날이 갈수록 얽히고설키어가기만 했다.

정말이지 나는 결코 당신을 단념할 수 없다는 생각을 속으로 가졌었다. 다시 만날 그날을 생각하며 내 깐에 지혜를 쓴다고 쓴 것이 도리어 당신에게 크나큰 실망과 분노를 안겨드린 꼴이 되고 말았다. 그러나 내 지혜라는 것이 지나고 보니 얼마나 보잘것없는 바보스러운 것에 불과했었던가. 그렇게 나 혼자서 쓴 방책은 빗나가버리고, 당신은 결국 내 속뜻을 짐작하시지 못하고 말았다. 이미 끊어진 인연을 하늘의 뜻으로밖에 달리 생각할 도리가 없다. 모든 것이 내 박덕의 소치요, 가련한 운명의 탓이었다. 내 오늘날에야 고백하는바, 당시 내 마음속의 진정은 바로 이러했다.

해방 후에 당신 이야기를 송지영씨를 통해서 들은 적이 있다. 그는 당시 만주에서 당신과 함께 같은 하숙에서 잠시 지냈다고 했다. 당신은 그때 신경에서 무슨 관청인가를 다니고 있었는데 어느 날 느닷없이 창씨를 하라는 일본인 상사의 명령이 있었다고 한다. 그러나 당신은 무엇으로 보나마나 호락호락 순순히 창씨를 받아들일 품성이 아니었다. 그래서 부득불 직장에 사표를 던지고 나오게 되었고, 그후로도 아마 많은 고생을 겪었을 것이라고 했다.

같은 하숙에 함께 지내면서도 겨우 수인사 외에는 없었으며, 또 그 누구와도 대면을 꺼리는 듯이 보였다고 한다. 마치 자폐증이라도 있는 사람처럼.

당신은 그 막막한 호지에서 어떤 사람과도 가까이 친하게 지낸 사람이 없었으니, 심한 고독에 만주생활이 무덤 속인 양 얼마나 적막했으리오.

당신이 만주로 떠나시고 나서 나는 인편에 한복 바지저고리와 검정 두루마기 한 벌을 지어서 보내드렸다. 송지영씨의 말에 의하면 당신은 내가 보낸 그 옷만을 꼭 입고 다니셨다고 한다. 그는 만주 신경 시절, 당신이 한복 차림에 검정 두루마기를 입고 길거리를 다니는 모습을 본 적이 있다고 했다. 그때 당신에게서는 조선 미남자의 멋스러운 풍모가 느껴졌다고 했다.

당신이 당신의 시에서 말한 구절처럼 '말없이 높고 외롭고 쓸쓸한' 당신 뒷모습에 가려진 향수, 슬픈 정열의 독백은 지금 어디로 가서 혼자 빛나고 있는가?

항상 짙은 우수에 그늘진 당신에게서는 어떤 연민마저 느껴졌다고 한다. 그 같은 이국생활의 처절한 핍박과 찌든 가난 등 만고풍상 속에서도 당신은 관대하고 달관한 경지를 잃지 아니했다고 한다. 또 여유작작 변치 않는 순정으로 아름답고도 생생한 추억을 당신은 간직하셨던가보다.

귀농歸農

백구둔白狗屯의 눈 녹이는 밭 가운데 땅 풀리는 밭 가운데
촌부자 노왕老王하고 같이 서서
밭최뚝에 즘부러진 땅버들의 버들개지 피여나는 데서
별은 장글장글 따사롭고 바람은 솔솔 보드라운데
나는 땅님자 노왕老王한테 석상디기 밭을 얻는다

노왕老王은 집에 말과 나귀며 오리에 닭도 우울거리고

고방엔 그득히 감자에 콩곡석도 들여 쌓이고
노왕老王은 채매도 힘이 들고 하루종일 백령조白鈴鳥 소리나 들으려고
밭을 오늘 나한테 주는 것이고
나는 이젠 귀치않은 측량測量도 문서文書도 싫증이 나고
낮에는 마음 놓고 낮잠도 한잠 자고 싶어서
아전 노릇을 그만두고 밭을 노왕老王한테 얻는 것이다

날은 챙챙 좋기도 좋은데
눈도 녹으며 술렁거리고 버들도 잎 트며 수선거리고
저 한쪽 마을에는 마돝에 닭 개 즘생도 들떠들고
또 아이 어른 행길에 뜨락에 사람도 웅성웅성 홍성거려
나는 가슴이 이 무슨 흥에 벅차오며
이 봄에는 이 밭에 감자 강냉이 수박에 오이며 당콩에 마늘과 파도 심그리라 생각한다

수박이 열면 수박을 먹으며 팔며
감자가 앉으면 감자를 먹으며 팔며
까막까치나 두더쥐 돝벌기가 와서 먹으면 먹는 대로 두어두고
도적이 조금 걷어가도 걷어가는 대로 두어두고
아, 노왕老王, 나는 이렇게 생각하노라

나는 노왕老王을 보고 웃어 말한다

이리하여 노왕老王은 밭을 주어 마음이 한가하고
나는 밭을 얻어 마음이 편안하고
디퍽디퍽 눈을 밟으며 터벅터벅 흙도 덮으며
사물사물 햇볕은 목덜미에 간지로워서
노왕老王은 팔짱을 끼고 이랑을 걸어
나는 뒤짐을 지고 고랑을 걸어
밭을 나와 밭뚝을 돌아 도랑을 건너 행길을 돌아
지붕에 바람벽에 울바주에 볕살 쇠리쇠리한 마을을 가르치며
노왕老王은 나귀를 타고 앞에 가고
나는 노새를 타고 뒤에 따르고
마을 끝 충왕묘蟲王廟에 충왕蟲王을 찾아뵈려 가는 길이다
토신묘土神廟에 토신土神도 찾아뵈려 가는 길이다

—흰 당나귀 타고 출출이 우는 산골로 가 마가리에 살자 하시던 당신이 어이 나타샤 없는 이국땅 호지에서 홀로 농사를 지으시겠다구요. 사랑의 족쇄를 채워놓고 흰 당나귀 두고 가신 당신. 어이 이러실 수 있어요?

정말 너무도 야속하시군요. 당장 이 자야는 어디라도 뒤쫓아 가서 삿갓 쓰고 가래질하는 신선 같은 당신을 따라서 호밋자루

를 손에 쥐어야지요. 또 마땅히 그래야 하고 당신도 제가 틀림없이 그렇게 하리라 믿으시면서 손을 높이 들고 기다리셨을 터이지요. 어린 자식도 들추어업고 가서 당신께 안겨드리고, 또 화가 밀레를 찾아가서 어린 식솔 하나 얹은 우리들 세 가족의 모습—〈만종晩鐘〉 한 폭을 그려달라고 부탁하겠어요. 우선 따뜻한 감주라도 한 사발 천천히 드시면서 흥분된 마음을 가라앉히셔요. 그 너그러우신 당신의 사랑으로 지난날 저의 그릇된 행동을 한번 크게 용서하시고 또 괴나리봇짐을 싸서 저의 머리 위에다 얹어주셔요.

어린것은 당신이 업으시고 먼저 앞장을 서시어요. 손도 잡아주셔야지요. 당신께서 진작 갈망하시던 고향 산천 깊은 산골에는 걸림돌도 없고 눈물도 없지 않습니까? 차가운 눈물, 뜨거운 눈물, 그 폭폭한 한숨도……

처음 만날 때부터 달리 더 바라는 것 없었던 우리
진작 갈망하시던 깊은 산골, 그 이별 없는 곳을 찾아서
산절로 수절로 산수간에 절로 절로 늙어갑시다그려.

그 모든 원한과 탄식을 일시에 걸러내고, 주옥으로 엮어서 남겨주신 당신의 아름다운 시작품을 읽어본다. 그 한 편 한 편은 당신을 생각하는 이 자야의 가슴을 한갓 쓸쓸한 적막에 시들지

않게 하는 맑고 신선한 생명의 원천수가 되고 있다.

나는 당신과 처음 만나던 바로 그 순간부터, 우리 두 사람 사랑의 결합은 가당치도 않은 꿈의 사상누각이요, 허영에 뜬 욕망의 축이라 생각했다. 두 청춘남녀의 타오르는 청순한 마음은 오직 사랑, 그것으로만 불타올랐던 것이다. 하지만 나는 내 불우한 처지와 숙명을 헤아려서, 항상 타당성 있는 결정과 순리적인 타협만을 속으로 분명히 하고 있었다.

당신은 의당 우리 민족의 전통적 관습에 따라 조상님께 성례를 바쳐올려야 했을 몸이었다. 하지만 나는 이미 나 자신에 대해서 지기지분知己知分하고 있었다.

만약 당신이 그 의무의 성례를 올리게 된다면, 나는 그 즉시로 아무런 추호의 원망도 미련도 없이 떠날 것이었다. 그때로서 즉시 당신과 만나기 이전의 상태로 모든 관계를 청산하고 냉철하게 눈물도 아니 짜고 바람과 더불어 삽시에 사라져버릴 것을 굳게 굳게 맹세를 하였다.

이런 내 심정을 짐작하고 아마도 당신은 나에게 처음으로 써주셨던 시 「바다」에서

당신이 앞선 것만 같구려
당신이 뒤선 것만 같구려
(…)

당신이 이야기를 하는 것만 같구려
당신이 이야기를 끊은 것만 같구려

라고 즉흥적인 시를 쓰게 되었던 것인가.

외로운 여로, 정열에 불타던 꽃다운 청춘! 한 편의 예술적 사랑의 애절한 드라마, 두 청춘의 슬픈 인생 파노라마는 이렇게 해서 제4막으로 드디어 막을 내리고 말았다.

3부

흐르는 세월 너머

자야가 백석과 함께 살았던
청진동 옛집

바람벽에 그려보는 얼굴

흰 바람벽이 있어

오늘 저녁 이 좁다란 방의 흰 바람벽에
어쩐지 쓸쓸한 것만이 오고 간다
이 흰 바람벽에
희미한 십오촉十五燭 전등이 지치운 불빛을 내어던지고
때글은 다 낡은 무명샤쯔가 어두운 그림자를 쉬이고
그리고 또 달디단 따끈한 감주나 한잔 먹고 싶다고 생각하는 내 가지가지 외로운 생각이 헤매인다
그런데 이것은 또 어인 일인가
이 흰 바람벽에

내 가난한 늙은 어머니가 있다
내 가난한 늙은 어머니가
이렇게 시퍼러둥둥하니 추운 날인데 차디찬 물에 손은 담그고 무이며 배추를 씻고 있다
또 내 사랑하는 사람이 있다
내 사랑하는 어여쁜 사람이
어늬 먼 앒대 조용한 개포가의 나즈막한 집에서
그의 지아비와 마조 앉어 대구국을 끓여놓고 저녁을 먹는다
벌써 어린것도 생겨서 옆에 끼고 저녁을 먹는다
그런데 또 이즈막하야 어늬 사이엔가
이 흰 바람벽엔
내 쓸쓸한 얼골을 쳐다보며
이러한 글자들이 지나간다
—나는 이 세상에서 가난하고 외롭고 높고 쓸쓸하니 살어가도록 태어났다
그리고 이 세상을 살어가는데
내 가슴은 너무도 많이 뜨거운 것으로 호젓한 것으로 사랑으로 슬픔으로 가득 찬다
그리고 이번에는 나를 위로하는 듯이 나를 울력하는 듯이
눈질을 하며 주먹질을 하며 이런 글자들이 지나간다
—하늘이 이 세상을 내일 적에 그가 가장 귀해하고 사랑

하는 것들은 모두

가난하고 외롭고 높고 쓸쓸하니 그리고 언제나 넘치는 사랑과 슬픔 속에 살도록 만드신 것이다

초생달과 바구지꽃과 짝새와 당나귀가 그러하듯이

그리고 또 '프랑시쓰 쨈'과 도연명陶淵明과 '라이넬 마리아 릴케'가 그러하듯이

흰 바람벽에 비춰 본 그리움!

한때는 몹시 원망스럽기조차 했던 사무친 모정, 하늘이 내신 지극하던 효심! 도저히 부모님의 말씀을 거역조차 할 줄 모르던 순진한 효심!

어찌타 우연히 댕기어진 정열의 불길을 억누를 수 없어 본의 아니게 자기 양심을 속이고 부모님까지 배반하면서 사랑하는 조국으로부터 아주 멀리 등을 돌리고 마셨던 것일까.

급기야 북풍한설 모진 겨울에 북만주 호지로 멀리 떨어져 외롭고 삭막한 도피성 이주를 겁없이 결행하시고 만 당신.

비단 부모님을 원망해서도 아니었으리라. 고루하고 암담한 구태 속에 잠들어 있는 봉건사회를 당신은 피 끓는 청춘의 벅찬 용맹으로 거부했던 것이다. 그 모든 것을 그냥 그대로 좌시하고만 있을 수는 없었던 것이다.

어쩌면 개화의 길에서 온몸으로 봉건사회에 맞선 또다른 방

식의 저항이요, 온건한 방식의 복수였다. 하지만 당신은 그 황막하고도 외로운 호지에서 생각하신 것이라곤 오직 부모님의 따스한 품속이었을 것이다. 고국의 산천, 서러워하던 사랑의 슬픔에 목멘 외침만 낭자한 선혈처럼 뿌리셨으리라. 나는 이처럼 갖가지 깊은 추억의 정념에 젖어서 애달픈 환상의 필름만 거꾸로 돌려본다.

갑자기 모질게도 추운 날에 찬물에 담근 시어머님의 시퍼러둥둥하고도 앙상한 손마디가 비친다. 그 찬물과 굵은 손마디! 생각만 해도 가슴속이 꽁꽁 얼어들고 후들후들 뼈마디가 다 저려온다.

인생은 고해라고 그 누가 말했던가?

궂은일, 슬픈 일, 한세상 겪어오신 어머님의 거칠고 굵은 손마디는 순일무잡純一無雜한 항심을 그대로 보여주신다. 그 거칠어진 손길도 이제 그만 거두어들이시고, 지금쯤은 안방마님으로 고이 따스한 아랫목에 누워 계신다. 어머님께서는 누우신 채로 퇴침 돋우시고 우리 둘을 찾아서 부르신다. 우리는 쥐걸음으로 옴실옴실 조용히 가서 뵈오니 어머님께서는 몸이 불편하시다. 기침도 하시고, 이마엔 열이 느껴진다. 우리는 공손히 어머님 앞에 무릎을 꿇고 조용히 앉아서 어머님의 말씀을 듣는다. 말씀을 들으며 나는 어머님의 팔다리를 가만가만 주물러드린다.

진정 이렇게 하는 것이 나의 소망이었는데, 냉정한 세상이 말할 수 없이 원망스럽기만 했다. 이제 와 뉘우치는 불효의 뜨거운 눈물, 다 무슨 소용 있으리.

다시 영상의 화면은 바뀐다.

그토록 기다리던 사람과 소망하던 어린것을 옆에 끼고 저녁 밥상에 함께 둘러앉은 한 가족이 있다. 그 집은 먼 앞대의 조용한 개폿가에 있는 나지막한 집이다. 아내는 그의 지아비와 마주앉아서 대굿국을 끓여놓고 나누어 먹으며, 하루의 일들을 오순도순 이야기한다. 참으로 단란한 풍경이다. 꿈에서도 그리던 단란한 가정을 당신은 작품 속에서나마 하나의 영상으로 비추어 본 것일까.

그러나 그것은 애달프고 얼룩진 환상이다. 어느 틈에 당신의 눈매에는 눈물이 가득 고인다. 내 눈에도 뜨거운 피눈물이 줄줄이 두 볼을 타고 마냥 흘러내린다.

불현듯 나는 당신의 어린 자식을 포대기로 들쳐업는다. 그러고는 우르르 당신께로 달려가서 그 쓸쓸하고 허전한 무릎 위에 아기를 내려놓는다. 당신은 흐뭇하면서도 측은한 표정으로 무릎 위의 아기를 본다. 당신의 코끝에서 눈물이 흘러내려 아기의 이마에 방울방울 떨어진다. 그 광경을 옆에서 지켜보다가 나는 기어이 당신의 어깨에 매달려 흐느끼고야 만다.

지금 내 눈앞에는 이런 애절한 환상이 주마등처럼 스쳐지나 간다. 진실로 당신이 만주로 가자고 했을 때, 나는 이것저것 헤아리지 않고 내 낭군님을 따라가야 했었으리라. 그것이야말로 나를 그토록 사랑해주신 당신께 대한 진정한 내 보답의 길이 되었으리라.

당신은 부모님께서 지천명이 지나도록 손자를 안겨드리지 못하는 것을 늘 송구스러워하였다. 당신의 부모님께서도 아들이 이런 소망에 대하여 너무 무관심한 것을 항상 한탄하신다고 말했다. 이대로 손자를 끝내 못 보게 되면 조상님께 큰 죄를 범하는 것이라고까지 말씀하신다고 했다. 당신이 그런 말을 할 때마다 나는 낯이 화끈거려서 돌아앉았고, 그것을 이루어드리지 못하는 나 자신의 처지가 몹시도 한스러웠다.

자식이야 당신보다 내가 사실은 더 속으로 바라고 있었다. 하지만 내가 이렇게 갈등에 괴로워하고 있는 것을 당신은 모르셨던 것 같다.

그 시절 문외門外의 자손을 갖는다는 것은 실로 큰 비극을 불러일으키게 되는 큰 소란이었다. 그 때문에 우리는 우리들의 그 소망을 끝내 이루지 못했던 것이다. 지금도 이 생각을 하면 가슴속 깊은 곳에 오래도록 잠잠히 가라앉아 있던 슬픔과 아쉬움이 하염없이 솟구쳐오른다.

시인의 절규

남신의주 유동 박시봉방南新義州柳洞朴時逢方

어느 사이에 나는 아내도 없고, 또,
아내와 같이 살던 집도 없어지고,
그리고 살뜰한 부모며 동생들과도 멀리 떨어져서,
그 어느 바람 세인 쓸쓸한 거리 끝에 헤매이었다.
바로 날도 저물어서,
바람은 더욱 세게 불고, 추위는 점점 더해 오는데,
나는 어느 목수木手네 집 헌 삿을 깐,
한 방에 들어서 쥔을 붙이었다.
이리하여 나는 이 습내 나는 춥고, 누긋한 방에서,

낮이나 밤이나 나는 나 혼자도 너무 많은 것같이 생각하며,
딜옹배기에 북덕불이라도 담겨 오면,
이것을 안고 손을 쬐며 재 우에 뜻없이 글자를 쓰기도 하며,
또 문밖에 나가디두 않구 자리에 누워서,
머리에 손깍지벼개를 하고 굴기도 하면서,
나는 내 슬픔이며 어리석음이며를 소처럼 연하여 쌔김질하는 것이었다.
내 가슴이 꽉 메어 올 적이며,
내 눈에 뜨거운 것이 핑 괴일 적이며,
또 내 스스로 화끈 낯이 붉도록 부끄러울 적이며,
나는 내 슬픔과 어리석음에 눌리어 죽을 수밖에 없는 것을 느끼는 것이었다.
그러나 잠시 뒤에 나는 고개를 들어,
허연 문창을 바라보든가 또 눈을 떠서 높은 턴정을 쳐다보는 것인데,
이때 나는 내 뜻이며 힘으로, 나를 이끌어 가는 것이 힘든 일인 것을 생각하고,
이것들보다 더 크고, 높은 것이 있어서, 나를 마음대로 굴려 가는 것을 생각하는 것인데,
이렇게 하여 여러 날이 지나는 동안에,
내 어지러운 마음에는 슬픔이며, 한탄이며, 가라앉을 것은

차츰 앙금이 되어 가라앉고,

외로운 생각만이 드는 때쯤 해서는,

더러 나줏손에 쌀랑쌀랑 싸락눈이 와서 문창을 치기도 하는 때도 있는데,

나는 이런 저녁에는 화로를 더욱 다가 끼며, 무릎을 꿇어 보며,

어니 먼 산 뒷옆에 바우섶에 따로 외로이 서서,

어두워 오는데 하이야니 눈을 맞을, 그 마른 잎새에는,

쌀랑쌀랑 소리도 나며 눈을 맞을,

그 드물다는 굳고 정한 갈매나무라는 나무를 생각하는 것이었다.

한 선부善夫의 절규! 숨은 향수의 독백! 자학으로 말미암아 스스로 불러오게 된 고독! 청정한 가난과 페시미즘pessimism의 인생관이 집약된 사상과 높은 철학이 담겨 있는 시인의 절규!

'선부는 고독하다'라는 말은 바로 당신을 두고 한 말인 것 같다. 그 소박하고 청순한 사랑, 그토록 격한 정열을 무거운 침묵 속에 쓸어 묻고, 차마 떨어지지 않는 발길을 당신은 어떻게 옮기셨을까?

당신은 백석이라는 이름의 글자 그대로, 쥐면 따숩고 놓으면 차갑기만 한 옥석玉石 같은 선비였다. 그래도 사랑에는 불꽃 튀는 과격한 정열이 언제나 넘쳐흘렀다. 하지만 나에게는 그처럼

심오하고도 벅찬 당신의 정열을 받아들일 지식이 턱없이 부족했다. 더욱이 보이지 않는 그대의 깊은 진의를 알아차리기에는 내 나이가 너무도 어렸었다. 또한 지성과 부덕도 거기에 미치지 못했다.

시의 첫 구절에서부터 넉 줄,

어느 사이에 나는 아내도 없고, 또,
아내와 같이 살던 집도 없어지고,
그리고 살뜰한 부모며 동생들과도 멀리 떨어져서,
그 어느 바람 세인 쓸쓸한 거리 끝에 헤매이었다.

를 읽으면서, 내 마음은 벌써 작품 속에서처럼 "그 어느 바람 세인 쓸쓸한 거리 끝"을 정신없이 헤매고 있다. 어쩌다 이런 참혹한 고생을 하시게 되었는지. 도대체 무엇이, 어떤 것이, 당신을 이처럼 곤경 속에 빠뜨렸는지.

나는 마치 당신께서 천길만길 아슬아슬한 낭떠러지 끝에 외로이 떨며 서 계신 듯한 착각이 들었다. 나는 당장 쫓아가서 당신을 조심조심 안아 모셔다가, 당신께서 그렇게도 좋아하시던 청진동 보금자리, 그 따뜻한 안방 아랫목에 눕혀드리고, 또 나의 무릎을 받쳐드리고 싶었다.

어찌타 당신은 그처럼 처량한 지경에까지 이르셨던가? 나는 너무도 비통하고 절절한 이 시를 읽다가 그 안타까움과 애처로움이 너무도 가슴 깊이 사무쳐서 혼자 흐느끼고 말았다. 그러다가 나중에는 엉엉 울면서 자리에 대굴대굴 뒹굴어버리고 말았다.

"아내와 같이 살던 집", 당신이 시 속에서 말한 이 집은 우리들의 청진동, 바로 그 집인 것이다. 내가 함흥에서 울며불며 도망치듯 달려와 서울에서 역귀양살이를 하면서 외로움과 슬픔에 경황없이 지내던 그 시절에 마련한 집이었다. 당신과 함께 따뜻한 등을 붙이고 살던 우리들의 보금자리, 바로 그 사랑의 보금자리였음을 나는 금방 알 수 있었다.

서울의 청진동, 조용하고 막다른 뒷골목에 불과 11칸짜리의 방이 둘 있는 비둘기장같이 자그마한 새로 지은 집. 당신이 함흥에서 돌아와 처음에 그 집을 보며 크게 감탄하고 놀라워하시던 모습이 생각난다. 그후로 어느덧 50여 년이 가까운 지금에도 그 광경은 마치 어제런듯 생생했다. 이 보잘것없는 작은 둥지에서나마 우리는 당시 참으로 변함없는 행복을 꿈꾸었다.

그 혼란한 마음 중에서도 그 같은 집을 장만해서 자리를 잡은 내가 무던히도 장해 보였던 듯, 당신은 찬찬히 집 주위를 돌아보았다. 그러고는 그다음 여름방학이 시작된 바로 그날, 당신은 아주 서울로 올라와버리고 함흥의 학교로 사표를 써서 부치었다. 그래서인지 당신은 그렇게도 이 청진동 집을 대견히 생

각하고 사랑하셨다. 내가 집이 너무 비좁음을 한탄하면,

"그 주인에 그 집이야! 나는 이 집에서 평생이라도 살 거야!"
라는 말까지 자주 했다. 이 말에 나는 속으로 뜨끔했다.

보잘것없는 작은 둥지에서 일정한 시간만 머무를 수밖에 없는 우리들의 유한한 인생살이를 생각해보았다. 왠지 섭섭한 느낌이 들었으나, 나는 우리의 지분持分을 생각해서 정말 이나마도 아무런 변화 없이 평안히 살아가게 되기를 기원했다. 우리는 그 작고 어여쁜 둥지를 우리들의 작은 천국으로 여기었다.

가난한 시골 가정에서 태어나 오직 공부밖에는 모르는 순진하고도 재능 있는 청년 문필가로 세상물정 모르던 당신은 그만한 크기의 집에도 대단히 만족해하셨다. 그래도 나는 집을 좀 더 키워가는 것이 여전히 소원이라고 했더니,

"그런 쓸데없는 소원 말고, 진짜 큰 소원 좀 없어?"
하며 큰소리를 치셨다. 그 소원이란 다름아니라 당신이 그리도 바라고 바랐던, 한 아기의 아버지가 되는 일을 의미하는 것이었다.

그런대로 그 집에서 둘이 함께 잘만 살았더라도 오늘의 이런 비극이 없었을 것이 아닌가 하고 생각해본다. 그러나 지금 와서 후회한들 아무런 소용이 없는 일이다.

당신은 지난날 책을 읽으실 때 옆에 있는 내 손을 꼭 잡고서

야 독서를 하시던 버릇이 있었다.

때로는 갑갑해진 내가 발버둥치며 윗목을 박차고 떨어져나가면 당신은 술래 모양으로 나를 잡아끌어다가 당신의 팔베개에 뉘어놓고 동서양의 명시를 잔잔히 낭송해주곤 하셨다. 본시 잠이 많았던 나는 당신이 그 잔잔하고 부드러운 음성으로 들려주시는 자장가 같은 시낭송도 몇 구절을 채 못 듣고 어느 틈에 그만 깊은 잠으로 곯아떨어져버렸다. 그렇게 당신 팔을 벤 채로 내가 한두 시간을 폭 자고 깨면 당신은 팔이 저린 것을 참다 못해 몹시 불편해하셨다. 당신은 혹시라도 내가 잠이 깰세라, 팔이 저린 것도 꾹 참고 그대로 계셨던 것이다.

이제 와서 생각하니 나는 그러한 지난 일들이 몹시 송구스럽기 그지없다. 염치없는 대로 다시 베보고도 싶은 당신의 팔베개, 다시 한번 들어보고 싶은 당신의 잔잔한 시낭송……

당신은 나에게,

"영국의 어느 유명한 인사는 자기 부인을 옆에 앉혀놓고서야 명강의를 했다는데, 나는 당신의 손을 잡고서 독서를 할 때 마음이 편안해져. 이젠 그게 습관이 된 것 같아."
하며 그렇게도 행복한 표정을 지었다.

젊었을 적, 나의 손은 어린 아기의 손같이 유난히도 곱다는 말을 주위에서 많이 들었다. 옆에 있어도 내 손을 잡아야 마음이 편안하다시던 당신이 그렇게 고와하던 아내 자야의 손을 놓고 어이 그처럼 멀리멀리 홀로 떠나실 수 있었던지……

당신은 그 손이 허전해서라도 꼭 돌아오실 것만 같았다.

지금이라도 돌아오실 수만 있다면……

오시는 대로 당신은 쌓이고 뭉친 노기의 멍에가 풀릴 때까지 소녀를 마음껏 때리어주옵소서. 주저 없이 때리신다면 이 몸은 아무런 앙탈 없이 그 매를 달게 받을 수 있으리.

나 역시 구태여 당신을 보내놓고, 이제 와서 새삼 그리워 울부짖는 상혼 깊이 사무친 나의 이 죄의식과 자책감을 어이하리. 그대로 잠자코 참고 견디기에 몹시도 어렵고 불편한 나의 이 심사. 당신께 매라도 흠씬 맞아서 당신 앞에 그냥 너부죽이 엎어져버리고 싶은 심정이다. 또한 그 매 끝에 매달리어 예전에 못다 한 서리서리 맺힌 원망과 서러움의 넋두리를 승냥이가 울음 울 듯 목이 터져라 울부짖으며 풀어보고도 싶었다.

그러나 수원수구誰怨誰咎라, 이제 와 누구를 탓하고 원망하오리. 모름지기 두 사람 모두가 워낙 현실에 무능했던 잘못뿐이다. 이를 어디에다 비견할 수 있으랴만, 굳이 말하자면 꽁꽁 얼어붙은 차디찬 밤, 더운 김이 피어나는 고구마의 껍질을 벗기려다 그 뜨거움을 참지 못하고 손에 든 고구마를 그만 땅바닥에 떨어뜨려버린 원통함과 아쉬움이리라.

당신의 시 가운데 또 한 부분.

내 가슴이 꽉 메어 올 적이며,

내 눈에 뜨거운 것이 핑 괴일 적이며,

또 내 스스로 화끈 낯이 붉도록 부끄러울 적이며,

나는 내 슬픔과 어리석음에 눌리어 죽을 수밖에 없는 것을 느끼는 것이었다.

이 대목을 읽으면서 참으로 내 가슴을 도려내는 듯 칼로 저미어내는 듯 아프고 따갑고 쓰리기만 했다. 당신은 이 세상에서 죄악이라곤 모를뿐더러 한 점의 부끄러움도 느낄 일이 없으신 순진무구한 분이셨다. 당신께는 그 같은 절규의 한탄이 있을 리 없다. 모든 것이 부족하고 어리석은 내 탓이라 아니할 수 없다.

그토록 가슴 저미는 비애와 비참했던 한탄을 처음이자 마지막으로 다시 한번 쏟아내시어 시작품으로 남기셨을 줄이야 차마 꿈에도 생각지 못했었다.

당신의 애절한 절규와 비탄!

산지니 수지니라도 그대로 멈추고야 말 그 눈물과 통한의 삼팔선을, 그 말할 수 없이 가파르고 험한 봉황성 고개보다 더욱 암담하게 통로가 막힌 원한의 삼팔선을 당신께서는 어이 무사히 넘고 넘어 예까지 오신 것일까.

그동안 당신이 저 삼팔선 너머로 무수히 쏘아보내신 의중意中

의 화살, 도표道標 속의 화살은 과녁마다 모조리 적중하였다. 드디어 그 화살은 이 한 많은 자야의 가슴, 팔딱팔딱 뛰는 작은 심장에 바로 날아와서 꽂혔다. 가슴이 이대로 빠개져나가고, 또 허무하게 무너져나가는 것만 같다.

또 당신께서는 어쩌다 그 철벽같은 침묵을 깨고야 마셨는지. 산천초목도 모진 바람도 멈추고 귀신도 울어버리고야 말 그 절규의 독백, 한탄의 서러운 눈물은 흘러 흘러서 내 가슴에 쏟아졌다. 그야말로 구곡간장이 모두 녹아버린 그리움과 회한의 차디찬 빙하는 두 눈으로 펑펑 넘쳐흘러 황하수를 이루었다.

이 절규와 비탄의 시작품을 쓰시게 된 그대 아프고 저린 심사를 나는 이제사 깨닫는다.

해방 직전으로 기억된다. 당신은 평소 당신이 탐독하시던 토머스 하디의 작품 『테스』를 번역하여 그것을 출판하기 위해 잠시 서울에 돌아왔다고 했다. 더불어 당신은 자야를 다시 만나려는 단 하나의 벅찬 희망을 안고 오셨을 것이다. 그토록 오매불망 그립던 애인을 만나러 허위단심 옛사랑의 서울에 돌아와서 자야를 목메어 찾았건만, 그때 세상이 워낙 혼란하였고, 또 아는 사람도 모두들 흩어져버려서 자야를 수소문하여 찾기가 막막하였을 것이다. 당신의 허전한 마음으로는 서울의 길거리, 어느 골목에선가 자야가 두 손 높이 들고 뛰어나와 당신을 반기며 폭삭 안길 것만 같은 착각에 잠기기도 했으리라. 그러나 허망한 환상에 불과한 당신의 자야는 끝내 그림자조차 내비치지 않았다. 서울에는 달리 찾아볼 사람이 아무도 없었고 어느 누구도 따뜻이 맞이하는 이조차 없었다. 옛 문학동지들도 대개들 조선문인보국회라는 친일어용단체에 가입해서 구차하게 살길을 찾아 겨우겨우 연명해가고 있는 처지였다. 갖가지 생각에 헤매다 마침내 돌아서야만 했던 당신의 외롭고도 허전한 발길. 예전에는 주소도 약도도 없이 그 격렬한 정열로 자야의 가슴을 깜짝 놀라게 하시던 발길이었다. 그 발길이 닿는 곳, 어여쁜 술래가 숨은 곳, 귀신도 놀라던 그 침착하고 명석했던 정열의 지략도 이젠 세상이 바뀐 혼란과 변동 앞에 갈피를 잡을 수 없는 혼잡한 판국이었다. 단지 속수무책뿐이었으리라. 허전하고 외로운 발길, 그 무겁고 분하기까지 한 운명의 발길을 또다시 돌이키지 않으면 안 될 그대 발자국에는 우리 두 사람의 피눈물이 고여 있었으리라.

외로이 떠났을 그대 뒷모습, 점점 사라져가는 무거운 발소리, 눈에 암암, 귀에 쟁쟁 울려오는 듯 그 원통하고 애절한 통탄에 갑자기 내 몸은 심한 전율이 일고 온몸이 그대로 뒤틀려서 그대로 죽어버릴 것만 같다. 당신이 서울에 돌아와서 자야를 다시 찾았던 그 절호의 기회를 놓치지 않았더라면 우리들 사랑은 지금 어떤 모습을 하고 있을까?

어찌타 우리 두 사람은 누구도 큰 잘못이 없이 제각기 한 사람의 선남자 선여자로서 너무도 가혹한 운명의 장난에 휘말리지 않으면 안 되었던 것일까? 당신이 시에서 말한 것처럼 "하늘이 이 세상을 내일 적에 그가 가장 귀해하고 사랑하는 것들은 모두 / 가난하고 외롭고 높고 쓸쓸하니 그리고 언제나 넘치는 사랑과 슬픔 속에 살도록" 우리는 만들어졌던 것일까? 그리고 당신께서는 "이 세상에서 가난하고 외롭고 높고 쓸쓸하니 살어가도록" 시인으로 태어나셨던 것일까? 그리고 "이 세상을 살어가는데 / 내 가슴은 너무도 많이 뜨거운 것으로 호젓한 것으로 사랑으로 슬픔으로 가득 찬다"라는 대목을 생각해봐도, 이 자야는 분명 당신의 분신임에 틀림없었다. 우리 두 사람은 정말로 본의 아니게 기구한 운명의 장난에 휘말려 시달린 것이리라.

나는 마치 서커스 유희에서 외롭고 높고 아슬아슬한 외줄을 타는 광대의 삶을 살아가도록 태어난 것만 같은 생각이 들었다. 당신께서는 이 자야를 그토록 가련한 운명에서 뽑아내어 이상적인 아내, 마누라로 만들려고 아낌없는 정열을 쏟고 무수한 고생을 자청해서 하셨다. 그러나 인력으로는 어찌할 수 없는, 빗나가는 운명을 피해갈 수 없었던 것이다. 자포자기에서 그토록 오랜 세월을 깊이 묻어두었던 비통한 원한의 절규를 당신은 시 「남신의주 유동 박시봉방」에 고스란히 옮겨놓으셨다.

기나긴 세월, 설움의 세월에 시들어 이제는 늙어버린 당신의 자야, 그 가녀린 가슴에 당신은 그 시를 비수처럼 꽂아놓고야 마셨다. 다시금 깊은 참회에 서로가 마주하고 만단의 설화를 조근조근히 속삭이듯 이 시를 읽어가노라면 우리 두 사람만의 기가 막힌 실감이 물씬물씬 풍겨나온다. 아마도 이 시는 천하의 대문장가도 그 깊은 속뜻을 이해하기 어려우리라. 오직 우리 두 사람이 아는 일을 말로는 다 할 수 없는 깊은 사연, 당신의 그 깊은 상흔을 풀어내는 듯 더러운 세상을 저주하는 좌절과 자포자기의 절규, 그 연민의 정을 금할 길이 없다.

강철에 오랜 세월이 흐르면 붉은 녹이 제 몸에서 스스로 솟아나지 않는가? 그처럼 이 자야의 가슴속에 그토록 긴 세월 깊이 묻어두었던 애절한 심사와 절규를 온통 시 속에 쏟아부어놓으신 그 모습을 대하면서 당신의 자야는 오직 뒤늦게 들끓어오르는 연민의 정만 억제하지 못하고 있을 뿐이다.

한 점의 흠도 없이 짙푸르던 우리 순정이 이토록 애달프게 끝날 수가 있는가. 허무맹랑한 세상, 이제 와서 구태여 한탄할 여지도 없다. 참으로 인생의 길이란 그 판독이 어려울뿐더러, 아이러니 바로 그것의 연속이라 하겠다. 당신이시여! 이제는 모두 흘러간 어지러웠던 숙명과 눈물의 풍진 세파, 한번 더 그 깊고 넓으신 당신의 바다 같은 사랑으로 내 가슴속의 맺힌 한과 앙금을 가라앉혀주옵소서.

내 몸에 검은 피가 터져나오도록 나는 지금 채찍을 맞은 양 오직 따가운 참회로 빌고 또 비는 마음뿐이다. 감히 무어라 위로해서 당신께 사죄를 청할 염의念意가 있으리. 그동안의 간곡한 사연은 오로지 하늘이 알고, 오직 두 사람의 영혼만이 알 뿐이었다.

쌓이고 쌓인 지난날의 한탄! 아서라, 지나간 일을 과거의 일로 미루고, 긴 세월의 무거운 침묵 속으로 묻어나두자. 하지만 하느님도 무심하시지, 왜 이다지도 깊었던 인연을 야멸차게 끊으셨던 것일까 하고 탄식해보기도 했다.

돌이켜 생각해보면 삼생三生을 다 지난다 하더라도 끝내 끊어지지 않을 우리들의 이 막중하고도 지중한 인연!

당신과 함께 살던 시절엔 내가 나이도 어리고 심약했다. 당신은 내가 내뱉고 싶은 거친 말, 가슴에 품은 뼈아픈 소리를 번연히 알고 계셨다. 이별을 앞두고 나는 당신의 신경을 건드리지도 못하고, 차마 애절한 마음뿐이었다. 우리 두 사람은 눈으로 싸우다 싸우다 끝내는 풀지 못한 채 뜻 아닌 이별을 맞이해야만 했다. 이제 당신은 영원히 잠이 드셨다. 온 세상이 온 누리가 몇 번씩이나 천지개벽을 한다 해도 다시는 못 올 불귀의 객. 내 사랑하던 그 임이 못 오실 줄을 번연히 알면서도 여전히 나는 당신의 팔베개에 누워서 당신을 생각하는 그리움과 아쉬움으로 이 밤도 가슴 조이는 것이다.

꿈에 오신 당신

이제 꿈 이야기를 풀어가자니 이런 일이 떠오른다. 한번은 춘원 이광수 선생과 더불어 여러 사람이 함께 둘러앉아서 담소를 나누었던 적이 있었다. 그 자리에서 어느 누군가가 조선시대의 한 맺힌 옛 시조 한 수를 유창하게 불렀다.

꿈아 꿈아 어리척척한 꿈아 왔는 님도 보내는 것가
왔는 님 보내나니 잠든 나를 깨울랐다
이후에 님이 오셔드란 잡고 나를 깨워라

춘원 선생은 이 시조를 흥미 있게 들으시고 한참 있다가 필묵을 가져오라 하더니, 즉석에서 그 시조의 노랫말을 고쳐서 써주었다. 처음엔 선생의 즉흥 시조인 줄 알았으나 나중에 알고 보니 조선 중기의 정객政客 김상용이 지은 유명한 시조였다. 춘원 선생은 그만큼 기억력이 비상했다.

> 사랑이 거짓말이 님 날 사랑 거짓말이
> 꿈에 와 뵌단 말이 그 더욱 거짓말이
> 나같이 잠 아니 오면 어느 꿈에 뵈이리

내가 너무도 감탄하며 좋아했더니, 춘원 선생도 이런 나의 심정을 읽으신 듯 기쁜 표정을 지으면서 같이 읽고 거듭 읽었다. 그 시조를 나는 지금까지도 잊지 아니하고 가끔 외우는데, 그때마다 춘원 선생의 그 모습을 생각하고 마음 한켠이 흐뭇해진다.

사람은 늙어서는 추억에 산다는 말을 했던 사람이 누구였던가? 이제 늙고 보니 정말 그 말이 실감난다. 늙어서 심신은 쓸쓸해지고 자연히 옛일이나 생각할밖에 달리 도리가 없다. 아무리 친한 사람이라도 '마음에 있어야 꿈에도 보인다'는 춘원 선생의 말은 시구 그대로 사실인 것 같다.

무심코 옛일을 생각하면 당신의 정겹던 이름 '백석'이란 두 글자가 먼저 머리에 떠오른다. 불현듯 나는 당신의 시집이라도 품에 안아보고 싶은 생각에 국립도서관까지 갔던 적이 있었다. 오랜 시간을 기다려서 나는 드디어 당신 시집을 만날 수 있었다. 하지만 대출이 금지된 시집이라고 해서 빌려오지는 못하고, 그냥 그 자리에서 읽어보는 것만이 가능하였다. 당신은 이곳 서울로도 오실 수 없는 형편인데, 당신의 시집조차 도서관 담장 밖을 나가지 못하도록 금족령이 내려져 있다니. 당신은 정말 비운의 시인이었다. 당신이 어떻게 해서 월북시인인가? 얼토당토않은 억울한 일이다. 당신은 상투적인 그 무슨 사회주의자나 공산주의자가 아니었다. 낡은 봉건적 관습에 반발해서 쫓기듯 만주로 떠나갔었고, 또 해방이 되자 그곳에서도 다시 쫓기듯 고향으로 돌아왔었다. 당신은 굳이 서울로 내려올 여력이 갖추어져 있질 못했다. 그만큼 만주에서의 생활이 고통스러웠고, 또 많은 시달림을 받아야만 했다. 생계 유지를 위해서 측량보조원도 했다 하고, 측량서기에다 만주인의 토지를 조금 떼어서 부치는 소작인 노릇도 했었다고 전한다. 고향 정주에 돌아와서는 과수원에서 원정園丁 노릇도 했었다고 한다. 지난 남북동란 때 9·28수복이 되어 국군이 북으로까지 치밀어올라갔을 때, 당신은 고향 사람들의 추대를 받아서 정주군수를 잠시 했었다고도 들었다.

그런데도 불구하고 당신을 그 무슨 월북시인이라고 규정해서 당신 작품을 읽는 것은 물론, 출판까지도 금지하고 있었다니 이 무슨 어처구니없는 일이란 말인가? 굳이 말하자면 당신을 재북시인이라고 부르는 것은 그런대로 납득이 간다.

나는 당신의 모습을 보는 듯 한지로 된 단아한 장정의 시집을 쓰다듬고 읽어보았다. 그리고 나중에는 품속에 꼬옥 안아보다가 새삼 솟구쳐오르는 그리움에 드디어 눈물을 쏟고야 말았다.

그런 일이 있은 지 얼마 되지 않은 어느 날, 하루는 뜻밖에도 꿈에 당신이 찾아오셨다. 당신의 생시와 같이 말도 별반 없이 덤덤히 들어와서 내 옆에 누웠다가 일어나더니,

"나 잠시 나갔다 오리다."

하고서는 금방 사라져버렸다. 꿈을 깨고 나니 그 서운하고 아쉬운 마음이란 이루 말할 길이 없건만, 참으로 오래간만에 꿈에 오신 당신의 모습은 너무도 그립고 사랑스러웠다.

또 한참 있다가 당신은 꿈에 찾아와서 태연히 누웠었다. 그러고는 다시 먼젓번처럼 떠나면서,

"평양에서 나를 찾으니, 가서 일을 보고 오리다."

라고 말하며 다급히 일어나 나갔다. 그런 직후에 또 설핏 잠이 들었는데 당신은 다시 돌아와서 어떤 높다란 집에 누워 계신 것이었다. 그런 모습을 보면서 나는 소스라쳐 꿈을 깼다. 오랜만에 꿈에 왔다가, 아무런 말도 하지 않고 떠난 것이 섭섭하고

못내 아쉬웠다.

그후로도 당신은 자주 꿈에 보였다. 하루는 황급하게 들어서면서,

"북조선에서 나를 스파이로 몰아서 체포령이 떨어졌어! 여보! 나를 어디든 좋으니 안전한 곳에 좀 숨겨주어!"

하며 겁에 질린 표정이었다. 우리 둘은 서로 어쩔 줄을 몰라 손을 마주잡고는 어느 깊은 산속, 원두막 같은 허름한 집을 찾아 들어갔다. 그러고는 그곳에서 숨을 죽이고 가만히 누워 있었다. 시간이 얼마나 지났을까? 한참 뒤에 우리는 서로 손을 잡은 채 총총히 산을 내려오다가 퍼뜩 놀라 꿈을 깼다. 꿈을 깨고 나서도 불안은 여전하니 그 전율을 이기지 못해 가슴은 줄곧 떨려왔다. 이제부터는 꿈에라도 자주 나타나주기를 나는 진심으로 고대했다.

작년 말쯤에 당신은 또 찾아오셨다.

나는 아랫목에, 당신은 차디찬 윗목에 말없이 누워 계셨다. 한참 뒤에 당신은 몹시 불안한 얼굴로 고개를 길게 빼어, 내가 누운 쪽을 건너다보면서,

"당신 옆에 혹시 누가 있소?"

하고 물었다. 내가 즉시,

"보시다시피 여긴 아무도 없어요. 단지 우리 둘뿐이어요."
라고 대답했더니,

"그럼 나 잠시 다녀오리다."
라고 하고서는 방문을 열고 나가서 다신 돌아오질 않으셨다.

참으로 이상한 것은 당신께서 꿈에 찾아오면 반드시 내 옆에 먼저 눕는다는 것이었다. 그렇게 한참을 누웠다가 일어나서 또 총총히 떠나가실 때는,

"나 다시 오리다."
하고는 슬며시 사라진다.

그다음 꿈에 다시 나타나실 때는 청진동 집의 안방이었다. 당신은 안방으로 들어가서 누웠다. 나는 부엌으로 가서 먼저 따뜻한 차 한 잔을 끓여와 당신 앞에 받쳐놓았다.

당신은 뜻밖에도 얼굴을 찡그리면서,

"웬 차가 이렇게 쓰고 맛이 없어?"
라고 투정을 했다.

그런 후에는 곧,

"여보! 나 지금 배가 몹시 고프니, 아무거나 먹을 것을 좀 빨리 주어요. 이거 어디 허기가 져서 사람이 살 수가 있나!"
하는 것이었다.

그래서 나는 무엇이고 먹을 것을 찾으러 부엌에 잠시 나갔다. 그러나 돌아와보니 어느 틈에 당신은 사라지고 없었다.

또 한번은 당신께서 집에 들어서자마자 나에게 돈 몇천 원만 꾸어오라고 재촉한다. 내가 그 말을 듣고,

"그만한 돈은 제게도 있어요. 이젠 여비를 넉넉히 드리리다."

라고 말하며 봉투에 돈을 넣어서 나갔다. 그러나 당신은 또 안개처럼 사라져버렸다.

꿈을 깨고 나니 비록 꿈일망정 시장하다고 애원하던 표정, 돈을 좀 꾸어오라고 재촉하던 그 처절하고 측은한 모습이 눈에 밟히었다. 그러한 당신의 모습을 생각하니 나의 마음은 말할 수 없이 애처롭고 가여운 연민의 정이 끓어올랐다. 내 심정은 그저 뒤숭숭하기만 했다.

이 낭군님은 도대체 어찌하여 밤마다 꿈마다 나의 속을 불로 지지는 듯 시달리게 하는 것인가. 틀림없이 북한에서도 당신의 형편이 좋지 않았을 것이리라.

내 마음은 도무지 진정이 되지 않았다.

측은한 마음으로 곰곰이 생각해보았다. 당신은 아마도 북한에서 실제로 겪은 여러 가지 참혹한 정황을 내 꿈에 나타나서 슬프게 하소연한 것만 같았다. 당신의 몸과 마음은 운명적으로 혈혈단신의 삶이었다. 이역만리 호지에서 자연히 춥고 배고픈 적도 한두 번이 아니었으리라.

춥고 시장해서 한 허리를 둘 해내어 새우등으로 구부리고, 외로움과 서러움에 겨운 전전반측으로 이리 뒤척 저리 뒤척, 잠

못 이룬 당신의 밤이 그동안 몇 날 몇 밤이나 되었던가. 그 모습이 눈에 어리어 내 가슴은 저미어지는 듯 무너져내리는 듯 간장이 썩어내려 피눈물이 그칠 줄 모른다.

이 눈물이 그치기 전에, 마르기 전에 나는 바로 훌쩍 저세상으로 떠나가서 구천에 계신 당신을 만나고 싶었다. 만나서 그동안 쌓이고 쌓인 만단의 설운 회포를 나누고 싶은 마음 간절하기만 했다.

심약한 것이 여자가 아니던가! 하지만 오매불망 잊지 못하던 나의 임을 여의고서도, 나는 이같이 천한 목숨 모질게도 오래 살아남은 것이다. 내가 무슨 철의 생명력이라도 지닌 것이었던가? 아니다. 그것은 오로지 당신이 나를 사랑해주신 그 정열의 그늘과 끈끈한 인연 때문이었다고 나는 여긴다.

모든 종교에서 인간은 육신만이 죽어 없어지고 그 영혼은 영원히 남아 있다고 말한다. 나의 꿈을 가만히 생각해보니 마음에 있어야 꿈이 있고, 또 꿈에 보이는 임은 우리들 젊었던 시절의 모습으로만 보인다. 지금쯤 늙고 이지러진 모습은 전혀 보이지 않으니, 꿈이란 바로 내 영혼의 작용이 아닌가 한다. 그러나 꿈은 현실이 아니고, 한낱 꿈에 불과할 뿐인 것이다.

언제까지나 임을 기다리고 그리워하는, 말할 수 없이 허허롭고 허전한 이 자야의 가슴을 무엇으로 달래보리.

그래서 때로 조용한 시간이면 나는 어눌하고 서러웠던 어린 시절, 눈물을 흘리고 짜면서 금하 선생님께 배웠던 우리나라 전통 고유의 궁중가곡을 찾아서 불러보았다. 50여 년 전 아스라한 사랑과 기억을 더듬어가며, 당신을 생각하는 지극한 마음으로 한바탕 불러보는 것이다.

앉은 자세를 근엄하게 가다듬고, 정아한 속청을 높이 돋우고, 넉넉한 한 숨의 한 배로 정중히 한바탕을 부른다.

겸하여 비곡悲曲 중의 비곡이며, 서럽고 애처로운 가사로 된 〈상사별곡相思別曲〉도 불러본다.

나는 나도 모르게 곧 좌선의 삼매경에 빠져든다.

인간 이별 만사 중에 독수공방이 더욱 섧다
상사불견相思不見 이 내 맺힌 시름 진정 뉘라서 알리
이렁저렁이라 흐트러진 근심 다 후루처 던져두고
자나깨나 깨나자나 님을 못 보니 가슴이 답답
어린 양자 고운 소리 눈에 암암 귀에 쟁쟁
보고 지고 님의 얼굴 듣고 지고 님의 소리

이 노래의 가사는 필시 구도를 위한 노래임에 틀림없다.

슬픈 넋 달래어가며 혼을 모아 맺힌 한이라도 호소하는 듯, 쇠미衰微한 감마저 스며드는 황홀경에 온갖 시름을 달래며 한 대목을 불러본다.

백석은 자야의 노래에 묻혔는가?
자야는 백석의 시에 묻혔는가?

시 속에 당신 모습이

정주성定州城

산山턱 원두막은 뷔였나 불빛이 외롭다
헝겊심지에 아즈까리 기름의 쪼는 소리가 들리는 듯하다

잠자리 조을든 문허진 성城터
반딧불이 난다 파란 혼魂들 같다
어데서 말 있는 듯이 크다란 산山새 한 마리 어두운 골짜기로 난다

헐리다 남은 성문城門이
한울빛같이 훤하다
날이 밝으면 또 메기수염의 늙은이가 청배를 팔러 올 것이다

모닥불

새끼오리도 헌신짝도 소똥도 갓신창도 개니빠디도 너울쪽도 짚검불도 가락닢도 머리카락도 헝겊조각도 막대꼬치도 기왓장도 닭의 짗도 개터럭도 타는 모닥불

재당도 초시도 문장門長 늙은이도 더부살이 아이도 새사위도 갓사둔도 나그네도 주인도 할아버지도 손자도 붓장사도 땜쟁이도 큰 개도 강아지도 모두 모닥불을 쪼인다

모닥불은 어려서 우리 할아버지가 어미 아비 없는 서러운 아이로 불상하니도 몽둥발이가 된 슬픈 력사가 있다

갓신창 가죽신 바닥에 댄 창.
닭의 짗 닭의 깃털.
개터럭 개털.
몽둥발이 몽동발이. 딸려 붙었던 것이 다 떨어지고 몸뚱이만 남은 물건.

적경寂境

신 살구를 잘도 먹드니 눈 오는 아츰
나어린 안해는 첫아들을 낳었다

인가人家 멀은 산山중에
까치는 배나무에서 즞는다

컴컴한 부엌에서는 늙은 홀아비의 시아부지가 미역국을 끓인다
그 마을의 외따른 집에서도 산국을 끓인다

산국 아기를 낳은 산모가 먹는 미역국.

미명계未明界

자즌닭이 울어서 술국을 끓이는 듯한 추탕鰍湯집의 부엌은 뜨수할 것같이 불이 뿌연히 밝다

초롱이 히근하니 물지게꾼이 우물로 가며
별 사이에 바라보는 그믐달은 눈물이 어리었다

행길에는 선장 대여가는 장꾼들의 종이등燈에 나귀눈이 빛났다
어데서 서러웁게 목탁木鐸을 뚜드리는 집이 있다

추탕 추어탕.
히근하니 희뿌옇게.

북관北關

명태明太창난젓에 고추무거리에 막칼질한 무이를 뷔벼 익힌
것을
이 투박한 북관北關을 한없이 끼밀고 있노라면
쓸쓸하니 무릎은 꿇어진다

시큼한 배척한 쿠쿠한 이 내음새 속에
나는 가느슥히 여진女眞의 살내음새를 맡는다

얼근한 비릿한 구릿한 이 맛 속에선
까마득히 신라新羅백성의 향수鄕愁도 맛본다
(「함주시초咸州詩抄」 중에서)

북관 함경남도 지역을 두루 이르는 말. 관북.
고추무거리 고추를 빻아 체에 쳐서 가루를 빼고 남은 찌끼.
막칼질 거칠게 마구 썰어대는 칼질.
배척한 조금 비린 맛이나 냄새가 나는 듯한.
가느슥히 가느스름하게.

여승女僧

여승女僧은 합장合掌하고 절을 했다
가지취의 내음새가 났다
쓸쓸한 낯이 넷날같이 늙었다
나는 불경佛經처럼 서러워졌다

평안도平安道의 어늬 산山 깊은 금덤판
나는 파리한 여인女人에게서 옥수수를 샀다
여인女人은 나어린 딸아이를 따리며 가을밤같이 차게 울었다

섶벌같이 나아간 지아비 기다려 십 년十年이 갔다
지아비는 돌아오지 않고
어린 딸은 도라지꽃이 좋아 돌무덤으로 갔다

산山꿩도 섧게 울은 슬픈 날이 있었다
산山절의 마당귀에 여인女人의 머리오리가 눈물방울과 같이

떨어진 날이 있었다

가지취 취나물.
금덤판 금을 캐는 금광.
섶벌 토종벌.

선우사膳友辭

낡은 나조반에 흰밥도 가재미도 나도 나와 앉어서
쓸쓸한 저녁을 맞는다

흰밥과 가재미와 나는
우리들은 그 무슨 이야기라도 다 할 것 같다
우리들은 서로 미덥고 정답고 그리고 서로 좋구나

우리들은 맑은 물밑 해정한 모래톱에서 하구 긴 날을 모래알만 헤이며 잔뼈가 굵은 탓이다
바람 좋은 한벌판에서 물닭이 소리를 들으며 단이슬 먹고 나이 들은 탓이다
외따른 산골에서 소리개 소리 배우며 다람쥐 동무하고 자라난 탓이다

우리들은 모두 욕심이 없어 희여졌다
착하디착해서 세괃은 가시 하나 손아귀 하나 없다
너무나 정갈해서 이렇게 파리했다

우리들은 가난해도 서럽지 않다
우리들은 외로워할 까닭도 없다
그리고 누구 하나 부럽지도 않다

흰밥과 가재미와 나는
우리들이 같이 있으면
세상 같은 건 밖에 나도 좋을 것 같다
(「함주시초」 중에서)

나조반 평북 방언 사전에 "연석宴席 같은 데에 쓰이는 책상처럼 생긴 장방형의 큰 상으로서 표준말에서 쓰는 나좃대를 받쳐놓은 쟁반인 나조반과는 다르다"고 풀이되어 있다.
해정한 깨끗하고 맑은.
세괃은 기세가 매우 억세고 날카로운.

산숙山宿

여인숙旅人宿이라도 국숫집이다
모밀가루포대가 그득하니 쌓인 웃간은 들믄들믄 더웁기도 하다
나는 낡은 국수분틀과 그즈런히 나가 누워서
구석에 데굴데굴하는 목침木枕들을 베여보며
이 산山골에 들어와서 이 목침木枕들에 새까마니 때를 올리고 간 사람들을 생각한다
그 사람들의 얼골과 생업生業과 마음들을 생각해본다
(「산중음山中吟」 중에서)

들믄들믄 시골 농가의 방에 군불을 과하게 넣었을 때, 한편으론 들크레한 냄새가 나면서도 정겹게 와닿는 따뜻한 느낌.
국수분틀 반죽된 밀가루로 국수를 뽑아내는 틀.

석양夕陽

거리는 장날이다
장날 거리에 녕감들이 지나간다
녕감들은
말상을 하였다 범상을 하였다 쪽재피상을 하였다
개발코를 하였다 안장코를 하였다 질병코를 하였다
그 코에 모두 학실을 썼다
돌체돋보기다 대모체돋보기다 로이도돋보기다
녕감들은 유리창 같은 눈을 번득거리며
투박한 북관北關말을 떠들어대며
쇠리쇠리한 저녁해 속에
사나운 즘생같이들 사러졌다

개발코 너부죽하고 통통하게 생긴 코.
안장코 말안장처럼 콧등이 잘록하게 생긴 코.
질병코 거칠고 투박한 오지병처럼 생긴 코.
학실 학슬鶴膝안경. 다리의 가운데를 학의 다리처럼 접었다 폈다 할 수 있게 만든 안경.
돌체돋보기 석영유리로 테를 만든 안경.
로이도돋보기 둥글고 굵은 셀룰로이드 테의 안경. 미국의 희극배우 로이드가 쓰고 영화에 나온 데서 유래된 말.
쇠리쇠리한 눈이 시도록 부신 느낌이 드는.

삼호三湖

문기슭에 바다 해자를 까꾸로 붙인 집
산듯한 청삿자리 우에서 찌륵찌륵
우는 전북회를 먹어 한녀름을 보낸다

이렇게 한녀름을 보내면서 나는 하늑이는
물살에 나이금이 느는 꽃조개와 함께
허리도리가 굵어가는 한 사람을 연연해한다
(「물닭의 소리」 중에서)

청삿자리 푸른 갈대를 엮어서 만든 깔자리.

물계리物界里

물밑—이 세모래 닌함박은 콩조개만 일다

모래장변—바다가 널어놓고 못 미더워 드나드는 명주필을 짓궂이 발뒤축으로 찢으면

날과 씨는 모두 양금줄이 되어 짜랑짜랑 울었다

(「물닭의 소리」 중에서)

닌함박 쌀을 일 때 쓰는 바가지. 이남박.

내가 생각하는 것은

밖은 봄철날 따디기의 누긋하니 푹석한 밤이다
거리에는 사람두 많이 나서 흥성흥성할 것이다
어쩐지 이 사람들과 친하니 싸단니고 싶은 밤이다

그렇것만 나는 하이얀 자리 우에서 마른 팔뚝의
새파란 핏대를 바라보며 나는 가난한 아버지를
가진 것과 내가 오래 그려오든 처녀가 시집을 간 것
과
그렇게도 살틀하든 동무가 나를 버린 일을 생각한다

또 내가 아는 그 몸이 성하고 돈도 있는 사람들이
즐거이 술을 먹으려 단닐 것과
내 손에는 신간서新刊書 하나도 없는 것과
그리고 그 〈아서라 세상사世上事〉라도 들을
류성기도 없는 것을 생각한다

그리고 이러한 생각이 내 눈가를 내 가슴가를

뜨겁게 하는 것도 생각한다.

따디기 이른봄 얼었던 땅이 풀릴 무렵.

가무래기의 낙樂

가무락조개 난 뒷간거리에
빚을 얻으려 나는 왔다
빚이 안 되어 가는 탓에
가무래기도 나도 모도 춥다
추운 거리의 그도 추운 능당 쪽을 걸어가며
내 마음은 우쭐댄다 그 무슨 기쁨에 우쭐댄다
이 추운 세상의 한구석에
맑고 가난한 친구가 하나 있어서
내가 이렇게 추운 거리를 지나온 걸
얼마나 기뻐하며 락단하고
그즈런히 손깍지벼개하고 누워서
이 못된 놈의 세상을 크게 크게 욕할 것이다

가무락조개 모시조개.
능당 응달.

두보杜甫나 이백李白같이

오늘은 정월正月 보름이다
대보름 명절인데
나는 멀리 고향을 나서 남의 나라 쓸쓸한 객고에 있는 신세로다
넷날 두보杜甫나 이백李白 같은 이 나라의 시인詩人도
먼 타관에 나서 이날을 맞은 일이 있었을 것이다
오늘 고향의 내 집에 있는다면
새 옷을 입고 새 신도 신고 떡과 고기도 억병 먹고
일가친척들과 서로 모여 즐거이 웃음으로 지날 것이연만
나는 오늘 때묻은 입든 옷에 마른물고기 한 토막으로
혼자 외로이 앉어 이것저것 쓸쓸한 생각을 하는 것이다
넷날 그 두보杜甫나 이백李白 같은 이 나라의 시인詩人도
이날 이렇게 마른물고기 한 토막으로 외로이 쓸쓸한 생각을 한 적도 있었을 것이다
나는 이제 어늬 먼 외진 거리에 한고향 사람의 조고마한 가업집이 있는 것을 생각하고
이 집에 가서 그 맛스러운 떡국이라도 한 그릇 사먹으리라 한다

우리네 조상들이 먼먼 녯날로부터 대대로 이날엔 으레히 그러하며 오듯이

먼 타관에 난 그 두보杜甫나 이백李白 같은 이 나라의 시인詩人도

이날은 그 어늬 한고향 사람의 주막이나 반관飯館을 찾어가서

그 조상들이 대대로 하든 본대로 원소元宵라는 떡을 입에 대며

스스로 마음을 느꾸어 위안하지 않었을 것인가

그러면서 이 마음이 맑은 녯 시인詩人들은

먼 훗날 그들의 먼 훗자손들도

그들의 본을 따서 이날에는 원소元宵를 먹을 것을

외로이 타관에 나서도 이 원소元宵를 먹을 것을 생각하며

그들이 아득하니 슬펐을 듯이

나도 떡국을 놓고 아득하니 슬플 것이로다

아, 이 정월正月 대보름 명절인데

거리에는 오독독이 탕탕 터지고 호궁胡弓 소리 삘뺄 높아서

내 쓸쓸한 마음엔 자꼬 이 나라의 녯 시인詩人들이 그들의 쓸쓸한 마음들이 생각난다

내 쓸쓸한 마음은 아마 두보杜甫나 이백李白 같은 사람들의

마음인지도 모를 것이다

아모려나 이것은 넷투의 쓸쓸한 마음이다

가업집 집안 대대로 한 가지 일에만 종사해온 가정.
원소 중국에서 원소절, 즉 정월대보름날에 먹는 떡.
오독독이 오독도기. 화약을 재워 점화하면 터지는 소리를 자꾸 내면서 불꽃과 함께 떨어지게 만든 것. 매화포梅花砲라고도 한다.
호궁 중국 전통 현악기의 한 가지.

북방北方에서

—정현웅鄭玄雄에게

아득한 넷날에 나는 떠났다
부여扶餘를 숙신肅愼을 발해渤海를 여진女眞을 요遼를 금金을
흥안령興安嶺을 음산陰山을 아무우르를 숭가리를
범과 사슴과 너구리를 배반하고
송어와 메기와 개구리를 속이고 나는 떠났다

나는 그때
자작나무와 이깔나무의 슬퍼하든 것을 기억한다
갈대와 장풍의 붙드든 말도 잊지 않었다
오로촌이 멧돌을 잡어 나를 잔치해 보내든 것도
쏠론이 십릿길을 따러나와 울든 것도 잊지 않었다

나는 그때
아모 이기지 못할 슬픔도 시름도 없이
다만 게을리 먼 앞대로 떠나 나왔다
그리하여 따사한 햇귀에서 하이얀 옷을 입고 매끄러운 밥을
먹고 단샘을 마시고 낮잠을 잤다

밤에는 먼 개소리에 놀라나고
아츰에는 지나가는 사람마다에게 절을 하면서도
나는 나의 부끄러움을 알지 못했다

그 동안 돌비는 깨어지고 많은 은금보화는 땅에 묻히고 가마귀도 긴 족보를 이루었는데
이리하야 또 한 아득한 새 녯날이 비롯하는 때
이제는 참으로 이기지 못할 슬픔과 시름에 쫓겨
나는 나의 녯 한울로 땅으로—나의 태반胎盤으로 돌아왔으나

이미 해는 늙고 달은 파리하고 바람은 미치고 보래구름만 혼자 넋 없이 떠도는데

아, 나의 조상은 형제는 일가친척은 정다운 이웃은 그리운 것은 사랑하는 것은 우러르는 것은 나의 자랑은 나의 힘은 없

다 바람과 물과 세월과 같이 지나가고 없다

흥안령 중국 동북 지방에 걸쳐 있는 산맥.
아무우르 흑룡강.
오로촌 오로촌Orochon족. 레나강의 동북 지류에 거주하는 북퉁구스계의 한 종족.
쏠론 남퉁구스계의 한 종족. 주로 아무르강의 남방 지역에 거주함. 색륜索倫족.
멧돌 멧돼지.

북신北新

—서행시초西行詩抄 2

거리에서는 모밀내가 났다
부처를 위하는 정갈한 노친네의 내음새 같은 모밀내가 났다

어쩐지 향산香山 부처님이 가까웁다는 거린데
국숫집에서는 농짝 같은 도야지를 잡어걸고 국수에 치는 도야지고기는 돗바늘 같은 털이 드문드문 백였다
나는 이 털도 안 뽑은 도야지고기를 물꾸러미 바라보며
또 털도 안 뽑는 고기를 시꺼먼 맨모밀국수에 얹어서 한입에 꿀꺽 삼키는 사람들을 바라보며
나는 문득 가슴에 뜨끈한 것을 느끼며
소수림왕小獸林王을 생각한다 광개토대왕廣開土大王을 생각한다

1930년대 유명한 모더니스트로서 이름이 높던 편석촌片石村 김기림 시인은 〈조선일보〉에 재직하고 있었다. 당신이 시집 『사슴』을 발간했을 때 그는 다음과 같은 좋은 글로 격려를 해주었다.

완두豌豆빛 '더블브레스트'를 젖히고 한대寒帶의 바다의 물결을 연상시키는 검은 머리의 '웨이브'를 휘날리면서 광화문통 네거리를 건너가는 한 청년의 풍채는 나로 하여금 때때로 그 주위를 '몽 · 파르나스'로 환각시킨다. 그렇건마는 며칠 전 어느 날 오후에 그의 시집 『사슴』을 받아들고는 외모와는 너무나 딴판인 그의 육체의 또다른 비밀에 부딪쳤을 때 나의 놀램은 오히려 당황에 가까운 것이었다. 표장表裝으로부터 종이 · 활자 · 여백의 배정에 이르기까지 그 시인의 주관의 호흡과 맥박과 취미를 이처럼 강하고 솔직하게 나타낸 시집을 나는 조선서는 처음 보았다.

백석의 시에 대해서는 벌써 〈조광〉 지상을 통해서 오래전부터 친분을 느껴오던 터이지만 이번에 한 권의 시집으로 성과된 것과 대면하고는 나의 머리의 한구석에 아직까지는 다소 몽롱했던 시인 백석의 너무나 뚜렷한 존재의 굳센 자기주장에 거의 압도되었다.

'유니크'하다고 하는 것은 한 시인, 한 작품의 생명적인 부분에 해당한다. 어떠한 시인이나 작품에 우리가 매혹하는 것은 그의 또는 그것의 유니크한 풍모에 틀림없다.

시집 『사슴』의 세계는 그 시인의 기억 속에 쭈그리고 있는 동화의 전설의 나라다. 그리고 그 속에서 실로 속임 없는 향토의 얼굴이 표정한다. 그렇건마는 우리는 거기서 아무러한 회상적인 감상주의에도, 불어오는 복고주의에도 만나지 않아서 더 없이 유쾌하다.

백석은 우리를 충분히 애상적哀傷的이게 만들 수 있는 세계를 주무르면서 그것 속에 빠져서 어쩔 줄 모르는 것이 얼마나 추태라는 것을 가장 절실하게 깨달은 시인이다. 차라리 거의 철석鐵石의 냉담에 필적하는 불발한 정신을 가지고 대상과 마주 선다.

그 점에 『사슴』은 그 외관의 철저한 향토 취미에도 불구하고 주책없는 일련의 향토주의와는 명료하게 구별되는 모더니티를 품고 있는 것이다.

유니크하다는 것은 그의 작품의 성격에 대한 형용이지만 또한 그 태도에 있어서 우리를 경복敬服시키는 것은 한 걸음의 양보의 여지조차를 보이지 않는 그 치열한 비타협성이다. 어디까지든지 그 일류의 풍모를 잃지 아니한 한 권의 시집을 그는 실로 한 개의 포탄을 던지는 것처럼 새해 첫머리에 시단에 던졌다.

그러나 그는 그가 내던진 포탄의 영향에 대하여는 도무지 고려하는 것 같지는 않다. 그는 결코 일부러 사람들에게 향하여 그 자신을 인정해주기를 바라지 않는다. 아유阿諛(아첨)라고 하는 것은 무릇 그하고는 거리가 먼 예외다. 그러면서도 사람으로 하여금 끝내 그를 인정시키고야 만다. 누가 그 순결한 자세에 감하지 않을 수가 있을까.

온실 속의 고사리가 아니다. 표본실의 인조 사슴은 더군다나 아니다. 심산유곡의 영기를 감춘 한 마리의 '사슴'은 이미 시인의 품을 떠나서 시단을 달려가고 있다.

그가 가지고 온 산나물은 우리들의 미각에 한 경이임을 잊지 아니할 것이다.

나는 이 아담하고 초연한 '사슴'을 안고 느낀 감격의 일단이나마 동호의 여러 벗에게 전하지 않고는 견딜 수 없었다. 상기 같은 기쁨을 가지기를 독자에게 권하려 한다. 망언다사妄言多謝.

「'사슴'을 안고」(〈조선일보〉 1936. 1. 29)

당신의 시를 읽고 그 영향으로 시인이 된 사람이 많다고 한다. 내가 듣기에는 윤동주 시인도 당신의 시집 『사슴』을 애독했었다고 하는데, 그는 문학공부를 하려는 자기 동생 윤일주에게 반드시 읽어야 할 책으로 『사슴』을 권했었다고 한다. 청록파의 시인들과 그 이후의 여러 후배시인들에게도 당신의 시는 깊은 영향을 주었다고 한다. 그 가운데 한 사람인 신경림 시인의 고백을 들어보자.

내가 다시 책 읽기에 재미를 붙인 것은 전적으로 백석의 『사슴』으로 해서다. 80년대 후반 세상이 물러지면서 용기 있는 사람들이 금서를 복사판으로 만들어 파는 일이 많아졌는데, 내가 한꺼번에 구입한 여러 권의 금서 가운데 『사슴』도 끼어 있었다. 가장 먼저 뽑아든 책이 당연히 『사슴』인 것은, 내가 우리 시에서 단 하나만 꼽으라 해도 서슴지 않고 꼽는 시인이 바로 백석이었기 때문이다. 젊어서 내가 가장 소중하게 간직하고 있던 시집도 『사슴』이었다. 방학 때 시골집에 갈 때도 다른 책은 다 두고 가면서도 이 시집만은 꼭 짐 속에 챙겨가지고 다녔다. 동대문 헌책방에서 이 시집을 구했을 때의 감격을 나는 아직 잊지 않고 있다. 매일처럼 눈을 뜨기가 바쁘게 책상서랍에 시집을 꺼내 확인하는 나를 보고 함께 방을 쓰던 외숙이 그 다 떨어진 책이 무슨 신줏단지라도 되느냐고 핀잔을 주던 일도 기억이 난다. 내가 백석을 좋아한 것은 훨씬 이전부터다. 한 중학생잡지의 시창작법 비슷한 글에서 「주막酒幕」 「여우난골족族」 「오리 망아지 토끼」 같은 시를 읽고 나는 한동안 잠을 이루지 못했었다. 그 얼마 뒤 책방에서 〈학풍〉이란 잡지를 뒤적이다가 거기서 「남신의주 유동 박시봉방」이란 시를 읽었다. 그 감동이 얼마나 강했던지 나는 책을 그 자리에 떨어트리고 말았다. 그렇게 좋아했던 시인이었는데, 어렵게 구한 그의 시집을 어이없이 잃어버리고 말았다. 61년 우스꽝스러운 일로 가택수색을 당해 경찰에 압수당한 것이다. 그때 빼앗긴 50여 권의 책 가운데는 홍명희의 『임꺽정』, 현덕의 『남생이』도 들어 있었지만, 내가 가장 아까워한 것은 『사슴』이었다. 비록 복사판이지만 이 시집을 구한 기쁨은 이루 말할 수 없었다.

이 시집에서 먼저 내가 읽은 시는 「주막」이다. 이어 「오리 망아지 토끼」도 읽고 「청시青柹」 「산山비」도 읽었다. 「모닥불」도 읽고 「여우난골족族」도 읽었다. 그동안 이곳저곳에서 띄엄띄엄 백석의 시를 더러 읽지 않은 것은 아니었으나 한데 모아 읽기는 실로 20년이 넘어서였다. 그리고 그 감동은 어려서 읽었을 때의 그것에 결코 뒤지지 않았다. 여기 「주막」의 전문을, 몇 군데는 방언에 익숙지 않은 젊은이들을 위해 현대어로 바꾸고 쉼표도 찍어서 적어 본다. 독자가 옛 사람의 시까지도 원문 그대로 감상할 의무는 없을 터이니까.

호박잎에 싸오는 붕어곰은 언제나 맛있었다

부엌에는 빨갛게 질들은 팔八모알상이, 그 상 위엔 새파란 싸리를 그린 눈알만한 잔盞이 보였다

아들아이는 범이라고, 장고기를 잘 잡는, 앞니가 빼드러진 나와 동갑이었다

울파주 밖에는 장꾼들을 따라와서 엄지의 젖을 빠는 망아지도 있었다

장황한 설명이 필요 없는 시다. 늘 고기를 잘 잡는, 앞니가 빼드러진 범이라는 주막집 아들을 눈앞에 선하게 보여주는 것만으로 이 시는 나를 사로잡았다. 또한 행간에서 어머니한테 지청구를 맞아가며 붕어곰을 만드느라 아궁이의 불을 쑤셔대는 소년이며, 마루에 앉은 장꾼들의 성화 속에 술상을 차리는 중년을 넘긴 주모의 모습을 보는 재미도 적은 것이 아니었다. 울파주에는 누런 꽃이 피어 있고 군데군데 이제 막 도토리만 한 호박이 달리기 시작했으리라. 장은 인근에서 소문난 큰 장, 멀지 않은 곳에 여간 가뭄에도 마르지 않는 개울이 있겠지. 나는 그 얼마 전에 한 앤솔로지에서 『사슴』 이후의 작품인 「남신의주 유동 박시봉방」도 읽은 터였다. 그 여운이 아직 남아 『사슴』의 맛을 배가시켜주었다. 어릴 적보다 더 깊은 감동으로 읽은 그 시의 앞대목과 뒷대목만을, 역시 어려운 사투리는 현대어로 바꾸어 옮겨보자.

어느 사이에 나는 아내도 없고, 또,
아내와 같이 살던 집도 없어지고,
그리고 살뜰한 부모며 동생들과도 멀리 떨어져서,
그 어느 바람 센 쓸쓸한 거리 끝에서 헤매이었다.
바로 날도 저물어서,
바람은 더욱 세게 불고, 추위는 점점 더해오는데,
나는 어느 목수木手네 집 헌 삿을 깐,
한 방에 들어서 쥔을 붙이었다.
이리하여 나는 이 습내 나는 춥고, 누긋한 방에서,
낮이나 밤이나 나는 나 혼자도 너무 많은 것같이 생각하며,
(…)
이렇게 하여 여러 날이 지나는 동안에,
내 어지러운 마음에는 슬픔이며, 한탄이며, 가라앉을 것은 차츰 앙금이 되어 가라앉고,
외로운 생각만이 드는 때쯤 해서는,
더러 나줏손에 쌀랑쌀랑 싸락눈이 와서 문창을 치기도 하는 때도 있는데,
나는 이런 저녁에는 화로를 더욱 다가 끼며, 무릎을 꿇어보며,
어느 먼 산 뒷옆에 바위섶에 따로 외로이 서서,
어두워오는데 하이야니 눈을 맞을, 그 마른 잎새에는,
쌀랑쌀랑 소리도 나며 눈을 맞을,

그 드물다는 굳고 정한 갈매나무라는 나무를 생각하는 것이었다.

나는 이때 이 시에서 빠르게 변화하는 현실 속에서 제자리를 찾지 못해 방황하는 우리들의 오늘의 자화상을 읽었던 것 같다. "화로를 더욱 다가 끼며, 무릎을 꿇어보며, (…) 그 드물다는 굳고 정한 갈매나무라는 나무를 생각하는 것"이 비단 그뿐 아니라 우리이기도 하다는 생각이 들었으리라. 어쩌면 이것이 시인의 운명이요 참모습이 아닐까. 시인이란 본질적으로 이런 것이지, 대열의 앞장에 서서 눈 부릅뜨고 민중을 향하여 따라오라고 소리 높이 외치는, 그런 것만은 아니리라. 가령 이런 생각도 하지 않았나 싶다.

나는 그날 밤 열시면 잠자리에 드는 오랜 습관을 깨고 이 시집을 읽고 또 읽었다. 실로 오래간만에 열중해서 읽은 시집이다.

「다시 책읽기에 재미를 붙이기까지」(〈창작과 비평〉 1994년 겨울호)

시전집 품에 안겨

1930년대 중반, 일제의 잔학한 식민정책으로 참혹하게 조선 문단이 무너져가고, 전통문화까지도 말살되어가는 판국에 당신은 민족언어로 당신의 고향 평안도 지방의 토속문화를 독특하게 그려내셨다.

나는 당신이 그 같은 훌륭한 민족문학을 남기셨다는 사실을 정말로 예전엔 미처 깨닫지 못했었다. 뒤늦게나마 당신의 문학세계가 지닌 진실하고 대단한 가치를 새삼 깨달으면서 언젠가 때가 오면 반드시 새로 출판을 해서 세상에 빛을 보이리라 결심했었다. 그것을 내 여생의 과업으로 여기고서 나는 당신을 모셔오기라도 하듯, 국립도서관에서 『사슴』 시집을 원문 그대로 모두 베껴서 돌아왔었다.

그러나 그 시집 이후에 발표된 당신의 시작품을 찾아서 모으는 작업이란 결코 쉬운 일이 아니었다. 작품도 수집되지 않고 별다른 뚜렷한 방책도 없이 꾸준히 궁리만 하고 있던 어느 날이었다.

〈중앙일보〉에 문학평론가 백철 선생이 당신 작품의 문학적 가치를 높이 평가한 글이 발표되었다. 그 글에서 백철 선생은 당신이 '월북시인'이 아니고 단지 '재북시인'일 뿐이라는 견해를 피력했다. 분단의 혼란 속에서 북의 이념을 선택하여 올라간 시인이 월북시인이다. 그러나 당신은 만주에서 살다가 해방이 되자 고향인 평안도 정주로 내려와 살게 되었을 뿐이다. 그럼에도 불구하고 백석 시인을 월북시인으로 간주하는 것은 참으로 잘못된 것이라는 지적이었다. 참으로 올바른 말씀이었다.

그는 또 당신의 작품이 지닌 문학사적인 가치를 평가하고 새롭게 재발간할 가치가 있다고 하면서 당신을 우리 문단에서 소월 다음가는 천재라고 높이 칭찬하셨다.

나는 이 절호의 기회를 놓칠세라 당장 백선생께 전화 연락을 하였더니, 거동이 불편하신데도 불구하고 몸소 나의 집을 찾아주셨다. 나는 그동안 내가 품어온 포부를 상의드렸다. 그는 오랜만의 만남에 크게 놀라워하는 한편 나의 계획이 자신의 생각과 함께 맞아떨어지는 것을 참으로 우연일치의 공감이라고 무척 반가워했다. 그런 뒤로 우리는 이 사업을 진행하기 위하여

자주 만나뵙기를 약속했었다.

백선생은 당시 예총 회장으로 일할 때여서 몹시 분망했다. 그래서 자주 만나게 되는 것이 결코 쉬운 일이 아니었지만 서서히 좋은 기회를 만들어서 출판 작업에 반드시 착수할 것을 굳게 약속했었다. 그러는 동안 아무런 성과 없이 시간만 헛되게 흘러갔고, 유감스럽게도 백선생은 노쇠하여 점차 거동이 불편해졌다. 그분은 특히 관절염이 심해져서 자택에서 치료를 받게 되었다.

그런 다음해 어느 날인가 신문에서 나는 선생의 부음을 접했다. 너무도 충격적인 그 소식에 나는 허탈감과 절망에 휩싸였다. 전집을 낼 수 있는 유일한 희망이 무너져버린 실망과 좌절감이란 이루 헤아릴 길이 없었다.

백철 선생은 백석 시인과 같은 수원 백씨로서 동성동본이자, 평안북도 정주 출신의 동향인 문학동지였다. 당신이 평소에 선배로서 친형님처럼 각별히 생각하고 따르던 분이었기에 나는 그분의 별세가 마치 당신의 또다른 분신을 잃은 듯 허전하고 외롭기 그지없었다. 백선생은 자기가 시인 백석을 함흥 영생고보의 영어교사로 추천을 해주었다고 회고했다.

백선생과 약속한 사업 계획이 수포로 돌아간 다음 나는 당신이 만주 시절부터 친분이 두터웠던 송지영 선생을 찾아갔다. 그러고는 전집 출판과 관계된 모든 것을 호소했다. 그분 역시

아낌없는 찬동을 하며, 이 일은 참으로 가치 있는 사업이니 필히 협조하리라 약속하였다. 그후 자주 뵈옵고 전집 출판 계획에 대한 의논을 나누었다. 그러나 그분마저 수개월 후 뇌졸중으로 몸져눕게 되니, 그때의 애석하고 크나큰 절망감이란 무슨 필설로 다할 수 있으리오. 그로부터 얼마 뒤 송선생마저 곧 세상을 떠나버리니, 다만 혼자서 맥 풀린 의욕과 상실감이 겹쳐서 아예 모든 것을 체념한 상태에 빠지고 말았다.

그러던 중 1987년 11월, 갑자기 놀라운 소식이 있었다.

재북시인 백석의 시전집이 '창작과비평사'라는 한 출판사에서 50여 년 만에 처음으로 발간되었다는 신문기사가 당신의 사진과 함께 전국의 각 일간지마다 크게 보도되었다. 이 얼마나 기상천외한 일이요, 감격적인 낭보인가!

당신의 시를 오래전부터 남달리 아끼고 사랑해온 이동순이라는 한 후배시인에 의해 이 귀한 시전집이 만들어진 것이다. 그 어렵고 힘겨웠을 것으로 짐작되는 시전집의 편찬 작업! 여기저기 흩어진 자료를 하나둘씩 모아서 당신 작품 속의 그 특이한 평안도 사투리까지 모두 풀어서 해설하였으니, 그 치밀한 편찬 작업이란 아마도 다시 하기 어려웠을 것이다. 당신께서는 역시 선량하고 재능 있는 시인이었으므로 당신의 시를 그토록 아끼고 사랑해주는 성실한 후계자를 만날 수 있었던 것이라 여겨진다.

내가 오랜 세월 동안 그토록 이루고자 노력했으나 이루지 못했던 소망이 드디어 다른 사람의 손으로 이루어진 것이다. 그러니 그 기쁨, 그 감격을 무슨 필설로 다 형언하리오.

막상 그 『백석시전집』을 보듬어 가슴에 안아들고 보니 오랜 세월을 거슬러 꿈속에서 당신을 마주 대한 듯 반갑고도 설레는 마음뿐이었다. 다시금 당신의 모든 것이 소중하고 또 지중했다.

여든 살의 청년

당신 보시옵소서.

여보! 다시 새봄이 왔군요.

오늘 오후 창밖으로 내다보이는 한강의 물빛이 한결 파아란 봄빛을 띠고 있더이다. 당신이 계신 북방에도 봄이 찾아왔는지요?

저는 오늘밤도 당신을 그리워하며 잠을 이루지 못합니다. 밤이 깊어갈수록 정신은 더욱 또렷하게 맑아져서 드디어 자리에서 일어나 눈을 감고 가만히 앉아 있었습니다. 그러고는 머리맡에 저를 바라보며 은은히 웃고 있는 당신의 사진 앞으로 다가가서 한 자루의 향에 불을 붙여놓고, 지금 이 글을 쓰고 있습니다. 당신 앞에서 피어오르는 그윽한 향내가 당신의 자애롭던 성품처럼 온 방을 가득 채우고 있습니다.

곰곰이 생각해보면 이 자야는 오로지 당신만을 한없이 사랑했고, 당신의 그 청순하고 뜨거운 사랑에 감싸인 채 영원히 그 품에 잠기어버린 가장 행복한 여인이었습니다. 또 돌이켜보면 이 세상에서 당신께 큰 고통과 번민만을 안겨드린 가장 죄 많은 여인이기도 했지요.

어쩌다 둘이는 나누어지고, 당신이 이역만리 만주땅으로 떠나신 후, 자야는 이제나저제나 당신을 마음속으로 기다리고 그리워하며 살아왔습니다.

당신을 기다리는 이 마음은 수자리 살러 간 낭군을 기다리는 『자야오가』의 주인공 자야의 설움과도 같습니다. 차라리 정배라도 가셨던들 우리 같은 하늘 아래에서 호흡을 통할 수 있었으련만, 도대체 당신이 가 계신 그곳은 어디입니까?

이제 제가 백발노파가 되어버린 오늘에사 겨우 당신의 젊던 날, 애틋한 정열에 넘치는 추억 어린 시집 한 권을 손에 받아들었습니다. 당신의 칠순 생신을 맞이하여 드디어 품에 안아보는 당신의 시전집.

쓸쓸하고도 때늦은 후회의 아픔은 굽이굽이 지난날 저의 죄상을 일깨워줍니다. 다시는 되돌이킬 수 없는 아득히 흘러간 세월, 저는 참회하는 심정으로 당신께 무슨 큰 벌이라도 받고 싶습니다.

그러나 달리 속죄할 길은 없고, 당신의 생신날 아침이면 하루 온종일 곡기를 끊고 굶어왔어요. 그렇게 해온 지 어느덧 20년도 훨씬 넘었지요. 이날이면 몸을 가벼이, 마음도 깨끗하게 비우고, 오직 경건한 마음으로 저는 깊은 반성과 참회의 시간에 임합니다.

그리하여 저는 그것으로나마 그 죽음과 같은 쓸쓸함 속에서 희미하게 불타는 당신의 영혼을 달래고자 합니다.

음력 팔월 열나흗날은 제 어머니의 거룩하신 탄신일.

십이월 초닷새는 자야가 태어난 가장 슬픈 날이자, 어머님께서 가장 고통에 겨우셨던 날입니다.

이날을 기해서도 저는 하루 단식을 해온 지 어언 스무 해가 넘었어요.

이제 음력 칠월 초하루 당신의 생신날까지 보태어서 저에게는 해마다 세 번의 참회지일懺悔之日이 반드시 정해져 있습니다.

인생은 일일삼성一日三省이라 했거늘, 비록 연중 세 차례나마도 저에게는 자못 엄숙하고 지중한 날이 되었습니다.

1988년 팔월 스무이튿날. 음력으로는 칠월 초하루.

당신께서 77세 되시는 오늘 아침은 당신의 희수喜壽 생신일입니다. 그러나 저는 당신이 26세 때에 찍은 사진만을 바라보고 있습니다. 이 안타까운 심정을 어찌하면 좋겠습니까? 저의 꽃다운 청춘이 회상되는 감회를 어찌 다 표현할 길 있사오리까. 다만 두 사람의 빗나간 운명이 그저 원망스럽고, 또 그때 그 시절이 후회스럽기만 합니다. 사뭇 한탄스럽고, 저주스럽기도 합니다.

당신께서 만약 저랑 함께 살아오셨더라면 인생 일대의 가장 기쁜 날이 되었을 희수 생신일.

오늘 같은 큰 잔치를 맞이하여 저는 그 누구보다도 정중한 자세로 당신 앞에 앉아서 "명잔命盞 한잔 드사이다! 복잔福盞 한잔 드사이다!"라고 권주가를 부르며, 이 자야는 당신께 먼저 축복의 술잔을 받쳐올렸을 것입니다.

그러나 이렇게 술잔조차 권해 올릴 유일한 일점혈육이 지금 당신께는 아무도 남아 있지 아니합니다.

다정했던 김지金之 이지李之 제형諸兄 숙백叔伯, 모두들 다 어디 가고, 당신은 한잔 술조차 권하는 이 없이 차디찬 북녘땅, 그 어느 청초 우거진 골짜기 속에 누워 계시는지요?

당신의 넋이라도 만약 오셔서 저의 이 광경을 보셨다면 제가 얼마나 말없이 애달프게 생각되셨을 것이며, 또 얼마나 저를 가엾게 여기셨을까요?

저는 당신께 부칠 길 없는 이 편지를 쓰다가 그대로 방바닥에 엎어져 당신을 부르며 마냥 어깨를 들먹이고 흐느끼기만 합니다. 서러운 저의 통곡은 당신이 계신 구천까지도 분명히 메아리쳤을 거예요. 아니 어느 틈에 당신께서도 눈가에 벌써 맑은 이슬방울이 맺혀 두 볼까지 젖으셨군요.

당신이시여!

저의 이 애처로운 심사를 대관절 어찌하오리까? 어찌하오리까? 이내 간장 썩어내리는 고분지탄苦憤之嘆의 서러운 통곡! 정열에 불태운 당신의 한 많은 영이시여!

그 정열의 꽃빛도 보지 못한 채 허무하게 시들어버린 슬픈 갈대여!

당신이시여!

슬퍼만 마세요. 외로워하지만 말으세요.

당신께서 그 순정 아낌없이 바치어 사랑하시던 당신의 '마누라' 자야가 지금 이같이 당신 옆에서 함께 슬픔을 나누고 있지 않습니까? 그 숱한 세월을 남과 북으로, 혹은 이승 저승으로 나뉘어 있었어도 저는 여전히 당신을 잊지 못합니다.

그리운 당신이시여!

앞의 편지를 쓴 뒤에 석삼년이 지나서 저는 다시 이 글을 계속해서 씁니다. 아무리 세월이 지났어도 당신과의 일들은 어제

런듯 생생하기만 합니다.

오늘은 1991년 칠월 초하루.

바로 당신의 팔순 생신날 아침입니다.

덧없는 세월은 쉬이도 흘러흘러, 바로 이날 어느덧 당신의 여든이 다가왔군요.

우리 생애에서 이별의 세월은 두 사람의 삶을 몽땅 묻어버린 줄 알았더니, 그래도 분망한 초침은 멈추지 않아 덧없이 세월은 흘러갔습니다.

오호! 전생차생前生此生이라, 그 무삼 인연이 그리 깊고도 지중하였던고.

당신의 약관 26세. 내 약기若紀는 22세. 애련했던 우리들의 청춘은 이제 뜨거운 눈물에 젖어 폭폭한 한숨에 싸여 있습니다. 지난날 도저히 피하지 못할 비정한 사랑의 술래잡기만 줄곧 이어집니다.

함흥에서 서울까지의 그 머나먼 천릿길을 생각합니다.

어리석은 도망꾼의 나그넷길은 길고도 고달프고, 또 슬프고 외롭기만 했습니다. 당신은 이런 저를 주소도 지도도 한 장 없이 끝없이 뒤쫓기만 하던 정열의 술래였지요?

그대의 손을 떠나면 곧 망가져버리는 이 가련한 철부지를 호랑나비같이 용기를 내어 찾아와 저를 온통 사랑의 둥지에 가두어놓던 당신! 우리 두 사람은 정다운 원앙새 한 쌍이 되었고,

당신은 저를 사랑으로 길들이고 정열로 다스리셨습니다. 저의 모든 것을 고와하고 행복해하던 당신이셨습니다.

옆에 있어도 마주하기보다 거리가 먼 것 같아하시던 당신! 그 연연한 사랑만은 영원히 변하지 않았건만 신의 시기 질투였던가? 뜻하지 않은 이별이 찾아와 우리는 어이없이 남과 북으로 나뉘고 말았습니다. 이별로 말미암아 겪게 된 그 애절한 그리움을 곰삭이면서, 저는 춘풍추우春風秋雨, 서글픈 세월만을 약으로 삼고 살아왔습니다.

그런데 오늘이 벌써 그대 팔순, 저도 백발이라니!

그토록 당신이 어여뻐 여기고 살뜰히도 고와하던 제가 어느덧 당신보다 꼭 4년이 뒤처진 팔순의 노파가 되고 말다니요? 이것이 바로 세상사의 무상함이란 것인가요?

갖가지 원한으로 뭉쳐져 말없이 타오르는 한 자루의 향심香心만이 저 혼자서 쇠리쇠리 꺼져갑니다.

1991년 7월 초하루
당신의 팔순 생일날 아침에
당신의 자야 올림

당신 곁으로

어느덧 팔순이 가까운 내가 만상이 고요히 잠든 깊은 야삼경에 혼자 등불을 밝혀놓고 당신과의 애틋했던 기억의 사금파리들을 하나하나 떠올리며 그동안 줄곧 이 글을 써내려왔다.

이렇게 생각나는 대로 써내려올 양이면 나의 두 볼에는 나도 모르게 눈물이 적시어지고, 급기야 눈물은 원고지 위로 뚝뚝 떨어진다. 그러다가 글을 더이상 써내려가지 못할 때도 많았다.

다시금 생각하니 당신의 시 속에 담겨 있는 애절하고도 아름다운 정서와 깊은 추억이야말로 이 쓸쓸한 자야의 가슴을 흠뻑 적시는 뜨거운 눈물이요, 내 고적한 노년의 시간을 흐뭇한 행복감으로 채워주는 반가운 감로수다. 그것은 참으로 다시없는 보배, 귀중한 진주가 아닐 수 없다.

지금도 내 흐르는 눈물은 방울방울 치마폭에 떨어지고 목은 콱 잠겨서 메어버린다.

이제 와서 지난 일을 더듬어 생각해보노라면 왜 그다지 아쉬움과 후회가 많았던지.

당신의 시에서 들려오는 절규와 비탄을 듣고 있노라면 내 가슴속은 사뭇 저 깊은 밑바닥에서부터 큰 지진처럼 엄청난 파장으로 우르릉우르릉 진동해온다.

그 무렵 당신은 부모님이 계신 본가에도 들어가지 못하고, 나 또한 당신이 원하는 대로 따르지 않았다. 갖은 악조건 속에서 나는 서둘러 명륜동으로 피신을 했었는데 그것이 사실은 당신을 피해서가 아니라, 우리 둘의 결합을 원하지 않는 사회의 규범에 대한 나의 어설픈 반항이자 좌절감 때문이었다.

하지만 그곳까지도 당신의 불똥이 튀어오게 되니 급기야 나는 중국땅 상해로 건너갔고, 끝내 유랑이나 죽음까지도 생각했었다. 그러나 당신에게 차마 내 마음속의 그러한 모든 사연을 있는 그대로 밝힐 도리가 없었다.

당신이 마지막으로 떠난다 하실 때 나는 당신께 그 어떤 한마디 말도 못 하고, 다만 속으로 혼자서 흘리는 피눈물에 뼈 마디마디까지 처절한 아픔으로 떨었던 것이다.

자기희생을 아무런 주저 없이 받아들이고 먼 뒷날, 후회와 서러운 한탄에 뜨거운 눈물을 뿌리면서 사랑하는 사람 곁을 스스로 조용히 떠나버리는 선의의 불행한 약자들. 우리는 그러한 여성들을 동서고금의 예술작품에서 흔히 볼 수 있었다. 카츄샤와 춘희가 그러했다. 굳이 비견하자면 나도 그런 경우와 얼마간 비슷한 점이 있는 것은 아닌가?

내가 선택한 선의의 자포자기와 아픈 희생이 도리어 당신을 극한 불행으로 쓰러뜨린 격이 되고 말았다. 이 때문에 '나는 왜 이다지도 박덕하고 불행한 존재인가'라고 스스로 자탄에 빠진다.

붓을 놓고 담담한 심사에 이런저런 어쭙잖은 수심일랑 다 던져두고자 한다. 혼자 쓸쓸히 창밖을 내다보니 때마침 석양이 뉘엿뉘엿 한강을 건너 저멀리 영 너머로 넘어가는 서글픈 광경이 보인다.

지는 해는 그 무슨 맺힌 한이 있어서 최후의 발악으로 제 몸에서 뿜는 열이 화염에 익어서 떨어지는가.

하늘은 붉고, 크나큰 낙조는 찬란하고 황홀하다. 그 광경을 골똘히 지켜보고 있는 순간, 해는 어느 틈에 깜빡 함지咸池의 깊은 못 속으로 풍덩실 빠져버리는 듯 가라앉아 어디론가 자취 없이 소멸되어버렸다.

나는 금방 한아름 듬뿍 안았던 그 엄청나게 크고 붉은 덩어리를 놓쳐버린 듯 애석하고 허전하고 허탈한 마음이 되었다.

아, 이를 과연 어찌하면 좋단 말인가.

내 청춘도 저 불타는 낙조같이 펄펄 끓는 정열이라면 그 어떤 풍랑도 사로잡을 수 있었으리라. 이루지 못한 순정의 사랑도 이루고, 기우는 세상도 바로 세우고, 또 당신의 뜻을 성취할 것을 다짐할 수도 있었으리라.

그대 의지의 굳고 짱짱한 힘에 넘치던 꽃다운 그 청춘도 저 저무는 낙조와 함께 세월 따라 순식간에 사라져버렸으니 이 막막하고 고적한 심사를 어디다 비기오리.

해는 가물가물 저물어 드디어 어둑발이 걸어오는 땅거미로 가라앉고야 만다.

천지는 가없이 어둠침침한데 나는 더듬더듬 어딘가 적막한 산사山寺로 찾아간다. 가서는 만상의 번뇌를 잠재우는 범종소리와 쇠북소리, 또드락또드락 똑딱 딱따그르르 잔잔하고 청아한 목탁소리, 그리고 낭랑하고 구슬픈 느낌을 자아내는 염불소리에 내 마음속의 번뇌를 잠재우고 싶었다.

먼 훗날 당신과 나의 넋은 잔잔한 신새벽, 고요한 산사의 그윽한 인경소리가 되어 함께 울려퍼져, 저 하늘 멀리멀리로 끝간 데 없이 살며시 떠나가게 되어지이다.

내 얼룩진 상흔의 여한, 서러움도 조용히 인경소리에 실어 띄워 보내리라. 우렁찬 쇠북소리도 들려온다.

당신의 영이시여!

일찍이 남달리 불운에 빠진 몸을 팽팽히 사리며, 돌다리도 두들겨 밟아오듯 살아온 내 사연 많은 발자취를 아무쪼록 너그러이 살피소서. 청량한 염불소리에 심신을 맑게 씻어서 깨끗이 마음 부시고 개과천선하여, 한시바삐 구천에 계신 당신 곁으로 내 마음 가고지이다, 가고지이다.

어린 장미 한 송이가 모진 광풍에 떨구어졌을 때 한 맺혀 날카로운 가시의 후기약……

—여년餘年이 부다不多하니, 이제 머지않아 빈손으로 돌아가야 할 때.

천독만독千讀萬讀의 독경讀經보다 당신의 순정이 그대로 서려 있는 정열의 시 한 수! 이것이야말로 나 혼자 쓸쓸히 돌아가야 할 명도冥道에 진실로 크나큰 선물이 아닌가 합니다. 저에겐 다시 더 바랄 아무런 것이 없습니다.

흰 당나귀 타고 당신 곁으로 떠나가는 자야!

오직 흐뭇하기만 합니다.

영광스럽기만 합니다.

수야모야誰也某也 팔자타령에 눈물 고인, 세상의 그 한 많은 여인네들을 저는 봅니다. 이 자야는 거센 풍우에 시달려 자주 넘어지긴 했었어도, 저는 오히려 잔디밭에 넘어진 양 마음 편하게 여기며 살아왔었더이다. 그러니 이 사연 많은 이승의 한켠에서 이 가녀린 자야의 삶은 다만 불행한 운명만은 아니었겠지요.

···

일전에 어떤 가까운 벗이 다니러 왔다. 그는 나에게 청진동 시절의 추억을 자꾸만 캐물었다. 그래서 이런저런 이야기를 이어가다가 나는 불현듯 청진동 시절이 왈칵 그리워졌다. 나는 용기를 내어 지난날 우리들의 종로 뒷골목, 옛 수방繡防골이 있던 청진동 집을 찾아가보았다. 아직도 그 집이 거기에 있을까? 세월이 수십 년이나 흘러갔는데……

가까운 곳에서 차를 내려 나는 천천히 그곳으로 걸어들어갔다. 아! 그런데 비둘기장같이 작고 아담하던 그 추억의 집은 놀랍게도 50여 년이 넘도록 풍상우로風霜雨露 속에서도 조금도 변함없이 제자리에 서 있는 것이 아닌가. 붉은 벽돌담장, 처마 끝에 서까래가 촘촘히 드리워진 대문이 거짓말같이도 옛 모습 그대로였다.

당신과 나의 옛사랑의 보금자리로 마치 오랫동안 주인을 기다리기라도 했던 것처럼, 혹은 반기며 손짓이라도 하는 듯…… 어느 틈에 나는 골목 앞에서 흘러가버린 그 시절 그때의 사람으로 돌아가버렸다.

애수에 젖어서 왈칵 대문을 박차고 들어가 구석구석 살펴보고 안방에 들어가 목침을 돋우어 베며 눕고 싶었다.

당신과 둘이서 이마를 조아리다가, 등을 돌리다가, 술래잡기도 하다가 마침내 서로 얼싸안고 뒹굴어버리던 그곳! 거센 풍파에 사연도 많던 옛사랑의 보금자리, 청진동 골목의 정든 옛터여!

이루 말할 수 없이 깊은 감회와 반가운 마음에 나는 당신이 퇴근길에 돌아오시던 뚜벅뚜벅 바쁜 구둣소리를 언제까지라도 방안에서 듣고 앉아 있는 환각 속에 빠져들었다.

참, 구둣소리라고 하니까, 또 생각나는 것이 있다. 그때 우리 집에서는 눈같이 하얀 털이 보송보송한 작고 어여쁜 강아지 한 마리를 키우고 있었다.

비 오고 궂은 날, 당신이 신문사에서 퇴근하여 집 앞 골목 어귀를 걸어오는 구둣발소리가 저멀리서 뚜벅뚜벅 나면 그놈은 나보다 먼저 당신의 발소리를 알아듣곤 깽깽거리며 짖어댄다. 당신이 대문을 열고 들어오면 반가움을 이기지 못하고 작은 엉덩이를 마구 흔들어대며 다리 사이로 빠져나왔다가 주위를 뱅뱅 돌아다녔다. 아무리 짐승이라지만 말할 수 없이 귀엽고 앙증스러운 행동이었다.

그러나 흙탕물에 젖은 발로 마구 뛰고 덤비며 기어올라 어떤 때는 구두도 채 못 벗고 바지에 온통 흙칠을 해놓기도 한다. 그래도 당신은 그 강아지를 너무도 사랑하는 듯 이리저리 어르고 만져준다. 내가 소리를 쳐서 강아지를 쫓으면 당신은 이 강아지와 나를 번갈아 바라보면서,

"이 강아지, 꼭 제 주인을 닮았어!"
라고 했다. 그렇게도 이뻐하던 강아지가 콩콩 짖어서, 당신이 돌아오시는 발소리가 지금 내 귀에 그대로 들리는 듯하다.

때로는 고독한 마음 참다가 참다가 너무도 견디기가 괴로워서 단숨에 눈감고 이 칙칙하고 어눌한 세상, 번민과 고통을 깨끗이 청산하려고 생각해본 적도 있었다. 하지만 그것은 당신의 그 너그럽던 이해심과 청순했던 순정을 생각하면 차마 못 할 짓이었다.

또 때로는 감당하기 어려운 번뇌에 시달리다못한 내가 바보같이 달아나버렸어도 당신은 그 특유의 격한 정열로 천리 원정을 멀다 아니하시고 나를 사뿐 업어다 감싸주셨다. 당신께서 고이고이 정들이고, 말할 수 없이 따스한 손길로 길들여주시던 나는 참으로 가녀리고 어설프고 못난 사람이었다. 불행한 인생을 바로잡아주려던 그 넉넉한 미덕, 정열과 순정을 감히 배반하기란 죽기보다 더욱 어려운 것이었다.

이 기구한 우리들 두 인생이 그때 가진 것이라곤 절대적인 사랑만이 오직 전부였다.

나는 옛 청진동 집 앞 골목에 멍하니 서서 눈앞의 환상으로 떠오르는 당신께 이처럼 나직한 목소리로 혼자 중얼거린다.

"이대로 언제까지라도 당신을 기다리고 있을게요."

하지만 정신을 수습하고 본즉, 그곳은 이미 거대한 변화의 물결 속에서 오랜 세월의 먼지를 뒤집어쓰고 사라진 옛 기억을 상기시켜줄 뿐이었다. 어디선가 오래된 건물을 허물고 빌딩을 짓는 요란한 소리가 들려오고 있었다.

허름한 싸구려 보신탕집이 왼편 옆 모퉁이에 을씨년스럽게 붙어 있었고, 굳게 잠긴 대문은 열리지 않았다. 그곳은 개발지구로서 머지않아 지금의 윤곽마저 아주 사라져버릴 운명에 놓여 있었다.

내 아쉽고 안타깝고 허전한 마음이란……

차마 발길이 떨어지질 않았다.

쓸쓸히 돌아서는 무거운 발길. 나오다가 멈추어 돌아보고, 또 한참을 걸어나오다간 다시 뒤돌아다본다. 당신이 그토록 사랑했던, 그 그립던 우리들 옛사랑의 맞춤의 둥지가 갑자기 곧 두 사람이 함께 묻혀버린 황막한 무덤으로 보였다. 나는 그 착각이 한없이 서러웠다.

그토록 많은 세월은 모두 흘러서 지금쯤 어디를 가고 있는지? 당신은 지금 어디서 무얼 하고 계시고, 나는 왜 여기서 이 옛 추억의 골목을 혼자 헤매고 있는 것일까?

이 허망한 내 가슴속을 그 어떤 말로도 나는 표현할 길이 없다. 가눌 수 없는 상실감과 허탈감으로 털퍼덕 그 자리에 주저

앉아 금방이라도 터져나올 것 같은 오열을 나는 겨우겨우 억눌러 참았다.

발문

아름다운 인연, 아름다운 족적

이동순(시인)

지난 1987년 10월, 나는 그때까지 분단의 어두운 수렁 속에 매몰되어온 망각의 시인 백석의 작품을 한편 두편 모아서 『백석시전집』이란 이름으로 세상에 그 빛을 보게 하였다. 이 책이 출간되자 언론계, 학계, 문단에서의 반향은 실로 놀라운 것이어서 신문이란 신문마다 크게 관심을 표시하고, 이 소식을 들은 분 모두가 입을 모아서 우리나라 문학사의 너무도 소중한 별 하나를 다시 되찾게 되었다고 다행스러워했다. 특히 원로시인 우두雨杜 김광균 선생 같은 분은 붓으로 손수 쓴 장문의 격려편지까지 보내와서 함께 기뻐해주었다. 『백석시전집』의 발간은 당시 정부가 아직 공식적인 해금조치를 발표하기 이전이었는데, 이 전집의 발간을 계기로 그동안 밀교적(?)인 분위기로 금지되어오던 월북문학인들의 작품집 발간과 그들 작품에 대한 연구활동이 일대 성시를 이루었다.

전집이 발간된 지 한 열흘쯤 되었을까?

어느 날 오전 나는 연구실로 걸려온 한 통의 전화를 받았다. 첫 느낌에도 매우 단정하고 기품 있는 할머니의 음성이었다. 그녀는 백석 시인과 가까웠던 사람이라고 자신을 소개하며, 언젠가 한번 만나기를 청했다.

나는 궁금증을 참지 못하고 곧 상경하여 그녀를 만났다. 그는 자신을 '자야'라고 불러달라고 말했다. 이 이름은 백석 시인이 지어준 것이라는 설명과 더불어, 그녀는 백석 시인과 관련된 자신의 생애를 조용히, 그러나 상기된 표정으로 말했다.

자신의 흘러간 20대 초반, 어여쁘던 처녀 시절에 함경도 함흥에서 시인 백석과 처음 만나 뜨거운 사랑에 빠지게 되었고, 이후 3년간 서울 청진동의 한 작은 집에서 혼례를 치르지 않은 부부로서 함께 산 적이 있노라고.

나는 대뜸 모든 내력을 알아차렸다. 동시에 함흥 시절에 쓴 백석 시의 애틋함과 고뇌와 갈등 따위가 일시에 정돈된 풍경으로 다가왔다. 내가 그토록 존경하고 흠모하던 한 선배시인의 풍모와 직접적인 체취를 새삼 생생하게 확인할 수 있는 기회에 나는 흥분의 도가니로 빠져버렸다.

그날 밤, 나는 자야 여사가 굽이굽이 펼치고 쏟아놓는 참으로 많은 흘러간 시간의 반짝이는 사금파리들을 보면서, 그녀의 추억 속에 너무도 큰 부피로 깃들어 있는 백석 시인을 흠뻑 느낄 수 있었다. 그날 메모해둔 것을 다시 깁고 채워서 정리한 것이 대담기록으로 발표한 글 「백석, 내 가슴속에 지워지지 않는 이름」이다.

그러나 이 글이 발표된 이후에도 나는 어딘지 못다 한 부분에 관한 아쉬움이 여전히 남아 있었고, 특히 자야 여사가 그토록 사랑했던 사람 백석의 인간적 풍모에 관한 기술이 생기를 얻지 못해서 미흡한 마음을 금치 못하고 있었다. 그래서 자야 여사를 대면할 기회가 있을 때마다 틈틈이 회고록을 써보기를 권했었고, 더더욱 백석 시인과의 3년 동안을 낱낱이 정리해보기를 권했던 것이다.

이런 나의 권유에 자야 여사는 겸양을 보이며, 자신은 문필가가 아니므로 불가능하다고 말했다. 그러나 내가 아는 그녀는 일찍이 1930년대 중반 파인 김동환이 발간하던 잡지 〈삼천리〉를 통해 이미 수필로 데뷔한 경력이 있었다.

나는 이 사실을 환기시키며 마치 꺼져가는 호롱에 다시 기름을 가득 채우고 심지를 새로 끼워서 불을 밝히듯 옛 기억을 글로 써보라고 누차 강권하다시피 하였다.

그러던 1991년 어느 봄날, 자야 여사는 느닷없이 한 통의 우편물을 보내왔다. 뜯어보니 그 원고는 지금 한 하늘 아래 계시지 아니한 낭군 백석 시인을 생각하고 쓴 그리움의 편지였다. 200자 원고지 앞뒤로 칸에 구애받지 아니하고 종서縱書로 빽빽하니 써내려간 불과 서너 장의 글이었다.

절절히 사무치는 애타는 눈물과 사랑하는 사람을 향한 연모의 정이란 아마도 생사를 초월하는 것이리라.

그것을 읽어내려가는 순간, 나는 자야 여사의 글이 한 권의 책으로 엮어질 수 있는 가능성을 확신했다. 이후로 나는 자야 여사에게 그녀의 가슴속에 깊이 묻어둔 말, 백석 시인과 함께 살 때 있었던 여러 가지 재미있는 일화들, 당시 문단 친구들과의 교유, 기생으로서의 삶에서 예상할 수 있는 온갖 눈물겨운 애환 등 많은 이야기들을 떠오르는 대로 적어보도록 재촉했다.

하지만 그때 자야 여사는 이미 팔순이 가까운 노구였다. 그럼에도 불구하고 그녀는 적극적으로 나의 집필 주문에 응했다. 그녀는 글을 쓰면서 때때로 밤을 꼬박 새우기가 여러 번. 심지어는 이로 말미암아 건강에 무리가 왔고, 두어 차례나 입원하여 노년의 고비를 넘기기도 했다.

자야 여사가 글을 써보내면 나는 시간과 공간적 순서에 따라 다시 글을 배열하고, 글의 구성과 흐름이 독자들에게 쉽게 다가갈 수 있도록 약간의 첨삭을 보태었다.

자야 여사의 문체는 1930년대식 어법과 문형을 거의 고스란히 유지하고 있었다. 지금은 사라지고 없는 당시의 진기한 어휘나 고전적 문투 등의 이채로운 언어습관을 그대로 지니고 있다. 나는 이것을 가능한 한 다치지 않게 하려고 애를 썼다. 백석 시인과의 이야기도 자못 흥미롭지만, 자신이 기생이 될 수밖에 없었던 슬픈 이야기도 우리들의 가슴을 진한 감동으로 이끌어 간다.

이렇게 자야 여사가 새로 쓴 원고를 나에게 보내오고, 그것을 내가 다시 손질하여 되보내기를 10여 차례, 그동안 고치고 고친 원고의 키가 한 자가 넘게 높아졌다. 마무리가 거의 다 된 원고의 분량도 어느덧 1천 매를 넘어서고 있다.

자야 여사는 이 원고의 집필을 그녀의 필생의 사업이라 여겼다. 그만큼 이 글에 쏟아부은 공력과 노고는 참으로 대단한 것이었다. 1991년 봄부터 이후 4년간이나 쉬지 않고 틈틈이 계속된 집필 작업이 이제 한 권의 책으로 마무리되면 그 누구보다도 자야 여사 자신이 가장 기쁘고 흐뭇할 것이다. 또 백석 시인의 영혼이 있다면 이 사실을 알고 아마 감개무량함을 함께 느끼고 계실 것이다. 나 또한 이 작업을 곁에서 보조했던 경험을 큰 기쁨으로 여기고자 한다.

한 인간으로 태어나 이승의 삶을 살아가면서 끼치게 되는 아름다움의 족적이란 그다지 많지 않거늘, 자야 여사는 비록 기생의 신분으로 한 생을 살아오면서도 그녀의 젊던 날, 영혼이 맑고 고결했던 한 외로운 시인과의 아름다웠던 만남과 애틋했던 사랑의 기억을 고스란히 간직하고 있으니 이 얼마나 그녀의 삶이 아름답고 풍성하였음을 말하여주는 것인가. 더구나 그 기억을 지금도 가슴 깊이 갈무리해서 자신의 외로운 삶을 흐뭇한 시간으로 바꾸어가고 있으니 이 얼마나 값진 보람이리오.

나는 그녀의 가슴속에 들어 있는 백석 시인과의 그 추억이야말로 영원히 빛바래지 않는 영롱한 진주처럼 고귀한 보배라고 생각한다. 사랑과 인정이 메마를 대로 메말라 먼지조차 풀썩풀썩 일어나는 이 건조한 세월 속에서, 이 아름다운 책이 아무쪼록 많은 사람들의 가슴속에 다가가 그들의 심금을 잔잔한 감동으로 적시게 되기를 진심으로 바란다.

백석 시인 연보

1912년(1세)

7월 1일 평안북도 정주군 갈산면 익성동에서 수원 백씨 백용삼의 장남으로 태어남. 본명은 백기행白夔行. 필명은 백석白石·白奭. 부친은 초창기 한국 사진계에서 활동한 인물로 조선일보사의 사진반장을 지냈으나, 퇴임 후에는 귀향하여 정주에서 하숙을 침.

1918년(7세)

오산소학교 입학.

1924년(13세)

오산학교 입학. 동문들의 회고에 의하면 재학 시절 오산학교의 선배시인인 김소월을 몹시 선망했다고 함.

1929년(18세)

오산고보를 졸업하고, 조선일보사 후원 장학생 선발에 뽑혀 일본으로 유학, 도쿄의 아오야마靑山학원에 입학하여 영문학을 전공함.

1930년(19세)

〈조선일보〉의 작품 공모에 단편소설 「그 모母와 아들」을 응모, 당선하여 소설가로서 문단에 데뷔함.

1934년(23세)

귀국 후 조선일보사에 입사하면서 본격적인 서울 생활을 시작함. 출판부 일을 보면서 계열 잡지인 〈여성〉지의 편집을 맡음.

1935년(24세)

8월 31일 시 「정주성定州城」을 〈조선일보〉에 발표하면서 이후 시작품에 더욱 정진함.

1936년(25세)

1월 20일 시집 『사슴』을 선광인쇄주식회사에서 200부 한정판으로 발간. 1월 29일 서울 태서관太西館에서 출판기념회를 가짐. 이 출판기념회의 발기인은 안석영, 함대훈, 홍기문, 김규택, 이원조, 이갑섭, 문동표, 김해균, 신현중, 허준, 김기림 등 11인임.
같은 해 4월에 조선일보사를 사직하고 함경남도 함흥 영생고보의 영어교사로 옮겨감. 이때의 생활소감을 '가재미·나귀'라는 제목으로 써서 〈동아일보〉에 발표함.
이 무렵, 함흥에 와 있던 조선권번 출신의 기생 김진향을 만나서 사랑에 빠짐. 이때 김진향에게 '자야子夜'라는 아호를 지어줌. 이듬해 말, 김자야에게 만주로 가서 자유롭게 살자는 제의를 했으나, 자야는 갈등 끝에 이를 받아들이지 않고 서울로 혼자 떠나감.

1938년(27세)

교원직을 사임하고 서울로 돌아와 〈조선일보〉 기자가 됨. 애인 김자야와 다시 재회하고, 청진동 김자야의 집에서 동거함. 이때 부모가 강제 혼인을 세 번이나 시켰음. 그러자 자야는 백석으로부터 떠나려 함.

1939년(28세)

〈여성〉지의 편집을 다시 그만두고, 만주의 신경으로 옮겨가서 '신경시 동삼마로 시영주택 35번지'의 중국인 황씨 집에 거처를 정함.

1940년(29세)

10월 초순, 자신이 번역한 토머스 하디의 장편소설 『테스』의 출간을 앞두고 교정을 보러 잠시 서울에 다녀감. 만주의 신경에서 창씨개명을 하라는 일본인 상급자의 요구를 거부한 뒤로 그동안 다니던 직장을 사직함.

1941년(30세)

생계 유지를 위해 측량보조원, 측량서기, 소작인 생활까지 함.

1942년(31세)

만주의 안동에서 세관업무에 종사함.

1945년(34세)

해방과 더불어 귀국, 한때 신의주에서 거주하다 고향 정주로 돌아와 과수원 일을 보살핌.

1946년(35세)

고당 조만식 선생의 요청으로 평양으로 나와 조선민주당의 일을 돌봄.

1947년(36세)

시 「적막강산」이 그의 벗 허준에 의해 〈신천지〉에 발표됨. 분단 이후 그의 문학적 성과와 활동이 한국의 문학사에서 매몰됨.

1948년(37세)

김일성종합대학에서 영어와 러시아어를 강의했다고 함. 러시아의 농민시인 이사콥스키의 시집을 평양에서 번역 출간함.

1950년(39세)

국군이 평안도를 수복했을 때 주민들이 그를 정주군수로 추대했다고 전함.

1961년(50세)

이해 12월 북한의 〈조선문학〉지에 시 3편을 발표함.

1987년(76세)

첫 시집 『사슴』 이후에 발표된 시작품 등 도합 94편을 정리한 『백석시전집』(이동순 편)이 '창작과비평사'에서 발간됨. 이후 해금조치가 되고, 그로부터 한국의 많은 독자들에게 그의 작품이 사랑을 받음.

1988년(77세)

회고기록 「백석, 내 가슴속에 지워지지 않는 이름」(김자야)이 〈창작과비평〉지에 발표됨.

1995년(84세)

『내 사랑 백석』(김자야)이 문학동네에서 발간됨.

1996년(85세)

백석 시인이 평양 문단에서 '부르주아적 잔재'로 비판받고 1956년 북한의 자강도 삼수군 협동농장으로 쫓겨가 그곳 축산반에서 일하며 이후 40년을 쓸쓸하게 살다가 노환으로 세상을 떠난 사실이 뒤늦게 확인됨.

북한에서의 백석의 문단활동

1. 「동화문학의 발전을 위하여」(평론), 『조선문학』 제105호, 1956.5.
2. 「나의 항의, 나의 제의—제2차 작가대회를 앞두고」, 『조선문학』 제109호, 1956.9.
3. 「큰 문제의 작은 고찰」(평론), 『조선문학』 제118호, 1957.6.
4. 「사회주의적 도덕에 대한 단상」(오체르크, 수필), 『조선문학』 제132호, 1958.8.
5. 「하늘 아래 첫 종축기지에서」 외 1편(시), 『조선문학』 제145호, 1959.9.
6. 「눈」 외 1편(시), 『조선문학』 제151호, 1960.3.
7. 「탑이 서는 거리」 외 2편, 『조선문학』 제172호, 1961.12.

내 사랑 백석

시인 백석과 기생 자야의 짧고도 영원한 사랑

1판 1쇄 1995년 6월 12일
2판 1쇄 1996년 5월 1일
3판 1쇄 2019년 10월 10일
3판 4쇄 2024년 2월 1일

지은이 김자야

책임편집 정현경 | 편집 이연실
디자인 김마리 이주영 | 저작권 박지영 형소진 최은진 서연주 오서영
마케팅 정민호 서지화 한민아 이민경 안남영 왕지경 황승현 김혜원 김하연 김예진
브랜딩 함유지 함근아 고보미 박민재 김희숙 박다솔 조다현 정승민 배진성
제작 강신은 김동욱 이순호 | 제작처 한영문화사

펴낸곳 (주)문학동네 | 펴낸이 김소영
출판등록 1993년 10월 22일 제2003-000045호
주소 10881 경기도 파주시 회동길 210
전자우편 editor@munhak.com | 대표전화 031)955-8888 | 팩스 031)955-8855
문의전화 031)955-3579(마케팅), 031)955-1905(편집)
문학동네카페 http://cafe.naver.com/mhdn
인스타그램 @munhakdongne | 트위터 @munhakdongne
북클럽문학동네 http://bookclubmunhak.com

ISBN 978-89-546-5799-0 03810

* 이 도서의 국립중앙도서관 출판예정도서목록(CIP)은 서지정보유통지원시스템 홈페이지(http://seoji.nl.go.kr)와 국가자료공동목록시스템(http://www.nl.go.kr/kolisnet)에서 이용하실 수 있습니다.
(CIP제어번호: CIP2019037629)

* 잘못된 책은 구입하신 서점에서 교환해드립니다. 기타 교환 문의: 031) 955-2661, 3580

www.munhak.com